KB184434

달리기는
제가
하루키보다
낫습니다

달리기는 제가 하루키보다 낫습니다

초판 1쇄 발행　　　2021년 8월 10일
초판 2쇄 발행　　　2023년 4월 30일
개정증보판 1쇄 발행 2025년 1월 25일

지은이　박태외(막시)
편집인　옥기종
발행인　송현옥
펴낸곳　도서출판 더블:엔
출판등록　2011년 3월 16일 제2011-000014호

주소　서울시 강서구 마곡서1로 132, 301-901
전화　070_4306_9802
팩스　0505_137_7474
이메일　double_en@naver.com

ISBN 979-11-93653-29-6 (03810)

※ 이 책은 저작권법에 따라 보호받는 저작물이므로 무단전재와 무단복제를 금지하며,
　　이 책 내용의 전부 또는 일부를 이용하려면 반드시 저작권자와 더블:엔의 서면동의를
　　받아야 합니다.

※ 잘못된 책은 바꾸어 드립니다.
※ 책값은 뒤표지에 있습니다.

달리기는
제가
하루키보다
낫습니다

박태원 (막시) 지음

더블:엔

· · · · ·

지금까지 달려왔고,
지금도 달리고 있고,
앞으로도 달릴 러너들을 위하여

· · · · ·

달리기에 빠진 사람들은 눈이 오나 비가 오나 달립니다. 그들에게 날씨는 전혀 문제되지 않습니다. 반면, 달리지 않는 사람들은 "저 사람들 왜 저래? 이 날씨에 꼭 저렇게 달려야 해?" 합니다.

달리는 사람은 왜 달리는지 압니다. 일단 달리면 좋고, 자기관리와 성장은 그림자처럼 따라오니까요. 대단한 무엇이 되어야 성장하는 건 아닙니다. 오늘보다 내일이 나은 것, 그것이 바로 진짜 성장이지요.

처음에는 누구나 달리기를 힘들어합니다. 달리기는 꾸준히 하기까지 시간이 걸리는 운동이라 중간에 관두는 사람도 많습니다. 달리기가 인내와 의지의 영역이 아니라 재미와 쓸모의 영역이라는 것을 알지 못하니까요.

달리기 동호회에서 열심히 달리던 사람이 어느 날부터 갑자기 나타나지 않았습니다. 달리기를 그만뒀구나, 처음에는 그러려니 했습니다. 남의 인생에 그다지 관심도 없었고요.

그러다 달리기 동호회의 운영자가 됐습니다. 정기모임에 꾸준히 나오는 회원이 100명이 넘는 동호회지만, 회원 수가 신경 쓰였습니다. 한 명이 나가면 마음이 허전해지고, 한 명이 들어오면 마음이 채워졌습니다. 그제야 그만두는 회원이 눈에 들어왔고 그분들이 왜 달리기를 그만두는지 궁금해졌습니다. '이 좋은 달리기를 도대체 왜 그만둘까?'

저는 초등학교 때 운동회를 좋아했고 그때마다 최선을 다해 달렸습니다. 손목에 찍히는 순위 도장과 상품으로 주는 공책이 좋았습니다. 어느 날 선생님이 달리기 선수를 하라고 하더군요. 선생님 말씀은 당연히 따라야 할 명령이었고 부모님도 선생님이 권하는 건 마땅히 해야 하는 줄 여겼습니다. 그렇게 초등학교 4학년 때 아주 작은 시골 학교의 달리기 선수가 되었습니다. 그런데 선생님이 시키는 달리기는 먹기 싫은 음식을 억지로 먹는 기분이었습니다. 완전한 의지와 인내의 영역이었거든요. 하기 싫었지만 싫다고 말하지는 못했습니다.

중학교 3학년 때까지 달렸습니다. 학년이 올라갈수록 달리기는 더하기 싫어졌고 어느 날 달리기를 하지 않기로 선언했습니다. 그제야 내 주장을 펼칠 만큼 머리가 커진 거지요.

다시 달리기를 만난 건 20년이 지난 후입니다. 달리기에 질린 사람이 왜 다시 달리기를 시작했을까요?

다른 사람들과 다르지 않습니다. 건강해지고 싶어서였습니다. 성인이 되어 만난 달리기는 어린 시절 달리기와는 차원이 달랐습니다. 달리기는 실력이 쌓이며 취미가 됐고, 사람과 대회를 만나 재미있는 놀이가 됐습니다. 다른 러너들과 어울리며 유대감을 느끼고 우정도 깊어졌습니다. 어느 순간부터 삶의 지혜와 새로운 나를 툭 던지기도 하더군요. 다시 시작한 달리기는 그렇게 스스로 진화했습니다.

이젠 사람들이 달리기를 그만두는 이유를 자신 있게 말할 수 있습니다. 그분들은 '달리기의 진화'를 알기 전에 멈춘 것입니다. 저보다 먼저 달리기를 시작했거나 지금도 어디선가 달리고 있는 러너들 덕분에 그것을 알게 됐습니다. 이 책도 그분들 덕에 나오게 됐습니다. 달리기의 진화를 세상 모든 사람에게 알려주고 싶습니다.

이 책을 읽는 분이라면 무라카미 하루키에 대해 한 번쯤은 들어봤을 것입니다. 그는 작가 중에서 가장 유명한 러너입니다. 자신의 책에서 달리기를 밥먹듯 이야기하고, 에세이 《달리기를 말할 때 내가 하고 싶은 이야기》를 쓰기도 했습니다.

그의 이름을 책 제목에 넣은 건 독자들을 유혹하기 위해서이기도 하지만, 더 큰 이유는 세계 곳곳을 달린 그가 저의 달리기와 여행의 지평을 넓혀주었기 때문입니다.

일흔이 넘은 하루키가 여전히 글을 쓰는 삶을 사는 데는 달리기가 큰 힘이 됐을 것입니다. 달리기가 대단한 무엇은 아니지만, 삶의 지지대는 되니까요.

우리는 하루키처럼 소설을 쓰는 작가는 아니지만, '나의 삶'이라는 각자의 예술품을 만드는 특별한 작가가 아닐까요? 저는 그렇게 생각합니다만.

이 책은 달리기 여행서입니다. 여러분들이 달리기를 통해 오늘을 바꾸고 여행을 하며 소소한 행복을 누리길 바라는 마음으로 썼습니다. 책은 달리기를 만난 시점에서 시작해 궁극의 마라톤인 보스턴 마라톤으로 끝납니다. 지금까지 달려왔고, 지금 달리고 있고, 앞으로 달려갈 여러분의 이야기이기도 합니다.

달리기의 다양한 이유와 쓸모, 달리기 여행의 다양한 방법과 매력을 담았습니다. 이 책을 읽는 독자가 지구촌 곳곳에서 세상 모든 러너와 함께 달리길 바랍니다.

책에 등장하는 인물은 사생활 보호를 위해 가명 또는 닉네임을 사용했습니다. 99% 이상 사실에 기반하였으나 십여 년간의 달리기와 여행을 엮다 보니 제가 잘못 기억하는 부분이 있을 수 있습니다. 실제로 등장인물들과 이런저런 이야기를 해보니 서로 다르게 기억하는 상황도 있었습니다. 그럴 때는 독자의 재미와 이해를 돕는 데 더 도움이 되는 내용을 담았습니다.

달리기에 관한 의학적인 부분은 달리는 의사 선생님들의 자문과 관련 전문 도서를 참고했으며, 간혹 개인적 경험에 따른 부분도 있으니 여러분의 경험과 다르더라도 양해 바랍니다.

끝으로, 이 책을 펼친 독자 여러분께 진심으로 감사의 말씀을 드립니다.

그럼, 이제 우리 함께 달리기 여행을 떠나볼까요?

C O N T E N T S

PART 1

달리다

다시

이유 있는
달리기

서울

"악!!!"

1루에서 2루로 뛰어가던 상대편 주자가 쓰러졌다. 비명을 지르며 나뒹굴었다. 누군가 119에 연락했고 곧 구급차가 나타났다. 경보음이 운동장을 가득 메웠다. 그가 병원으로 실려가며 야구는 흐지부지됐다. 집을 향하는 나의 발걸음은 신발 하나당 타이어를 하나씩 끌고 가는 듯했다.

더러워진 야구 유니폼을 벗으며 아내에게 좀 전에 일어난 사고를 전했다. 아내는 지금이 기회인 양, 주말마다 함흥차사가 되는 나에 대한 불만을 쏟아냈다. 아내의 이야기를 듣는 둥 마는 둥 귓등으로 흘리며 욕실로 들어갔다. 몸에 묻은 흙먼지를 씻었다.

야구를 처음 시작했을 때 야구장으로 향하는 내 곁엔 늘 아내와 딸이 있었다. 가끔 동호회 사람들과 어울려 즐거운 주말을 보내기도 했다. 2010년 월드컵 한국 대 아르헨티나 경기가 열렸을 때였다. 회원들과 함께 치맥을 하며 외쳤다. "대~한민국 짝짝짝~ 짝짝!" 열렬한 응원에도 경기 결과는 1:4, 우리의 완벽한 패배였다. 영원할 것 같던 나의 즐거운 야구 생활도 그때를 정점으로 막을 내리기 시작했다.

아내는 임신 8개월에 들어서면서부터 야구장에 발길을 끊었다. 이후 나는 야구하러 갈 때마다 아내의 눈치를 살폈고 아내는 내가 나가는 횟수만큼 불만을 쌓아갔다. 아내의 불만이 부메랑이 되어 돌아오면서 어느 순간 야구는 재미가 아닌 스트레스가 됐다. 얼마 전부터 언제 야구를 그만둘지 생각하고 있었다. 오늘의 사고는 그만둘 마음에 숟가락을 얹었다.

욕실에서 나오자마자 아내는 하던 말을 이었다. "움직이기도 힘들고 일요일마다 집에 혼자 있고 싶지도 않아. 곧 둘째도 태어나잖아. 집에 좀 있어."

귀가 번쩍 뜨였다. 아내의 말은 누구나 받아들일 수밖에 없는 그럴듯한 명분이 됐다. 아내의 이야기는 계속됐지만, 사람은 듣고 싶은 것만 듣고 기억하고 싶은 것만 기억한다. 이어진 아내의 고속 속사포는 그때나 지금이나 기억나지 않는다.

한 주 뒤 만난 동호회 회원들에게 작별을 고했다. "이제 야구를 못하게 됐습니다. 출산이 임박한 아내가 일요일에 집에 있기를 바라네요. 나중에 다시 올게요."

'아내가 쏟아내는 불만이 스트레스라 도저히 야구를 계속하기 힘들다' 라는 본심을 말하지는 못했다. 알량한 남자의 자존심을 지키고 싶었다. 회원들은 아쉬워하면서도 공감하며 위로했다. "아쉽지만 어쩌겠어? 둘째가 태어나고 여유가 되면 꼭 다시 와."

야구와 시원섭섭한 작별을 했다. 지금은 누군가 왜 야구를 그만뒀냐고 물으면 솔직하게 말한다. "아내가 반대하는 취미생활은 백해무익합니다."

야구를 그만둔 후 엉뚱한 곳에서 문제가 생겼다. 야구를 하며 한 주간의 스트레스를 푸는 대신 주말마다 집안에 처박혀 군것질만 해댔더니 상상도 하지 못한 몸무게가 찾아왔고 지방 덩어리의 참을 수 없는 무거움을 느꼈다. 덩달아 무거워진 공기는 항상 나를 따라다녔다.

나의 무게가 얼마나 되는지 확인하고 싶었다. 체중계에 올랐더니 80kg을 오르내렸다. 찰나의 순간에도 체중계의 앞자리 숫자가 7이 되길 바랐다. 좌우로 떨리던 화살표는 내 기대를 전혀 고려하지 않고 80을 넘어버렸다. 기계에 기대한 내가 바보였다. 긴 한숨이 나왔다.

직장 동료와 친구들은 내게 살쪘다는 말을 수시로 했고, 작아진 바지와 셔츠는 어른이 되어 만난 초등학교 같았다.

어느 날부터는 몸과 마음이 따로 놀기 시작했다. 처음에는 과음이나 스트레스로 생기는 별일 아닌 일로 생각했다. 하지만 상황은 계속됐다. 대대로 단명하는 집안 내력이 생각나 덜컥 겁이 났고 아내와 아이들의 얼굴도 스쳐 지나갔다. 이러다가 정말 큰일 나면 어쩌지?

태어나서 처음으로 건강을 위한 운동을 하기로 했다. 종목이 무엇이든 간에 이전에 하던 운동의 목적은 취미와 놀이였지 건강은 아니었다. 달리기는 전혀 고려하지 않았다. 어린 시절 하기 싫은 달리기에 더해 군대에서 입은 무릎 부상으로 달리기라면 학을 뗐다.

어떤 운동을 할지에 대한 고민은 진지했지만, 결론은 의외로 쉬웠다. 아파트 바로 뒤에 수영장이 있다는 이유로 수영을 시작했다. 자유형과 개헤엄만 할 수 있었던 나는 1년 가까이 수영강습을 받으면서 개구리헤엄은 물론 접영과 배영도 두루 섭렵했다. 실력은 여전히 개헤엄과 개구리헤엄 사이에 있지만.

개와 개구리의 수영 시합을 상상한다. 출발 총성과 함께 개와 개구리가 동시에 출발한다. 개구리는 멋지게 다이빙을 하고 개는 퍽 소리를 내며 배치기를 한다. 개가 겨우 허우적대며 개헤엄을 치는 사이 개구리는 벌써 결승선에 도착해 개굴개굴 노래한다. 어쩌면 출발과 동시에 개가 개구리를 삼킬 수도 있다. 그렇게 하면 반칙패라는 것을 개에게 단단히 알려주어야 한다.

사람은 왜 수영을 배우지 않은 상태에서 물속에 들어가면 개구리가 되지 않고 개가 될까? 궁금하면서 안타깝다.

여러 영법을 두루 섭렵하며 수영 실력은 나아졌지만, 몸무게는 8자를 벗어나지 못했다. 남들은 수영의 운동량이 많다고 했지만 내게는 남의 이야기일 뿐이었다. 강습받는 시간을 빼면 실제로 수영하는 시간은 얼마 되지 않은 까닭이다.

체중이 더 늘지는 않았지만, 몸과 마음이 따로 노는 것과 단명에 대한 걱정은 여전했다. 수영으로는 역부족이었다. 지금은 체중관리에 가장 효과적인 방법이 식단 조절이라는 것을 알지만, 그때는 오로지 운동만이 정답이라 여겼다.

어느 주말, 집 앞 중랑천으로 산책을 나갔다. 마침 달리기를 하는 사람들이 나를 휙휙 지나갔고 때마침 불어온 시원한 바람이 달리기를 권했다. 체중감량에는 달리기가 최고라고 했던 지인의 말이 떠오른 순간, 나는 달리는 사람들 뒤에서 그들을 흉내 내고 있었다. 무릎에 문제가 있을 수도 있다는 생각은 안드로메다로 출장 간 상태였다. 숨이 차 곧 멈출 수밖에 없었지만, 군대 전역 후 15년 만에 처음 제대로 달렸다. 고작 1km도 안 되는 거리였지만 심장은 터지기 직전이었고 다리는 누군가 끌어당기는 느낌이었다.

벤치에 앉아 숨 고르기를 하고 다시 달렸다. 이마에 땀이 난 순간 알 수 없는 쾌감이 나를 휘감았다. 내 무릎에 아무 문제가 없을 수도 있겠다는 기대감도 일었다.

다음날부터 수영과 달리기를 병행했다. 평일에는 수영하고 주말에는 달렸다. 달리기를 추가한 효과는 생각보다 빨리 나타났다. 한 달이 지나기 전에 몸무게의 앞자리 숫자가 8에서 7로 바뀌었다. 고작 1kg을 감량한 것뿐이지만 주위를 맴돌던 공기가 조금씩 가벼워졌고 배를 둘러싸고 있던 둘레살도 조금씩 사라졌다.

주말마다 중랑천에서 달리며 땀 흘리는 기쁨도 누렸다. 뜨거운 뙤약볕 아래에서 야구를 할 때도 땀이 나긴 했지만 그건 운동으로 난 땀이 아니었고 수영을 할 때는 땀이 났는지조차 알 수 없었다. 땀은 달리기만의 매력이었다.

달리는 내게 불어온 바람이 땀을 씻어줄 때는 시원했고, 달린 후 샤워를 할 때 생긴 상쾌함은 머리끝부터 발끝까지 이어졌다. 수건으로 물기를 닦아낼 때는 더 건강해졌다는 기분까지 들었으니 주말마다 중랑천을 찾는 건 당연한 일과가 됐다.

땀이 잘 나는 초여름에 달리기를 시작한 건 행운이었다. 몸무게는 더 가벼워졌고 8이라는 숫자는 영원히 사라졌다. 몸과 마음이 따로 노는 횟수도 줄어들었고 단명에 대한 걱정도 사라졌다. 달리기 효과를 보자 좀 더 자주 달리게 됐고 실력도 따라왔다.

달리기의 체중감량 효과를 온몸으로 확인한 나는 수영을 그만두고 평일 주말 가리지 않고 달리기를 했다. 1km 달리기가 힘들었던 내가 어느새 3km, 5km, 10km를 달리는 사람이 됐다. 10km 달리기를 무리 없이 하게 됐을 무렵 회사 선배가 마라톤을 권유했다. 다리가 없는 강에 커다란 거북이가 여러 마리 나타나 저쪽으로 건너가라고 말하는 기분이었다.

며칠 고민 하다 몇 달 뒤 열리는 하프 마라톤을 신청했다. 첫 마라톤 대회는 설렘 반 걱정 반이었다. 소풍 가는 설렘에 밤잠을 설쳤지만, 막상 대회장에 가면서는 고작 10km 언저리만 뛰어본 내가 하프 마라톤을 완주할 수 있을지 걱정됐다. 많은 사람들과 함께 출발선에 섰을 때 손에서 땀이 났다. 목표 기록이 없던 나는 출발 총성과 함께 평소처럼 달렸다. 예상과 달리 하프 마라톤을 힘들지 않게 완주했다. 나도 모르는 사이 충분한 준비가 되어 있었다. 동네 러너에서 마라토너가 된 순간이었다. 하프 마라톤 완주는 달리기에 대한 자신감을 급격히 키웠고 어린 시절 달리기를 꽤 잘했다는 향수에 취했다.

다음 해 서울 국제마라톤 대회에서 3시간 30분 안에 들겠다는 과욕을 품었다. 확실한 목표 덕분에 달리기 열정은 한 해가 지난 뒤에도 여전했다.

풀코스 완주를 위한 체계적인 준비를 해야 했으나 무엇을 해야 하는지는 몰랐다. 10km를 뛰듯이 풀코스를 달리면 3시간 30분 안에 들어올 거라고 생각했다. 대회 준비 기간 장거리 달리기는 16km 달리기 한 번이 전부였지만, 자신감은 넘쳐흘렀다. 달리기 하기 전 81kg이던 몸무게는 73kg으로 8kg이나 줄어 있었다.

대회 당일 출발지인 광화문으로 향하는 마음은 기대로 가득했다. 마라톤 기록이 없던 나는 제일 마지막 조에서 몸을 풀었다. 출발 총성과 함께 용수철처럼 튀어 나갔다. 수많은 사람을 뒤로 보내며 거들먹거렸다. "역시 나는 타고난 러너야, 음하하하!"

영상 10도가 안 되는 쌀쌀한 날씨였지만 5km를 넘어서면서부터 추위는 사라졌다. 10km를 넘어서면서 몸에 땀이 살짝 솟았다. 몸이 풀리면서 마음이 편해지고 조금씩 기분이 좋아졌다. 하프를 지나면서 몸은 더 가벼워지고 자신감은 날아올랐다. 30km 지점을 지날 때까지도 330°은 떼놓은 당상이었다. 머릿속에선 더 좋은 기록을 계산하며 골인 지점에서 활짝 웃는 모습을 그렸다.

• 330: 마라톤 풀코스를 3시간 30분 안에 완주하는 걸 줄여서 부르는 말이다.

32km를 지나는 순간, 멀쩡하던 무릎이 거짓말처럼 고장 났고 330
은 조금씩 멀어졌다. 다리는 펑크 난 타이어처럼 굴러가지 않았다.
그대로 포기할 수는 없었다. 솟구치는 통증을 억누르고 몇 번이나
달리기를 시도했다. 더해지는 건 고통일 뿐 걷는 속도는 전혀 더해
지지 않았다. 타이어가 펑크 나면 교체라도 하겠지만 다리를 새것으
로 교체할 수는 없었다.

330은 완전히 떠났지만, 완주의 끈을 놓을 수 없었다. 한쪽 다리는
끌고 한쪽 다리는 끌려갔다. 부끄러웠지만 걸었고 더 부끄러울 수
없어 완주했다. 시간은 하염없이 흘렀다. 최종 기록은 목표한 기록
보다 44분이나 늦은 4시간 14분을 찍었다.

대회는 끝났지만 무식함과 과욕이 부른 참사는 현재진행형이었
다. 마라톤이 끝났으니 부상도 함께 끝나야 하는 것 아니냐는 외침
은 메아리가 되어 돌아왔다.

어느 날 내게 마라톤을 추천한 회사 선배의 권유로 '달리는 의사'가
운영하는 병원에 갔다. 달리는 의사는 쉬면 낫는다고 했다. 그 병원
뿐만 아니라 다른 병원에서 만난 의사들도 하나같이 말했다. "그냥
쉬면 낫습니다."

저런 말은 나도 하겠다고 생각했지만, 의사의 말을 고분고분 잘 들
었다. 초보운전자의 마음처럼 모든 것이 조심스러웠던 까닭이다.

내가 만난 의사들은 하나같이 병명이나 증상에 대해 제대로 설명
해주지 않는 불친절한 공통점이 있었다. 알아들을 수 있는 쉬운 말
이 있음에도 굳이 난생처음 들어보는 전문용어를 썼다. 답답하고 짜

중 날 때가 많았지만, 내 정신건강을 위해서 마음을 다스렸다.

달리기를 하지 못하니까 몸무게가 슬금슬금 올라갔다. 조급한 마음에 무작정 낫기만을 기다리지 못했다. 달리기를 완전히 멈춘 후 한 달이 지났을 때 다시 달리기를 시작했다. 조금이라도 의심스러운 증상이 있으면 바로 멈추고 쉬었다. 뛰고 멈추기를 반복하던 어느 날 부상에서 완전히 벗어났다. 그때부터 천천히 거리는 늘리고 속도는 높였다. 올라가던 몸무게가 잠시 멈추더니 다시 후진하기 시작했다.

첫 풀코스에 도전한다고 했을 때 마라톤을 권했던 선배가 누누이 경고했다. "첫 마라톤에서 3시간 30분? 그건 미친 짓이다. 절대 그렇게 하지 마라. 잘못하다간 큰일 난다."

그때마다 혼잣말했다. '나는 나야. 나는 다르다고. 내가 다르다는 것을 증명하겠어.'

결과는 남들과 전혀 다르지 않았다. 목표 달성 대신 인간은 모두 같은 몸뚱이를 가진 존재라는 교훈을 얻었다.

330은 실패했지만 달리기를 만나 얻은 혜택은 대단했다. 체중감량에 성공하며 몸과 마음이 따로 노는 현상은 역사 속으로 사라졌고 단명에 대한 두려움도 떨쳤다. 달리기만 하면 언제든 몸무게를 뺄 수 있다는 자신감도 생겼다. 하프 마라톤을 가뿐히 완주하고 아쉬운 기록이지만 풀코스를 완주한 마라토너도 됐다.

호언장담했던 330 목표 달성은 숙제로 남았다. 해결하고 싶었다. 기다려라 춘천!

함달의 힘

달리기 좀 한다는 사람은 아무도 330을 하겠다는 내 말을 믿지 않았다. 몇 달 전까지 부상으로 곡소리를 냈고 춘천마라톤도 코앞에 다가왔으니 허풍쟁이라 할 만했다. 달리기 경력이 짧은 사람은 무조건 좋은 기록을 내기 힘들다는 편견이 한가득 느껴졌다. 오기가 생겼다. 누구나 열심히 하면 330을 할 수 있다는 것을 보여주고 싶었다.

첫 풀코스에서 다리를 끌던 기억은 수시로 찾아왔고, 무릎 부상이 재발하면 어쩌나 하는 두려움은 피할 수 없었다. 내게 330을 할 수 있는 능력이 있는지에 대한 의문도 완전히 떨치지는 못했다. 어떻게 해야 330을 달성할 수 있을까? 질문은 머릿속에서 매미가 되어 울었다.

중랑천에서 달리기를 하다 똑같은 동호회의 옷을 입고 무리 지어 달리는 사람을 발견했다. '달리기 동호회에 가입하면 330 달성에 도움이 되지 않을까?'

며칠 동안 달리기 동호회 정보 수집에 여념이 없었다. 러닝 동호회에는 숨은 실력자들이 많고 체계적인 훈련을 한다는 것을 알게 됐다. 한 줄기 빛이 내리는 느낌이었다.

춘천마라톤을 100일쯤 앞두고 집 근처에서 모이는 동호회에 갔다. 집에서 가까워야 한 번이라도 더 간다고 생각했다. 달리기를 좋아해서 갔지만 어색했다. 나는 누군가와 친해지기 위해서는 제법 시간이 걸리는 사람이었다. 한쪽 모퉁이에서 달릴 때까지 기다렸다. 누군가의 구령에 맞춰 가볍게 스트레칭을 하고 또 다른 누군가의 외침에 출발했다. 내가 동호회에 가입한 이유는 달리기 실력 향상이었지만, 유쾌하게 웃으며 함께 달리는 러너들을 보니 그들 속에 섞이고 싶은 마음이 싹텄다.

동호회는 매주 네 번 정기모임을 했는데 세 번은 일상적인 10km 달리기였고 한 번은 풀코스 마라톤 대회를 위한 훈련을 했다. 훈련은 언덕 달리기와 장거리 달리기, 인터벌 달리기와 실전 달리기 등이 조화롭게 구성돼 있었다. 마라톤 훈련이라고는 해보지 않은 내게는 신세계였다.

정모 공지는 일찌감치 온라인 카페에 올라왔다. 춘천마라톤을 위해 당장 나오라는 내용이었다. 공지를 보면 도저히 나가지 않을 수 없었다. 나가서 달리면 춘천마라톤에서 330을 하며 웃는 모습이, 나가지 않으면 지난 대회 때처럼 꼬꾸라지는 모습이 눈에 아른거렸기 때문이다.

동호회에서 굉장한 사람을 만나며 연일 감탄했다. 42.195km를 3

시간 이내에 달리는 건 놀랄 일이 아니었다. 나이 60이 되어서도 복근이 있는 형, 몸무게 100kg으로 한 달에 두 번씩 100km 마라톤을 달리는 형, 나이 50이 넘어 100km를 달리는 누나, 풀코스를 4시간 이내에 뛰는 손녀를 둔 할머니, 이런 형들과 누나를 볼 때마다 뇌는 몸을 가만두지 않았다. "너는 이렇게 가만있으면 안 돼. 뭐라도 해. 네가 제일 어려."

달리기 고수들의 조언을 스펀지처럼 빨아들이며 평일에는 10km, 주말에는 20km나 30km를 달리며 330 달성을 위한 노력을 아낌없이 이어갔다. 춘천마라톤을 앞두고 달리기 실력은 일취월장했다.

지난 대회가 남긴 부상에 대한 트라우마는 여전했다. 다행히 많은 선배 러너가 용기를 주었다. "걱정하지 마. 계획된 훈련만 빠짐없이 소화하면 충분히 330 할 수 있어. 너를 믿어. 꼭 할 수 있을 거야."

춘천마라톤 대회 당일 동호회의 고수 선배들은 하나만 강조했다. "모든 훈련을 빠짐없이 마무리했으니 충분히 330을 할 수 있다. 대신 절대로 오버페이스를 하지 마라. 더 잘 뛸 수 있다는 자신감이 들더라도 30km까지는 원래 계획했던 페이스로 달리고 정말 더 할 수 있다는 확신이 서면 35km 이후에 좀 더 속도를 높여라. 마라톤 이번 한 번만 할 거 아니니까 꼭 명심해라."

주위의 우려와 달리 나는 330 이상 더 잘 달릴 마음이 전혀 없었다. 첫 실패의 교훈과 고수 선배의 조언을 철석같이 믿고 로봇처럼 달렸다. 하프까지 힘이 남아돌 때도 첫 풀코스 때와 달리 전혀 우쭐하지 않았다.

30km를 넘기자 마라톤의 벽은 여지없이 찾아왔다. 나와의 싸움이 시작됐고 35km를 지나면서 다리에 경련이 찾아왔다. 쥐가 이기면 실패였다. 속도를 늦추며 쥐를 달랬다. 쥐의 공격은 차츰 둔해지다가 어느 순간 사라졌다. 적당한 운과 노력으로 쥐와의 전투에서 내가 이겼다.

결승선이 보이자 뜨거운 마음이 용암처럼 솟았다. 내 몸에 있는 모든 힘을 다리로 보냈다. 얼굴엔 고통과 환희가 동시에 널뛰었다. 땀을 닦는 척 눈가에 솟은 물방울을 닦아내며 결승선을 통과했다. 3시간 28분 31초.

많은 사람들의 축하를 받으며 뭉클했다. 지난여름 내내 땀 흘렸던 장면이 하나둘 떠올랐다. 모든 영역에서 그렇진 않지만, 최소한 달리기는 노력한 만큼 결과로 이어졌다.

기쁨과 성취감을 안겨준 춘천마라톤은 달리기에 숙제를 남겼다. 풀코스 목표 기록을 달성했더니 열정이 조금씩 사그라들었다. 그제야 나는 달리기는 야구와 달리 그다지 재미있는 놀이가 아니라는 것을 깨달았다. 일단 나가서 달리면 기분이 좋았지만, 막상 나가기 전까지는 의지의 몫이었다. "문밖을 나가기가 제일 힘들어"라고 말한 지인의 말이 떠올랐다.

달리기를 멈췄더니 다시 살이 슬금슬금 올랐다. 환장할 노릇이었다. 평일 정모에는 바쁘다는 핑계로 나가지 않았고 토요일 훈련은 다음 대회 때까지 중단됐다. 대신 일요일 정모는 꾸준히 나갔다. 기록을 목표로 하는 달리기가 아니었으니 회원들과 이런저런 이야기를 하며 천천히 달렸다.

어느 날 지인들과 평소 관심 있는 주제에 관해 이야기하며 10km 를 달렸더니 한 시간이 순식간에 사라졌다. 태어나서 처음으로 달리 기에서 재미를 발견한 순간이었다. 함께 달리면 재미있구나!

안타깝게도 함께 달릴 친구가 없었다. 러닝 동호회 회원들과 친해 졌지만 달릴 때마다 재미있게 달리기에는 역부족이었다. 친한 사람 중에는 왜 이렇게 달리기를 좋아하는 사람이 없을까?

그 순간 두 사람의 얼굴이 번쩍 떠올랐다.

'참 까칠하네.' 직장 선배의 사무실에서 나오며 할 수 있는 최대한 의 점잖은 욕을 속으로만 했다. 그의 사무실에 찾아간 이유는 달리 기 동호회 가입을 권하기 위해서였다. 달리는 의사를 소개해준 호의 에 대한 보답 차원이기도 했다.

얼마 전 중랑천에서 동호회 회원들과 함께 달리다 혼자서 달리는 그를 보았다. 그는 '나 힘들어' 딱지를 얼굴에 붙이고 힘 빠진 다리를 밀대 삼아 바닥 청소를 하고 있었다. 연민을 느꼈다. 며칠 동안 고민 한 후 조심스럽게 말을 꺼냈지만, 그는 나의 호의를 단칼에 잘랐다. "글쎄, 난 별로 관심 없어. 너는 열심히 하든지…."

그는 10년간 '보스턴'을 외치던 마라토너였다. 보스턴 마라톤은 올 림픽을 제외하고 유일하게 기록으로 참가 제한을 두는데, 그는 참가 기록을 달성하지 못했다.

동호회 가입을 권한 지 보름쯤 지났을 때 그가 정기모임에 모습을 드러냈다. 어이가 없었다. '이럴 거면 내가 권했을 때 가입하든지….'

시간은 모든 섭섭함을 날렸다. 우리는 함께 달리는 시간을 쌓아가 며 거친 호흡과 굵은 땀방울을 공유했다. 우리는 함께 달리면서 웃고, 달리기를 주제로 대화하고 고개를 끄덕였다. 때론 가볍게 때론 격하게 서로를 격려하며 선의의 경쟁이라는 씨앗을 마구마구 뿌렸다. 누구보다 까칠하던 그는 세상에서 가장 살가운 사람이 됐다. 달리기 친구가 된 그는 '홍시기'다. 자주 등장하는 이름이라 미리 알려둔다.

동네 형을 처음 만난 건 갓 태어난 아들 덕분이다. 놀이터에서 아이들과 함께 놀다가 친해진 엄마 넷이 의기투합해 동네 엄마 모임을 만들었다. 얼마 뒤 아빠들도 함께 모이는 자리에서 그를 만났다. 나보다 두어 살 많다고 들었는데 그는 나를 보자마자 말했다. "형님, 안녕하세요?"

기분이 좋지 않았지만, 아무렇지 않은 척했다. 앞으로 계속 볼지 안 볼지도 모르는데 굳이 나이를 알려주고 싶지 않았다. 나를 실제보다 더 나이 많은 사람으로 본 그에게 소심한 복수를 한 셈이다.

시간은 그가 꽤 괜찮은 사람이라는 것을 알려줬고 우리는 조금씩 남다른 관계가 됐다. 꽤 친해졌을 무렵 그에게 달리기 동호회 가입을 권했다. 그는 그럴 때마다 웃기만 했다.

나는 누군가에게 억지로 달리기를 권하는 사람이 아니었기에 분기에 한 번 정도 달리기 이야기를 슬그머니 꺼냈다.

몇 차례 권하기가 반복된 어느 날, 예상치 못한 그가 정기모임에 나타났다. 그는 누구와도 쉽게 어울리는 사람이었다. 달리기 실력 향상을 위해 동호회에 가입한 나와 달리 그는 사람이 좋아 달리기에 빠져들었다. 달리기 친구가 된 그는 '마라닉TV 올레'다. 그도 이 책에 자주 등장하는 인물이다.

　우리 셋은 죽이 잘 맞았고 주말에는 수시로 함께 달렸다. 친구와 함께하는 달리기는 의지로 하는 운동이 아닌 재미있는 놀이였다. 주말에 시간이 되면 누가 먼저랄 것 없이 함께 달리자고 연락했다. 달리기 친구는 전봇대가 되려던 나를 다시 뛰게 했다.
　시간이 흐르며 동호회 러너들과도 친해졌고 한 사람 두 사람 새로운 친구가 생겼다.
　어느 날, 지인이 여섯 명이 한 팀이 되어 42.195km를 달리는 릴레이 구간 마라톤 대회가 있다고 했다. 운동회의 꽃은 400m 계주라고 생각하는 나는 릴레이 대회를 그냥 지나치지 못했다. 먼저 홍시기와 올레를 꼬드겼다. 친구들과 합심하여 여섯 명을 꾸렸다. 여섯 명이 모여 한 팀이 된 우리는 목표 기록을 정하고 주말마다 함께 달렸다. 훈련이 아닌 재미로 하는 달리기로 더 자주 더 오래 달렸다. 혼자 가면 빨리 가지만 함께 가면 멀리 간다는 말은 진리였다. 멈출 수도 있었던 나는 친구들 덕분에 다시 달렸다. 친구들은 영원히 소모되지 않는 달리기 배터리였다.
　우리는 최선을 다했지만 입상하지는 못했다. '혹시나' 하는 마음을 품었지만 '역시나'였다. 그래도 우리는 하회탈이었다. 기분으로 치면 우리가 1등을 하고도 남았다.

　달리기 친구 홍시기는 2년 뒤 보스턴 마라톤 기록을 달성했다. 대회가 끝나고 그가 말했다. "올림픽 주경기장에 들어서는데 눈물이 나고 입에서는 '에잇 18' 욕이 튀어나왔어. 아직 그 이유를 모르겠네."

나는 알 것 같았다. 10여 년간 이어진 실패의 회한이 고스란히 떠올랐을 것이다. 입으로는 욕이 나왔지만 감격했을 것이다. 골인 지점에 통과한 그는 대뜸 누군가에게 큰절을 했다. 큰절을 받은 사람은 100km를 100회나 뛴 전설적인 러너이자 홍시기의 보스턴 마라톤 기록 달성을 도운 은인이었다.

나도 그 대회에 참가했다. 그가 결승선에서 오두방정을 떨고 있을 때 나는 1초라도 더 빨리 결승선에 들어오려고 발버둥치고 있었다. 내 소개로 동호회에 왔을 때는 내가 달리기를 더 잘했는데 얼마 지나지 않아 나를 가뿐히 넘어선 것이다. 짧은 순간이었지만 이런 생각을 했다. '괜히 데리고 왔나?'

홍시기는 다음 해 보스턴행 비행기에 몸을 실었고 보스턴에 다녀온 뒤에는 끊임없는 자랑을 침 튀기며 쏟아냈다. "응원 나온 웨슬리 여대생들이 그렇게 예쁠지 몰랐다. 하하하!"

무관심한 척했지만 부러웠다. 우리는 여전히 마라톤 기록을 위한 선의의 경쟁을 한다. 이것이 달리기를 멈추지 않고 지속하게 하는 또 하나의 이유다. 선의의 경쟁은 이기겠다는 마음이 아닌 서로에 대한 존중에서 시작된다. 그래야 승부가 나도 상처받지 않는다. 훗날 알게 된 달리기가 알려준 삶의 지혜다.

동네 형에서 달리기 친구가 된 올레는 PD 생활을 청산하고 달리기 유튜브 〈마라닉TV〉를 개설했다. 예전부터 꿈꾸던 본인만의 진짜 영상을 만들고 있다.

친구가 그냥 되지는 않았다. 누군가 먼저 다가갔을 때 우정은 시작되고 좋아하는 것을 함께했을 때 굳건해졌다.

우리가 하는 대부분의 활동은 소중한 사람과 함께할 때 완전해진다는 것을 친구를 통해 알게 됐다. 무엇이든 어디서 어떻게 하느냐보다 누구와 함께하느냐가 더 중요하다. 아무리 맛있는 음식도 싫어하는 사람과 먹으면 맛이 없고, 아무리 맛없는 음식도 좋아하는 사람과 먹으면 먹을 만하다고 하지 않던가.

달리기도 마찬가지다. 함께 달릴 친구가 있다면 누구라도 더 멀리 더 자주 그리고 더 빨리 달릴 수 있다.

달리기에 권태기가 찾아왔다

영덕

달리기에 권태기가 찾아왔다. 달리기는 사랑과 달리 뜨겁지도 않다. 원초적 본능이 충만한 사랑도 피하지 못하는 권태기를 달리기가 무슨 수로 막을 것인가? 담담히 권태기를 받아들이고 벗어나기 위해 발버둥치는 것이 현명할 것이다.

운동과 달리기의 기원에 대해 생각했다. 우리가 아는 대부분의 운동은 즐기기 위한 놀이에서 시작했지만 달리기는 잡거나 잡히지 않기 위한 생존에서 시작했다. 건강에 빨간불이 켜져 달리기를 시작한 사람이 파란불을 찾으면 달리기 횟수를 줄인다. 재미난 영상 중간에 나오는 광고처럼 당연하다.

달리면 세로토닌과 도파민 같은 천연 마약이 생성돼 기분이 좋아지지만, 조금이라도 핑계가 생기면 달리고 싶은 마음이 슬금슬금 도망간다.

밥그릇에 든 밥알처럼 많은 달리기의 장점도 권태기를 막기에는 역부족이었다. 대신 권태기가 찾아올 환경은 하나씩 갖춰졌다. 나는 누구보다 건강해졌다. 달리기가 일상이 되며 설렘은 차츰 사라졌다. 2년여 동안 매주 네다섯 번씩 밥먹듯 달렸더니 어느 순간 생활 반경에서 달리지 않은 곳을 찾기 어려웠던 까닭이다. 목표가 사라지자 대회조차 특별하지 않았다. 더이상 달리기는 설레지 않았다.

어느 일요일, 친구들과 중랑천에서 달리고 있을 때였다. 홍시기가 무라카미 하루키에 관해 이야기했다. "무라카미 하루키도 달리기를 좋아해. 알고 있니? 달리기에 관한 책도 썼는데, 제목이 뭐더라…."

세계적인 작가가 러너라는 사실이 호기심을 자극했다. 하루키의 책 제목은 《달리기를 말할 때 내가 하고 싶은 이야기》였다. 며칠 뒤 그 책을 단번에 읽었다. 그때까지 나는 한 달에 300km를 뛰어본 적이 없는데 하루키는 수시로 그렇게 달렸다. 그는 예상을 뛰어넘는 대단한 러너였다.

하루키의 이름을 처음 알게 된 건 《상실의 시대》라는 책을 우연히 보게 된 중학생 때다. 그 이후 그는 잊을 만하면 새 책을 내고 또 잊을 만하면 노벨상 후보로 각종 신문과 방송에 등장했다.

하루키는 나와 전혀 상관없는 사람이지만, 그의 달리기 책을 읽는 순간 무한 신뢰가 하루키에게 향했다.

영화나 드라마에서 멋진 남녀 배우가 달리는 장면을 볼 때마다 나도 그곳에서 달리고 싶어졌다. 그들처럼 달리면 나도 영화배우처럼 멋질 것 같았다. 희한하게도 그런 바람은 TV나 영화를 볼 때만 유효했고 TV 전원을 끄거나 영화관을 나올 때면 예정된 것처럼 신기루가 됐다.

하루키의 책은 영화나 드라마와 달랐다. 그의 이야기는 앞으로 내가 달려야 할 미래의 달리기가 됐다. 그는 책에서 도쿄, 아테네, 하와이, 뉴욕에서 달린 이야기를 했다. 그가 달린 모든 곳은 내가 한 번은 가고 싶었던 여행지, 언젠가는 한 번은 달려야 할 코스가 됐다. 그렇다고 당장 하루키처럼 도쿄에서, 뉴욕에서, 아테네에서 달릴 수는 없었다. 해외여행을 떠나기 위해서는 적당한 돈과 시간이 있어야 하고 돈과 시간을 넘어설 딱 그만큼의 용기도 필요하다.

해외여행을 갔을 때만 달릴 것이 아니라 국내여행에서 먼저 달려야겠다고 마음먹었다. 꿈만 꾸다 할아버지가 되기 싫었고, 어디든 설레는 여행지라면 해외든 국내든 그리 큰 차이가 날 것 같지도 않았다.

얼마 뒤 영덕으로 여행을 떠났다. 내륙 깊숙한 곳에서 태어나고 자란 나는 바다에 대한 로망이 크다. 가슴 뛰는 바닷가 달리기를 계획했다. 사촌형이 블루로드에 대해 알려주었다. 블루로드는 부산에서 강원 고성에 이르는 해파랑길의 일부로, 영덕 대게 공원에서 시작하여 고래불 해수욕장에 이르는 60km가 넘는 해안길이다.

펜션이 해변에 있어 밖으로 나가자마자 바다가 보였다. 여행 가서 처음 달리기를 하는 역사적인 날, 동해 앞에 펼쳐진 수평선을 바라보는데 뭐가 그리 설레던지…. 8월 중순이었지만 시원한 바닷바람에 더위를 느낄 수 없었고 바다를 보면 늘 그렇듯 마냥 기분이 좋았다.

내가 선 곳은 블루로드 A~D 코스 중 B 코스 어느 지점이었다. B

코스는 블루로드 중에서도 바다를 가장 많이 볼 수 있는 곳이라 '환상의 바닷길'이라고도 불린다. 확 트인 바다 앞에 서니 우쭐해졌다. 상기된 마음으로 천천히 걷다가 바다와 풍경에 익숙해졌을 무렵 달리기 시작했다.

심장 뛰는 소리에 '흔들다리 효과'가 떠올랐다. 1974년 콜롬비아대학교의 아서 아론과 도널드 더튼 박사는 안정된 다리와 흔들리는 다리 위에서 만난 이성에 관한 비교 연구를 했다. 안정된 다리보다 흔들리는 다리에서 만난 이성에게 더 끌린다는 결과가 나왔다. 흔들리는 다리 위라서 심장이 뛰는 건데 뇌는 이성 때문에 설렌다고 착각하는 것이다.

상상의 나래를 펼쳤다. 앳된 청년이 버스를 타고 소개팅에 가고 있다. 시내에 집회가 있는지 도통 버스가 움직이지 않는다. '큰일 났네. 이러다 늦겠는데, 어쩌지….'

급히 내려 지하철로 갈아탄다. 지하철에서 내려 전속력으로 뛴다. 약속 시각보다 3분 늦었다. 자리에 앉자마자 사과부터 한다. 맞은편에 앉은 그녀가 물잔을 건네며 말한다. "뛰어오셨나 봐요. 차가 막혔죠? 물 한 잔 드세요."

심장은 쿵쾅쿵쾅 통제할 수 없다. 그녀의 친절한 태도와 매력적인 외모에 첫눈에 반한다. 그녀와 커피를 마시는 동안 시간은 속절없이 흐른다. 혹시나 하는 기대감으로 묻는다. "혹시 엽기적인 그녀 봤나요? 재미있다던데…."

"아니요. 아직…." 그녀의 말에 날아갈 듯이 기뻤다.

사실은 그녀도 조금 전에 도착했다. 오는 길에 사고가 있어 조금 뛰기도 했는데 결국 늦었다. 아직 그가 오지 않아 호흡을 가다듬었다. 물을 마시며 창밖을 보니 뛰어오는 그가 보였다. 청바지에 흰색 티셔츠를 입고 달리는 모습이 건강해 보였다. 그가 나타났을 때 이마에 송골송골 맺은 땀방울은 왠지 그를 더 빛나게 했다. 둘은 영화를 보고 저녁 식사도 했다. 다음 약속 장소를 정하고 헤어졌다. 만나는 횟수는 점점 더해졌고 몇 년 뒤 예식장에 나란히 섰다. 상상은 미소를 남기고 사라졌다.

청춘 남녀가 첫 만남에 호감을 느끼고 결혼한 비밀은 흔들다리 효과에 있다. 둘은 모두 약속 장소에 달려왔고 덩달아 심장이 뛰었다. 남녀의 뇌는 심장이 뛰는 이유를 달리기가 아닌 상대방에 대한 호감으로 착각했다.

달리기로 생기는 '흔들다리 효과'는 여행을 더 사랑하게 할 수도 있겠다는 생각이 들었다.

어릴 때는 늘 뛰어놀았다. 주로 누군가를 잡거나 잡히지 않기 위해 도망가는 놀이를 했다. 달리기가 일상이던 시절이 있었는데 어느 순간부터 전혀 달리지 않았다. 그 생각이 들자 '왜 그랬을까?' 라는 의문과 함께 마냥 웃으며 뛰어놀던 어린 시절이 떠올랐다.

블루로드는 러너에게 최고의 코스였다. 달리는 내내 탁 트인 풍경이 눈을 사로잡았다. 뒤로 사라지는 풍경을 잡으려 두 눈동자는 양옆 끝까지 갔고 급기야 뒤로 넘어가려고 아우성쳤다. 푸르게 늘어선

가로수 뒤에 우뚝 솟은 풍력발전기는 웅장한 소리를 내며 돌아갔다. 풍력발전 특유의 소리는 블루로드의 숨소리 같았다. 바다와 연결된 기암괴석을 만난 순간 감탄했다.

언덕과 내리막을 번갈아 만났다. 달리기 대회라면 힘겨운 구간일 테지만, 언제든 멈출 수 있는 여행에서 만나는 언덕은 다양하고 설레는 풍경 중 하나였다.

달리다 만난 놀이터에선 어린이는 아니지만 한때 누구보다 놀이터를 좋아한 사람으로, 그냥 지나치지 않았다. 놀이터에 대한 예의를 갖추었다. 어린 시절을 떠올리며 미끄럼틀과 그네를 탔다.

해 뜰 시간이 다가왔다. 바다 앞에서 일출을 보고 싶었다. 일출의 순간을 놓칠까 봐 바닷가를 향해 힘차게 달렸다. 일출 명소에서 일출을 기다리는 동안에도 심장은 여전히 쿵쾅쿵쾅 뛰었다. 태양이 바다를 뚫고 힘차게 솟았다. 1년에 365번 떠오르는 태양이지만 바다에서 맞이하는 일출은 기껏해야 일 년에 한두 번이다. 벅찼다.

돌아올 때는 좀 더 빨리 달렸다. 온몸이 땀으로 흥건했다. 바다가 나를 불렀고 나는 기다렸다는 듯이 풍덩 뛰어들었다. 어린 시절 냇가에서 뛰어놀던 아이처럼 푸른 바다를 몇 번이고 뛰어내렸다.

첫 여행 달리기는 그렇게 어린아이처럼 경쾌했다.

여행은 또 하나의 달릴 이유가 됐다. 여행의 횟수만큼 달리기 횟수도 증가한다. 새로운 길을 만난다는 설렘에 여행이 기대됐고 여행가서 달리려면 평소에도 꾸준히 달려야 했다. 달리기와 여행은 주거니 받거니 서로를 이어주는 훌륭한 한 쌍이었다.

낯선 곳에서 만나는 달리기는 가정식이 아닌 외식이다. 눈을 거쳐 뇌로 들어간 멋진 풍경은 가슴과 다리로 이어져 전신을 자극했다. 꼭 해외여행이 아니어도 됐다. 살면서 한번도 달려보지 않은 공간과 길이 있는 곳이면 그곳은 어디든 좋은 여행지였다.

여행을 계획하는 동안 러너는 달릴 곳을 찾는다. 여행지에서 만나는 길은 나에게 말을 건다. 나도 길을 찾고 길도 나를 찾으니 도대체 달리지 않을 도리가 없다. 벌써 달리기 여행자로 산 지 십 년이 지났다. 어느 곳이든 여행하며 달리면 설레고 즐겁다.

여행이 달리기 권태기를 떨쳐내는 힘이 있다는 걸 조금씩 알게 됐다. 우리가 누군가와의 관계나 일상에서 권태기를 느낄 때 여행하며 벗어나듯이 달리기도 다르지 않았다. 지금까지 러너로 살 수 있게 한 건 꾸준히 여행하며 달린 덕도 크다.

가끔은 혼자 달리기 여행을 했지만 대체로 가족이나 친구가 함께 있었다. 혼자보다 함께 달릴 때가 좋듯이 누군가와 함께하는 여행은 혼자 하는 여행보다 완성도가 높다.

여행 가서 달렸더니 여행이 더 풍성해졌다. 남들보다 더 심장 뛰는 여행이 된 건 말할 것도 없다. 여행 가서 얼마나 달리는지는 누구와 함께 달리는지와 여행지에서 만나는 길에 따라 결정된다. 보통은 평소처럼 적당한 달리기를 한다. 여행의 기본은 자유니까 마음이 이끌리는 대로 달리고 여행한다.

달리기 친구들과 달리기 여행을 떠나면 20km, 30km 정도는 기본이다. 격하게 가슴 뛴다.

세대와 성별을 아우르는 가족은 조금 다르다. 가족들과 여행할 때 달리기는 대체로 일상에서 이루어진다. 건널목에서 파란불이 깜빡이는 것을 보면 아들이나 내가 외친다. "뛰자."

딸이 엄마를 재촉하듯 바라보며 달린다. 아내는 "에잇!"이라고 말하지만 웃는다. 적당히 가슴 뛴다.

여행에서 돌아오면 내가 만나는 사람과 공간이 고마워지고 다시 달릴 힘이 생긴다. 달리기가 새로워지고 도망갔던 설렘도 다시 찾아온다. 여행과 일상의 반복은 달리기는 물론 권태기 없는 인생을 살아가는 방법이기도 하다.

홍시기를 통해 나에게 달리기 여행을 알려준 하루키는 얼마 전 하나의 선물을 더 주었다. 이번에도 그 선물을 전달한 건 선의의 경쟁자 홍시기다. 어느 토요일 홍시기와 한강으로 달리기 소풍을 떠났다. 경춘철교에서 출발해 한강까지 갔다.

세빛섬 옆에 있는 한강 편의점에 들렀다. 20km를 달리고 먹는 라면 맛은 일품이었다. 시원한 아이스 아메리카노를 마시며 두 발로 달리는 사람과 자전거로 달리는 사람을 바라보니 근심은 모두 바람과 함께 사라졌다.

1km를 더 달려 동작대교 구름카페에 도착했다. 그곳에는 이마트24 편의점과 문학동네가 운영하는 작은 서점이 있다. 홍시기는 하루키의 책 《라오스에 대체 뭐가 있는데요?》를 내게 선물했다. 책에서 하루키는 보스턴에서 달린 이야기를 한다.

찰스강에서 달리는 그를 상상했다. 설레었다. 보스턴에는 보스턴 마라톤만 있는 줄 알았던 내게 하루키는 보스턴 여행을 심었다. 달리는 작가 하루키는 나에게 많은 영향을 준 사람이다. 벌써 일흔이 넘은 그를 어느 마라톤 대회에서 만날 수 있을까?

러닝화와 러닝 장비

달리기에 빠지면 러닝화와 러닝복 같은 달리기 장비에 관심이 간다. (운동을 시작하기 전에 먼저 장비를 갖추는 사람도 많다)

달리기에 무슨 장비가 있냐고 물을 수도 있지만, 의외로 다양하다. 장비에 대한 욕심은 열정과 비례한다. 지금 열정을 마구 뿜어내는 러너라면 더 다양한 장비를 갖추고 싶을 것이다. 달리기 장비가 다른 운동 장비보다 비싼 편은 아니지만, 모든 소비자는 가능하면 좋은 물건을 싸게 사고 싶어 한다.

이젠 다양한 고가의 장비도 등장했다. 이젠 모든 러닝 장비를 갖추거나 누군가의 시선을 빼앗는 러너가 되기 위해선 꽤 많은 돈을 써야 한다. 돈이 많다면야 처음부터 돈에 구애받지 않고 마음껏 사면 되지만, 그렇지 않다면 신중할 필요가 있다.

러닝 장비를 구매할 때 두 가지를 제안한다.

첫째, 필수장비는 반드시 사고 나머지는 실력을 쌓아가며 자신에게 주는 선물로 채워가는 것이다.

둘째, 합리적 소비를 위해 본인의 명확한 소비 기준을 정하는 것이다. 나는 러닝 장비를 살 때 커피 한 잔과 영화표 가격을 고려한다. 두 시간을 사용하는 데 드는 비용이 1만 5천원 내외라면 괜찮다고 생각한다. 비싸지만 내구성이 좋은 장비가 의외로 합리적으로 느껴지는 이유다.

 달리기 필수장비의 으뜸은 러닝화다. 특정한 러닝화를 추천하기는 의외로 어렵다. 우리의 발은 얼굴 생김새만큼이나 다르고 나처럼 한 사람의 발도 양쪽이 다를 수 있기 때문이다. 달리기 실력을 쌓아가다 보면 러닝화를 보는 안목도 높아지기 마련이니, 처음에는 평소 신는 운동화 브랜드의 쿠션이 두툼하고 예쁜 러닝화를 사자. 예쁘면 한 번이라도 더 신고 싶어진다. 매장에서 신어보고 사야 하는 건 두말할 필요도 없다.

 아울렛에 가면 반값에 살 수 있는 것보다 더 좋은 장점이 있다. 매장 직원의 눈치를 보지 않아도 된다. 러닝 초보인 당신은 분명 남의 시선조차 부담스러울 테니.

 다른 사람이 추천하는 러닝화는 10km 이상을 충분히 달릴 실력이 됐을 때 사도 늦지 않다. 그때 유튜브에서 '슈파 인더맨'을 검색해보자. 좋은 운동화를 싸게 사는 것이 그의 모토다. 운영자 슈파인더맨은 러닝화를 천 켤레 이상 신어봤다고 한다.

러닝화 외에는 반팔 티셔츠, 반바지, 속옷(여성의 경우 스포츠 브라 포함), 양말이 필수다. 모든 소재는 땀을 잘 흡수하고 잘 마르는 기능성 소재여야 한다. 허벅지가 특별히 굵어 쓸린다면 반바지 대신 타이즈를 추천한다. 또한, 계절별로 필수품이 있다. 이른 봄이나 가을에는 긴팔 티셔츠와 긴바지를 입고 날씨에 따라 바람막이 재킷도 입어야 한다. 겨울에는 넥워머, 비니, 장갑이 필수다.

필수는 아니나 있으면 좋은 장비도 있다. 음악을 들을 수 있는 블루투스 이어폰, 핸드폰과 기타 소지품을 넣을 수 있는 러닝 벨트, 햇볕을 막아주는 모자, 무릎을 보호하는 무릎 보호대와 테이프, 종아리 보호대, 눈을 보호하는 스포츠 고글, 달리기 분석 GPS 앱 등이다. 다양한 GPS 앱이 있지만, 초보자 러닝을 지원하는 '런데이' 앱을 추천한다. 러닝 코칭 기능까지 탑재된 최고의 앱이다.

여기에 고급 장비를 추가하면 실력과 관계없이 타인의 시선을 빼앗는다. 샤즈 골전도 이어폰, 가민 시계, 오클리 고글 등이 그렇다. 이런 고가의 장비는 첫 10km 완주, 첫 대회 참가 등 특별한 의미를 부여할 수 있을 때 자신을 위한 선물로 하면 좋다.

끝으로, 브랜드에 대한 의견이다. 러닝화를 기준으로 이야기하면, 본인에게 잘 맞는 러닝화를 만드는 브랜드를 선택하는 것이 바람직하다. 만약 그런 브랜드가 다수라면 브랜드가 추구하는 가치를 보고 선택하면 어떨까? 나이키의 'Just do it', 아디다스의 'Impossible is nothing', 노스페이스의 'Never stop exploring', 브룩스의 'Run happy', 언더아머의 '오직 돌파', 푸마의 'Forever Faster', 이 중에서 당신의 심장을 뛰게 하는 브랜드가 있으면 좋겠다.

PART 2

달리다

어디서나

7.84 km

01:12:52   10'29

단풍이 들 땐
달리기를

속
리
산

하루 24시간 중 9시간, 3분의 1 이상을 직장에서 보낸다. 잠자는 시간을 빼면 가족과 함께 보내는 시간보다 직장 동료와 보내는 시간이 많다. 직장 동료와 친해지는 건 생각만큼 쉽지 않다. 선후배는 물론이고 함께 입사한 동기도 마찬가지다. 직장은 일 중심이고 평가와 승진처럼 관계를 저해하는 요소도 많다. 시간이 지날수록 두터운 관계가 되기는커녕 멀어지기 일쑤다.

나는 그렇지 않을 거라고 생각했다. 직장 동료와도 친구처럼 친해질 수 있고 퇴직 후에도 만나는 직장 동료가 열 명쯤은 될 거라 믿는다. 그런데 희한하다. 직장 생활을 10년도 더 했는데도 친한 사람은 고작 한둘이 전부다. 도대체 직장 생활을 어떻게 했길래 친한 사람이 이 정도밖에 안 될까 하는 자괴감이 들 때도 있지만, 남들도 나와 다르지 않다는 것을 떠올리면 위안이 된다.

달리기 친구가 된 홍시기는 회사에서 달리기 터줏대감이었다. 그가 나를 회사 달리기 동호회로 이끌었다. 내가 그에게 사회 동호회를 추천했으니 서로 한 번씩 주고받은 셈이다. 회사에서 달리는 사람의 수는 마라톤 페이스처럼 일정하다. 들어오는 사람과 나가는 사람이 약속이나 한 듯 비슷했기 때문이다.

1년에 한두 번 하는 동호회 행사는 10km 마라톤 대회 참가나 여행 달리기였다. 보은이 고향인 홍시기가 자기 고향에서 달리자고 했다. "단풍이 들 때가 진짜 달리기 시즌이지. 이번에는 속리산 말티재가 어때? 꽤 괜찮은 대회야!"

터줏대감이 추천하는 데 굳이 마다할 이유가 없었다.

금요일 오후 휴가를 내고 이동했다. 동호회라고 해봤자 네 명으로 모두 한 차에 탈 수 있었다. 대전에서 오는 후배는 펜션에서 만나기로 했다. 교통체증을 걱정했지만 아무런 문제가 없었다.

서울에서 출발해 두 시간 반 만에 보은에 도착했다. 읍내 마트에서 각종 채소와 쌈장, 과일과 술을 샀다. 바비큐 파티에서 제일 중요한 고기는 소 갈빗살로 준비했다. 속리산 송이버섯은 고향이 보은인 홍시기가 미리 펜션으로 배송해놓았다. 평소에는 이렇게 고급스러운 여행을 하지 않는데 금의환향(?)한 홍시기가 맘껏 기분을 낸 덕분이다.

몇 년 전 직장 동료들과 제주에 갔을 때다. 지금은 퇴직한 선배가 우리를 식당으로 데려가며 말했다. "제주에 왔으니 말고기를 먹어야 겠지?"

그는 지갑은 열고 입은 닫으며 진정한 선배의 모습을 보였다. 머리로 아는 것을 몸으로 실천하는 선배가 멋졌다. 그때 홍시기도 그렇게 느꼈는지 선배의 모습을 따라했다.

시장을 다 봤을 때 시각은 오후 5시를 막 지나고 있었다. 식사 시간이 되기엔 일렀지만, 배에서 꼬르륵 소리가 났다. 자연산 송이와 갈빗살, 토속주와 각종 먹거리가 상상돼 입에 침이 고였다. 나는 파블로프의 개와 하나도 다르지 않았다.

대전에서 출발한 후배는 펜션에서 우리를 기다리고 있었다. 바비큐 준비를 서둘렀다. 둘은 숯에 불을 피우고 다른 둘은 야채를 씻고 마지막 하나는 그릇을 준비했다. 순식간에 준비를 끝내고 고기와 송이버섯이 익기를 기다렸다.

돼지고기는 노릇노릇 잘 익어야 하지만 쇠고기는 대충 핏기만 없으면 먹어도 된다는 누군가의 말을 실천했다. 핏기가 사라진 쇠고기는 누군가의 입으로 소리 없이 사라졌다. 송이의 운명도 쇠고기와 다르지 않았다. 석쇠에 잠깐 머물렀다 사라졌다.

평소에 보기 힘든 귀한 안주였다. 송이와 쇠고기가 사라지는 속도는 고속열차였지만, 술잔의 속도는 나무늘보였다. 달리기 대회를 앞둔 러너의 바람직한 모습이었다.

이야기의 꽃이 피고 있었다. 모두의 관심사는 봄날의 꽃처럼 다양했다. 같은 회사지만 하는 일도 다르고 취향도 달랐다. 음악을 좋아하는 사람은 악기와 클래식에 관해 이야기하고 책을 좋아하는 사람은 재레드 다이아몬드의 《총 균 쇠》를 요약했다. 홍시기는 법주사와 속리산에 대한 전문지식을 뽐냈다. 신입 후배는 요즘 러너들의 라이프스타일에 관해 말했다.

모두의 관심사인 달리기 이야기도 빠지지 않았다. 내일 코스는 생각보다 언덕이 심하다는 누군가의 말에 엄살을 부리는 사람도 있었고 전의를 불태우는 사람도 있었다. 이제 달리기를 갓 시작한 후배는 진지한 모습으로 출사표를 던졌다.

훗날 TV에서 〈알쓸신잡〉이라는 예능 프로그램을 봤다. 작가 김영하, 가수 유희열, 전직 정치인 유시민, 맛 칼럼니스트 황교익, 과학자 정재승 씨가 출연해 여행하며 느낀 다양한 관점의 이야기를 펼쳤다. 그 프로그램을 보는 순간 직장 동료들과 했던 속리산 달리기 여행이 떠올랐다.

직장 동료들은 〈알쓸신잡〉에 나오는 어느 출연자였다. 평소엔 옆에서 일하는 동료 그 이상도 이하도 아니었는데 각자의 관심사에 대해 말하는 순간 전문가의 향기가 났다. 나는 예외였는데, 시종일관 송이와 소 갈빗살에 집중했다. 누군가 핏기가 사라지면 먹으라고 했지만 나는 "레어가 좋아" 라는 말로 대신했다.

지인들과 여행을 가서 바비큐 파티를 하면 혀가 꼬이는 사람이 한 명은 등장한다. 좋은 사람들과 기분 좋은 이야기를 하면 한 잔 들어가고 또 한 잔 들어가고, 그러다 보면 어느새 술이 술을 먹는 상황이 나온다. 이날은 그렇지 않았다. 죽은 공명이 산 중달을 이긴다더니 내일 달리기가 오늘 술을 잡은 셈이다.

숯불의 힘이 약해지고 대화가 뜸해지자 풀벌레들이 대화를 이어

받았다. 우리의 목소리에 숨죽였던 풀벌레들이 각자의 소리를 내기 시작했고 우리는 풀벌레들의 공연에 귀를 기울였다. 서울에서 만날 수 없는 소리를 들으며 하늘을 올려다보니 별이 반짝였다.

어린 시절 어느 여름, 옥상에서 잘 때 할머니가 들려주던 옛날이야기와 부채 바람이 생각났다. 그때는 당연했던 풍경이 이제는 서울에서 차로 두어 시간은 달려야 겨우 만날 수 있게 됐다. 아쉬움이 물밀 듯 밀려왔다.

단체여행에서 잠을 잘 자려면 코 고는 사람을 피해야 한다. 우리가 사용할 방은 셋, 코를 고는 사람은 한 명이었다. 네 명은 2인 1실을 사용하고 코를 고는 한 사람만 1인 1실을 이용했다. 코골이가 좋은 건 아닌데 이날은 혼자 독방을 차지했으니 코골이 선배는 의문의 승자가 됐다.

자려고 누웠는데 잠이 오지 않았다. 마침 룸메이트인 입사 동기도 잠 못 이루고 있었다. 슬쩍 말을 건넸다. "1년에 한 번 하는 직장 동료와의 여행이 좋네. 평소에 몰랐던 모습도 발견하고 이런저런 이야기를 했더니 이전보다 훨씬 가깝게 느껴진다."

그도 맞장구쳤다. "오늘 먹은 송이와 쇠고기는 정말 맛있었어. 내일 달리기는 대충하고 멋들어진 단풍을 즐기자."

"당연하지. 이 좋은 가을에는 달리기보다 단풍놀이지."

서울에도 북한산, 도봉산, 관악산 같은 명산이 여럿 있지만, 살다 보면 가을에 단풍놀이 한번 제대로 못 하고 계절을 보낼 때가 많다. 마침 우리는 소금강으로 불릴 만큼 아름다운 속리산에 왔으니 단풍을 만끽할 수 있었다. 계절이 바뀔 때마다 바뀐 자연을 느끼는 것, 그

것이 진짜 행복이 아닐까?

새벽 일찍 눈을 떴다. 지난밤 동기와 나는 누가 먼저 잤는지 모른다. 이야기를 나누다 어느 순간 잠들었다. 일어난 순서대로 씻고 바나나와 카스텔라 같은 간편식으로 식사를 했다. 배고픈 사람은 이동하면서 떡을 먹기로 했다. 출발지인 말티재 꼬부랑길에 도착하니 이미 차들로 가득했다.

차 안에서 대회복으로 갈아입었고 대회장으로 걸어가며 몸을 풀었다. 시골 대회치고는 선수들이 많았다. 진행자의 안내에 따라 체조를 하고 출발선에 섰다. 빨리 뛸 마음이 없는 나는 긴장하지 않았는데 주위 선수들은 달랐다. 당장이라도 튀어나갈 듯한 열기를 뿜었다.

출발 총성이 울리자 앞에 선 선수들이 스프링처럼 튀어나갔고 나는 멈칫하다 굼벵이처럼 움직였다. 출발 지점부터 가파른 경사에 숨이 차올랐다. 직접 달린 꼬부랑길은 지도보다 더 꼬불꼬불했다. 다행히 언덕은 길지 않았고 이내 평평한 임도로 바뀌었다. 그제야 절정의 단풍이 눈에 들어왔다. 주최 측의 택일에 감탄했다. 어쩌면 그들의 정성에 하늘이 보답했는지도 모른다.

속리산을 품은 보은은 세조와 인연이 깊다. '말티재'도 세조와의 인연으로 이름 붙여졌다. 세조는 신미 스님을 스승으로 삼았고 스님이 머물던 법주사를 찾았다. 가마를 타고 속리산을 넘어갈 수는 없어 말로 바꿔 타야 했다. 그래서 말티재가 됐다고 한다.

조카를 몰아내고 왕이 된 세조, 드라마 같은 왕의 이야기는 야설과 버무려져 다양한 드라마와 영화로 제작됐다. 역사 왜곡 논란을 일으킨 영화 〈나랏말싸미〉에도 세조가 등장한다. 관객수는 주인공 역을 맡은 송강호, 박해일의 명성이 무색하게 백만 명도 채우지 못했다. 흥행 참패의 이유를 역사 왜곡이나 세종대왕을 깎아내린 데서 찾는 평론가도 있지만 과연 그럴까? 영화가 참패하는 이유는 단순하다. 재미가 없기 때문이다.

법주사 입구에서 신미 스님이 머물던 복천암까지 2.5km 길이의 '세조길'이 있는데, 훗날 나는 그 길을 달리기 친구들과 함께 달렸다. 왕의 길이라 부르기에는 소박한 세조길은 권력에 눈이 먼 젊은 세조가 아닌 조선의 번영을 꿈꾸던 황혼의 세조를 닮았다. 젊을 때 사람은 앞만 보고 살지만, 세월이 흘러 어느 경지에 이르면 주위를 돌아보며 산다.

러너라고 다를까? 세조길은 인생행로는 물론 러너의 행로도 일깨우는 길이었다.

마라톤 대회에 나가면 곤룡포를 입고 달리는 사람을 가끔 본다. 그런 복장으로 달리는 모습이 신기하지만, 나는 그렇게 불편하게 달리고 싶지 않다. 단풍 구경을 하며 달리니 대회라고 말하기에 무색할 정도로 느렸다. 곤룡포를 입고 달린 사람과 경쟁했어도 졌을 것이다.

달리기 반 단풍놀이 반으로 말티재를 한 바퀴 돌아 골인 지점으로 향했다. 초반부터 헤어진 동료들은 모두 들어왔을 거라 짐작했다. 달리던 속도 그대로 결승선에 골인했다. 동료들이 먼저 기다리고 있었다. 나보다는 빨리 들어왔지만, 그들도 얼마나 천천히 달렸는지 달린 기색이 하나도 느껴지지 않았다.

대전에서 온 후배만 대회다운 달리기를 했다. 생각보다 빠른 기록에 놀랐다. "와우, 멋지다."

후배의 얼굴이 상기되며 뿌듯한 미소가 일었다.

우리 앞에 웬 외국인 한 무리가 신나게 떠들고 있었다. 시골 대회에 외국인이 있는 자체가 놀라운데 한두 명이 아닌 떼로 있는 것을 보니 입이 떡하니 벌어졌다.

"Where are you from?"

"Spain."

그들은 매주 한국의 마라톤 대회를 찾아다닌다고 했다. 그 순간 그들은 세상에서 제일 멋진 외국인 러너로 둔갑했다. 한국의 연간 마라톤 일정을 볼 수 있는 온라인 사이트를 알려주고 함께 사진을 찍었다. 우리도 외국인과 사진을 찍었고 그들도 외국인과 사진을 찍었다. 그들처럼 해외에서 매주 다른 달리기 대회를 달리는 나를 상상했다.

1박 2일 동료들과 달리기 여행을 하며 평소에 하기 힘든 솔직한 대화를 나눴다. 회사에서 일하는 동안은 상상조차 할 수 없을 만큼 가까워졌고 서로에 대한 신뢰도 쌓았다. 달리기를 하지 않았다면 애초에 만들 수도 없는 인연이었다. 분명 일에서도 좋은 효과를 낼 것이며 훗날 직장을 그만둔 후에도 만나는 인연이 될 것이다.

중고등학교 시간표가 생각난다. 시간표에는 국영수 같은 순수한 공부 시간이 많았지만, 체육, 미술, 음악 같은 노는 시간도 있었다.

체육 시간에는 친구들과 축구를 하며 뛰어놀고 미술 시간에는 만들기를 하며 놀고 음악 시간에는 노래를 부르며 놀았다.

달리기 여행도 노는 것이다. 직장 동료와 깊은 관계를 맺는 비결이 어쩌면 중고등학교 시간표에 있지 않을까? 회사의 시간표도 9시부터 6시까지 일로만 가득하지 않고 중간마다 놀이가 들어가면 누구나 퇴직 후에도 만나는 직장 동료가 열 명쯤은 생기지 않을까?

나는 이런 회사를 우연히 알게 됐다. 의류사업보다 환경운동에 더 관심이 큰 아웃도어 브랜드 '파타고니아'는 파도가 칠 때는 일을 멈추고 서핑을 한다고 했다. 그 회사에서 일해보지 않는 이상 직접 확인할 길은 없지만, 상상만으로도 멋졌다.

옆에서 선배가 말했다. "따뜻한 봄날에 남산 둘레길을 각자의 취향대로 달리고 함께 사우나하고 맛있는 음식을 먹으면 딱 좋지 않을까?"

모두가 동의했다.

식당으로 가는 길에는 보은의 특산품인 대추가 널려있었다. 얼마 전 광화문 교보빌딩 앞에서 본 '대추가 저절로 붉을 리 없다. 천둥 몇 개 벼락 몇 개'라는 문구가 떠올랐다. 사람과 사람 사이의 관계도 그랬다. 저절로 되는 관계는 없다.

대추처럼 천둥 몇 개 벼락 몇 개 같은 고통과 고난을 겪어야 하는 건 아니라 다행이다. 달리기 몇 개 여행 몇 개처럼 그저 함께 어울려 노는 것만으로도 관계는 단풍과 대추처럼 아름답게 붉어질 것이다.

제주

선수 말고
그냥 러너

리우 올림픽이 다가오며 올림픽 열기가 한껏 달아올랐다. 손흥민 선수가 출전하는 축구가 스포트라이트를 받을 때 러너인 나는 마라톤에도 관심을 뒀다.

일본 출신의 캄보디아 마라톤 국가대표 다키자키 선수를 알게 됐다. 개그맨이던 그는 〈무한도전〉 같은 도전형 예능 프로그램에 출연하여 풀코스 마라톤을 처음 완주했다. 그것이 계기가 돼 올림픽 출전의 꿈을 꾸며 매일 30km를 달렸다. 그는 캄보디아로 국적을 바꾸고 대표 선발전에서 우승하며 올림픽 출전의 꿈을 이뤘다. 마라톤은 큰 체구보다 작은 체구가 유리하다지만 147cm 초단신인 그가 이뤄낸 업적은 인간승리다.

내가 서브3[*]를 목표로 달리기를 할 때는 모든 일상이 달리기였다.

● 서브3(Sub-Three): 풀코스 마라톤을 3시간 안에 완주하는 걸 말한다.

가족들과 함께하는 시간은 자연스럽게 줄었다. 살면서 한 번은 서브 3를 하겠다는 소망을 아내가 받아들였지만, 주말이나 퇴근 후에 어김없이 달리기부터 챙기는 나를 바라보는 아내의 표정이 마냥 곱지만은 않았다.

아내에게 다시 서브3에 도전한다고 하면 어떻게 될까? 휘몰아칠 가정의 폭풍이 걱정되지만, 대회가 끝나자마자 더 좋은 기록을 내고 싶은 욕심이 스멀스멀 올라왔다. 나도 다키자키처럼 매일 하루 30km 이상 달리면 한국은 아닐지라도 어느 나라의 국가대표가 될 수도 있지 않을까 하는 실현 불가능한 상상을 했다.

리우는 브라질 최대 도시인 상파울루나 수도인 브라질리아보다 유명하다. 여러 가지 이유가 있겠지만 리우 카니발 덕이 크다. 브라질의 인류학자인 호베르투 다마타는 "브라질이 카니발을 만든 게 아니라 카니발이 브라질을 만들었다" 라고 말했는데, 그중에서도 리우 카니발은 다른 카니발을 압도한다.

리우 올림픽 중계방송을 볼 때마다 첫 영상은 코르코바도산 정상에서 양팔을 벌리고 우뚝 선 예수상으로 시작했다. 높이 38m나 되는 예수상은 브라질 어느 곳에서나 볼 수 있을 만큼 웅장하다. 예수상을 왜 저렇게 크게 만들었는지 궁금했다. 인구의 90% 이상이 예수를 믿고 1931년 독립 100주년을 기념해서 만들었다는 설명을 들으며 고개를 끄덕였다.

카메라는 예수상 다음 대체로 경기장을 향했는데 간혹 끝없이 펼쳐진 코파카바나 해변을 비추기도 했다. 코파카바나 해변의 마지막 장면은 언제나 손바닥만한 비키니 위에 손가락을 얹고 사인을 하는 비치발리볼 미녀였다.

올림픽의 열기가 한창 뜨겁던 8월, 리우 대신 제주로 향했다. 제주에서도 가장 예쁘다는 협재해변을 베이스캠프로 정했다. 협재해변 앞에는 해변을 더 멋지게 하는 작은 섬 비양도가 있는데, 제주가 지구라면 비양도는 달이다. 달이 없는 지구를 상상할 수 없듯 비양도 없는 협재해변도 상상할 수 없다.

비양도는 《어린 왕자》에서 코끼리를 삼킨 보아 뱀을 닮았다. 상상 속에서는 무엇이든 될 수 있으니 비양도를 바라보며 어린 왕자가 되는 꿈을 꾸기로 했다.

협재해변은 처음이라 숙소보다 바다가 먼저 보고 싶었다. 제주공항에 도착하자마자 한달음에 협재해변으로 갔다. 협재해변을 마주한 순간 터져나오는 감탄사를 막을 수 없었다. "와아아아아~."

빨리 바다에 들어가자는 아이들을 진정시켰다. 얼른 수영복으로 갈아입었다. 물 만난 어린이가 되어 아내에게 말했다. "일단 수영부터 좀 하고 올게."

바다 앞에 보이는 섬이 보아 뱀을 닮아서인지 아이들은 어린 왕자와 공주, 부모들은 호위무사와 상궁으로 보였다. 대형 고무보트를 타는 사람들을 본 아이들은 자기들도 그걸 타겠다고 보챘다. 다음에 타자고 몇 번이나 달랬지만, 호위무사의 말을 들을 리 만무했다.

총알같이 달려 보트를 빌려왔다. 대형 튜브였지만 모두 다 앉을 자리는 없어 아이들만 태웠다. 뒤에서 밀어주니 기분이 좋은지 더 깊이 들어가자고 했다.

보트를 한 시간은 타야 돈값을 하는데 고작 10분도 안 돼 그만 탄다고 했다. 왕자와 공주로 둔갑한 아이들의 변덕은 죽 끓듯 했다. 아이들을 아내에게 데려다주니 덩그러니 남은 튜브가 이제 어찌할 거냐며 나를 바라봤다.

비싸게 빌린 튜브를 10분도 안 타고 돌려주긴 아까웠다. 보트를 들고 바다로 들어갔다. 보트에 누워 보니 의외로 재미있어 아내를 불렀다. 바늘과 실처럼 아이들도 따라왔다. 엄마와 함께 탄 아이들은 좋다고 까르르댔다. 엄마가 아빠보다 좋다고 온몸으로 표현했다. 심술 난 내가 물었다. "아빠가 엄마랑 놀면 안 될까?"

아이들은 단칼에 거절했다. 정말 답답하고 이기적인 왕족들이었다. 30분쯤 탄 뒤에 아이들은 아내의 손을 잡고 해변으로 나갔다.

혼자 보트를 타고 하늘을 향해 누웠다. 맥주가 생각났다. 삼바 음악을 들으며 맥주를 마시면 이곳이 리우의 코파카바나 해변이 될 것 같았다. 당장 맥주를 사러 갔다.

아이들은 모래놀이에 정신이 팔렸고 아내와 나는 파라솔에 앉아 여성 그룹 'Bellini' 버전의 'Samba de brazil'을 들었다. 소리가 큰 블루투스 스피커가 흥을 더했다. 얼음에 동동 떠 있던 캔맥주에 손이 붙었다. 맥주를 벌컥벌컥 들이켰다. 발끝까지 시원해져 감탄사를 토했다. "크아아아~."

아이들을 바라봤다. 마치 기다렸다는 듯 딸이 아들을 툭 치며 도망갔고 아들은 "누나 잡아"라고 외치며 뒤쫓았다. 둘이 노는 모습이 귀여워 얼른 사진과 동영상을 촬영했다. 대체로 아이들의 장난은 동생이 우는 것으로 마무리된다. 넘어져 우는 아들을 일으켜 파라솔로 데려왔다.

아이스크림과 과자를 사서 안겼다. 웃음을 되찾은 아들을 흐뭇하게 바라보는데 스피커에서 오빠 오빠 오빠 라는 소리가 흘렀다. "oba oba oba" 라는 가사가 "오빠 오빠 오빠"로 들리는 삼
바 곡 'Mas que nada' 였다. 장난기가 발동했다. 오빠라고 부르지 않는 아내에게 '오빠' 라고 부르라 했다. 아내는 어림 반 푼어치도 없다는 듯이 핀잔을 줬다. "아빠가 웬 오빠?"

그러거나 말거나 보챘더니 선심 쓰는 척 말했다. "오빠."

혼자 킥킥댔다. "아빠는 아빠대로 오빠는 오빠대로 기분 좋은 말이야."

아내는 여전히 철이 안 들었다는 표정으로 나를 봤지만 그러거나 말거나 나는 웃으며 가사를 흥얼댔다. "오빠 오빠 오빠."

스마트폰에 찍힌 아이들의 사진을 훑어봤다. 감탄사를 자아내는 바다와 보아 뱀을 닮은 비양도를 배경으로 찍힌 아이들의 사진은 작품이었다. 사진을 넘기다 달리는 아들의 사진에 눈길이 멈췄다. 달리기를 한번도 가르치지 않았는데 달리기 좀 한다는 아빠보다 더 좋은 자세였다. 사진이 잘 찍히기도 했지만 이렇게 자연스럽게 달리는

누군가를 본 적이 없다.

멋지게 달리는 사람이 많지만, 굳이 관심을 두지 않으면 보이지 않는다. 좋은 자세는 자연스러워 눈에 띄지 않고 이상한 자세로 달리는 사람은 드물어서 보이지 않는다. 아들의 자세를 뚫어져라 본 건 단지 내 아들이라서 그랬다.

지난 5년간 크고 작은 대회를 수십 번도 더 나갔지만 특이한 자세로 뛰는 사람은 달랑 두 명이었다. 한 사람은 남자였고 다른 한 사람은 여자였다. 남자는 내가 본 가장 특이한 자세로 달리면서도 나보다 빨라서, 여자는 노란 머리 파란 눈의 외국인이라서 그랬다.

다른 운동과 달리 달리기는 자세가 좋거나 나쁘거나 눈에 띄지 않는다. 대신 무슨 운동이든 달리는 자세가 좋으면 더 멋진 건 사실이고 자연스러운 자세는 부상 방지에도 탁월하니 킵초게 같은 선수의 영상을 보며 좋은 자세를 만드는 건 권장할 만하다.

일몰이 다가왔다. 해가 지기 전에 간단히 저녁을 먹고 해변에 돗자리를 깔았다. 해가 떨어질 무렵의 협재해변은 뜨거운 햇살이 작열하던 몇 시간 전과는 분위기가 달랐다. 바다 뒤로 넘어가던 태양은 바다로 한 줄기 붉은색 비단길을 내며 탄성을 자아냈다. 오늘의 태양이 남긴 여운이었다. 시간이 흐를수록 아이가 있는 가족 여행객은 줄어들었고 친구와 연인들이 늘어났다.

더운 여름이지만 저녁의 시원한 바닷바람에 후덥지근함은 물러가고 상쾌함이 찾아왔다. 차분해진 기분에 보사노바의 대표곡 '이파네마에서 온 소녀(The girl from Ipanema)'를 틀었다. 보사노바는 삼

바에 재즈를 가미한 감미로운 음악으로 부드러운 달콤함이 녹아 있다. 이 곡은 리우 올림픽 개막식 때 지젤 번천이 펼친 워킹 쇼의 배경음악이기도 하다.

브라질 출신이자 모델계의 전설인 지젤 번천은 리우의 마라카낭 경기장에 단독으로 올라 10만 관객의 환호성을 받으며 아우라를 뽐냈다. 역시 올림픽 개막식은 자국이 배출한 스타를 전 세계에 자랑하는 무대다.

보사노바는 협재해변의 이국적인 저녁노을과 너무나 잘 어울렸다. 맥주를 마시며 흥얼대는 아내의 노랫소리도 달콤했다. 그 시간이 그리 오래가지는 못했다. 웬일인지 조용하다 싶던 아이들이 돌연 왕족으로 변해 말랑말랑한 기분을 깼다. "엄마아 아빠아, 이제 들어가자!"

제주까지 여행 와서 일찍 자면 아쉽다. 여행지에서만큼은 죄책감이 느껴지지 않는 야식을 먹기로 했다.

치킨을 먹던 아들이 TV 채널을 이리저리 돌리더니 올림픽 마라톤 중계방송에서 멈췄다. 다른 걸 보자는 엄마의 요청을 가볍게 흘린다. 귀가 두 개인 이유는 한쪽으로 듣고 한쪽으로 보낸다는 듯이. 표현은 못 했지만, 내심 관심 있던 경기라 속으로 쾌재를 불렀다. 중계방송을 보기 시작했을 때 40여 명의 선두그룹은 이미 하프를 지나고 있었다. 그 안에 한국 선수와 다키자키 선수는 없었다. 킵초게 선수는 선두그룹에서도 당당히 맨 앞에서 질주하고 있었다.

중계방송이 높은 곳에서 선수들을 비추면 보타포구 해변과 플라멩코 해변의 멋진 풍경이 드러났다. 선수들은 도로를 달리지만 내가 그곳에 가면 도로 옆 가로수 길과 해변 사이 조깅로에서 달리기를 할 수 있을 것 같았다.

아이들이 잠이 든 후 리모컨은 아내의 차지였다. 아내의 양해로 선수들이 들어올 두 시간에 맞춰 다시 마라톤 중계방송을 봤다. 예상대로 킵초게가 1위로 질주했다. 몇 분 뒤 승리의 세레모니를 하며 금메달리스트가 됐다. 뒤이어 에티오피아 선수와 미국 선수가 2위 3위를 기록했다. 흑인 선수가 휩쓰는 마라톤에서 백인 미국 선수가 3위를 한 건 의외였다. 한국 선수는 아예 보이지 않았다. 한국 남자 선수들에 대해 한탄하며 맥주를 마시는데 아내가 한마디했다. "좀 고만하시지."

새벽에 눈을 뜨자마자 스마트폰을 들었다. 뉴스에선 한국 선수를 제목으로 다룬 기사는 아예 없었다. 안타까운 마음을 달리기로 날리기로 했다. 달릴 코스는 협재해변부터 신창해변까지 왕복 20km다.

여름에는 해가 뜨면 더위가 몰아치니 꾸물대지 않고 바로 출발했다. 제주에 올 때마다 달리지 않은 지역에 숙소를 정하는데 이렇게 제주도 여행을 열 번 정도 하면 제주를 한 바퀴 돌 수 있다. 한 시간쯤 달렸을 때 풍차가 보이기 시작했다. 풍차와 가까워질수록 발소리는 풍차 소리에 묻혔다. 해상 다리의 끝에서 잠시 온몸 스트레칭을 하고 다시 왔던 길로 향했다. 올 때와는 반대로 경쾌한 운동화 소리가 풍차 소리를 덮었다.

삼바와 보사노바를 번갈아 들으며 인터벌 달리기를 했다. 몇 달 뒤에 있을 춘천마라톤에서 서브 3보다 더 빨리 달리고픈 마음이 제주에서도 이어졌다.

올 때는 미처 보지 못한 마라톤 거리 표지판을 발견했다. 교통신호등처럼 반영구적인 표지판을 본 순간 제주는 달리기 도시가 됐다. 표지판의 도움으로 1km 빨리 뛰기와 천천히 뛰기를 번갈아 했다. 훈련 같은 달리기를 했더니 뿌듯함이 솟았다. 샘물처럼 솟아나는 땀을 티셔츠로 닦아냈다.

고양이 발로 살그머니 방에 들어갔다. 내 옆에서 자던 아들은 어느새 엄마에게 찰싹 붙어 있었다. 여행지에서 만난 아침 풍경은 영화에서나 보는 완벽한 행복 그 자체였다. 욕심을 내서 더 오래 달렸다면 보지 못했을 것이다. 더 좋은 기록을 만들어야겠다는 욕심이 슬그머니 꼬리를 내렸다.

조용히 앉아 아내와 아이들이 자는 모습을 지켜보았다. 아빠의 시간이 어느 때보다 필요한 아이들이다.

삶의 우선순위를 달리기에 두면 누구나 감탄할 만한 좋은 기록을 낼 것은 분명하다. 그와 비례해 잃는 것도 클 것이다. 시간은 저축하거나 멈출 수 없으니 잘 사용하지 않으면 후회할 날이 올 것이다.

달리기 기록보다 더 소중한 삶의 이유가 떠올랐다. 인생의 우선순위가 정리되며 마음속에 남아 있던 불편함도 사라졌다.

정신이 번쩍 들었다. 비양도 가는 배를 타려면 모두 일어나야 할 시간이었다. 아내를 먼저 깨우고 아이들을 간지럼 태웠다. "얘들아! 어서 일어나. 배 타러 갈 시간이야."

실눈을 뜨는 아이들을 보며 어느 나라의 마라톤 국가대표가 되는 상상을 완전히 접었다. 대신 아이들과 함께 리우데자네이루로 달리기 여행을 떠나는 꿈을 펼쳤다. 현재에 충실한 러너로 살기로 했다.

괌

마라톤 대회가
인연이 된 여행

괌 여행을 떠날 때 달리기 열정은 괌 날씨만큼이나 뜨거웠다.

괌에는 원주민 차모로 연인의 슬픈 사랑이 깃든 '사랑의 절벽'이 있
다. 스페인 식민지 시절 괌에는 아름다운 차모로 여인이 있었다. 그
녀는 원주민 청년과 사랑하는 사이였다. 불행의 씨앗은 스페인 장교
를 만나는 순간 싹텄다. 스페인 장교는 첫눈에 차모로 여인에게 반
하고 말았다. 그녀에게 연인이 있다는 건 그에게 전혀 중요하지 않
았다.

스페인 장교의 회유와 협박이 계속되면서 차모로 연인의 고민은
깊어져만 갔고 더는 버틸 수 없게 됐다. 둘은 절벽에서 서로의 머리
를 묶으며 다짐했다. "이승에서 이루지 못한 사랑은 저승에서 이루
자."

마지막 입맞춤을 하는 동안 눈물이 얼굴을 적셨다. 그들은 한 치
의 망설임도 없이 절벽 아래로 떨어졌다. 하늘도 바다도 바람도 슬

피 울었다.

수많은 연인이 나와 같은 마음이었을까? 사랑의 절벽에는 사랑의 메시지가 담긴 열쇠로 가득했다. 지금은 가족들에게 인기 있는 여행지지만, 한때는 신혼부부들이 가장 가고 싶어 한 여행지였다.

사랑의 절벽은 나를 신혼여행으로 데려갔다. 14년 전 호주에는 영원한 사랑을 맹세할 전설이 없었다. 기억나는 건 고작 코알라와 사막 썰매 정도다. 아름다웠던 골드코스트와 시드니 해변은 세월 속에 먼지가 됐다.

1521년 마젤란은 지도만 보고 괌을 발견했다. 그에 비해 훨씬 여건이 좋았던 나는 자유여행조차 생각하지 못했다. 아쉬움이 내려앉았다.

시드니와 골드코스트에는 늘 달리는 사람이 있었다. 그들을 보며 엄지를 세웠지만, 정작 나는 그러지 않았다. 한 번이라도 뛰었다면 어땠을까? 여행지를 두 다리로 뛰어다니면 발자국으로 찍은 장소와 풍경이 가슴에 새겨진다. 더 많은 추억이 생기고 훗날 행복을 추억하는 시간도 많아질 것이다.

이른 새벽 비행기에서 내렸다. 후덥지근한 공기가 온몸을 감싸며 숨이 막혔고 열대지방 공기의 맛은 유쾌하지 않았다. 다행히 아이들은 비몽사몽이었다. 멀쩡한 정신으로 내렸다면 날씨가 왜 이러냐며 구시렁거렸을 것이다.

렌터카를 찾으러 갔다. 해외에서 처음 빌리는 렌터카라 기대 반 설렘 반이었다. 문제가 생기면 어쩌나 하는 걱정은 기우였다. 렌터카를 인수하는 사이 괌 공기에 익숙해졌다. 사람의 적응력에 놀랐다. 가속기를 밟는 순간, 설렘과 기대는 자동차 시속처럼 솟았다. 우리나라와 반대인 운전석도 익숙해졌다. 역시나 걱정은 미리 할 필요가 없었다. 부딪히면 저절로 해결된다.

아이들을 침대에 눕히고 짐 정리를 하는 사이 동이 텄다. 창밖으로 보이는 남태평양 풍경에 감탄했다. "우와아아!"

말로만 듣던 에메랄드빛 남태평양이었다. 손에 잡힐 듯한 알루팟 섬은 화룡점정이었다.

워터파크가 있는 리조트를 예약했다. 휴양지 여행의 기본 콘셉트는 먹고 쉬고 놀기다. 워터파크 이용료는 숙소 값에 포함되어 있다. 한국에선 반드시 돈을 내고 빌리는 물놀이 용품까지 모두 무료였다. 괌 리조트는 워터파크 비용을 하나도 포함하지 않은 국내의 리조트 가격과 비슷했다. 국내여행 할 돈에 조금만 더 보태면 해외여행 할 수 있다는 말이 떠올랐다.

국내 리조트가 괌의 리조트처럼 바뀌길 기대한다. 백 보 양보하더라도 생명과 직결되는 구명조끼만이라도 무료로 하면 좋겠다. 구명조끼 없이는 워터파크에 들어갈 수도 없는데 대여료를 받는 건 아무리 생각해도 이해할 수 없다.

무한 무료 워터파크에 갔다. 유수풀, 파도풀, 짚라인, 슬라이드, 수영, 수구 등 온갖 놀이를 서너 시간 했더니 지겨워지고 딴생각이 났다. 알루팟 섬까지 무료 카약을 타기로 했다. 무료를 쏟아내는 리조트는 어디서 돈을 벌까? 세상에서 가장 쓸데없는 걱정이 대기업 걱정이라는데, 내가 그러고 있었다.

　네 명이 한 카약에 타고 설렁설렁 노를 저었다. 구명조끼를 입었지만, 입지 않아도 될 만큼 물 깊이는 얕았다. 해변은 아이들에게 좋은 놀이터다. 아니나 다를까, 현지인 아이들이 카약을 타고 우리 곁에서 어슬렁거렸다. 초등학교 6학년이나 중학교 1학년쯤 되어 보였다. 승부욕이 발동해 카약 레이스를 하자고 제안했다. 출발 준비를 하고 외쳤다. "Go~!"

　우리 카약이 순식간에 뒤집혔다. 아들 걱정에 기겁했다. 내가 안절부절못하는 사이 아들이 벌떡 일어나며 웃어댔다. 옆에 있는 괌 아이들도 따라 웃었다. 그제야 나도 웃었다.

　승부욕은 썰물에 딸려보내고 다시 노를 저었다. 앞서가던 아이들이 웃으며 손을 흔들었다. 해맑은 동네 꼬마들과 대결하겠다고 온몸에 힘을 잔뜩 준 내가 우스웠다.

　괌에서 가장 깨끗한 해변은 단연 리티디안이다. 쉽게 갈 수 있는 길이 아니라는 이야기를 한국에서부터 들었다. 예상은 했지만 상상을 초월했다. 움푹 파인 물웅덩이가 수시로 나타나 자동차를 타는 건지 경운기를 타는 건지 도통 구분이 되지 않았다. 깊은 웅덩이를 지날 때는 가슴이 철렁했다. 경운기가 더 어울리는 길이었다. 차가 멈추면 어쩌나 하는 생각에 SUV를 빌리지 않은 아쉬움이 들었다. 달리기 속도보다 느렸지만 꾸역꾸역 도착했다.

　예상과 달리 인기척조차 없었다. 제대로 왔는지 걱정됐다. '사람아 보여라 보여라 보여라.'

숲이 우거진 비포장길을 따라 들어갔다. 영화 〈인디아나 존스〉의 해리슨 포드가 됐다. 고릴라가 튀어나올까 봐 걱정했는데 주차된 차를 발견했다. 살며시 주차하고 먹거리와 물놀이 용품을 챙겨 바닷가로 갔다. 사람들이 놀고 있는 것을 보고서야 걱정이 사라졌다.

리티디안은 완벽한 해변이었다. 바다로 풍덩 뛰어들었다. 물이 어찌나 맑은지 소금 맛이 하나도 나지 않을 것 같았다. 바닷물을 살짝 머금은 순간 내 표정은 일그러졌다. 물은 순도 100% 소금이었다.

아들은 물고기를 잡으러 첨벙첨벙 뛰어다녔다. 물고기를 잡을 리 없었다. 달리기를 멈추고 나를 쳐다봤다. "아빠, 물고기."

"어….."

물고기를 잡을 기대는 전혀 하지 않았지만, 아이의 믿음에 보답하고자 최선을 다해 쫓아다녔다. 체코의 전설적인 육상 영웅 에밀 자토펙은 "새는 날고 물고기는 헤엄치고 사람은 달린다"라고 했다. 땅에선 사람이 물고기를 이기지만 물속에선 물고기를 이길 수 없다. 결국, 한 마리도 잡지 못했다.

자동차 소리에 눈을 돌리니 픽업트럭에서 현지인 세 명이 내렸다. 남자 어른 두 명에 아들 또래의 소녀였다. 아이는 곧장 해변으로 달려왔다. 처음에는 우리 아이들과 따로 놀았는데 시간이 지날수록 거리가 좁혀졌다. 어느 순간부터는 함께 놀았다. 말도 통하지 않는 세아이가 노는 걸 보니 신기했다.

우정에도 국경이 없었다. 서로 웃으며 대화하는 모습이 신기해 딸에게 물었다. "무슨 이야기 했어?"

"별로 한 이야기 없는데?"

"그럼 왜 웃었어?"

딸은 웃으며 말했다. "아, 그거? 그냥 웃었어."

나도 어릴 때 이유 없이 많이 웃었다. 어른이 될수록 웃음에도 이유를 찾는 내가 웃겼다.

한 시간쯤 지났을까? 물 밖에서 바비큐 파티 준비를 하던 현지인이 나를 불렀다. 고기를 좀 주려나 싶어 나갔더니 손가락으로 웬 악어 두 마리를 가리켰다. 깜짝 놀라 뒷걸음치다 넘어질 뻔했다. 나보다 더 당황한 그들이 나를 진정시켰다.

다시 보니 도마뱀이었다. 내 다리만큼 큰 도마뱀을 볼 줄은 상상도 못 했다. 별일 없다는 것을 확인하고 아이들을 불렀다. 멀찌감치 떨어진 곳에서 도마뱀을 가리켰다. 아이들은 전혀 무서워하지 않았다. 겁을 상실한 아이들이었다.

끝내 그들은 고기 한 점 먹어보라고 하지 않았다. 정이라곤 눈곱만큼도 없었다.

아내와 여행 일정을 맞추지 못해 괌 마라톤 대회 기간에 오지는 못했지만, 괌은 괌 마라톤 덕분에 알게 됐다. 마라톤 출발 시각이 새벽 세 시라는 것을 알았을 때 괌이 얼마나 덥기에 이른 새벽에 출발하나 궁금했다.

이른 새벽에 이파오비치를 향해 달렸다. 괌 마라톤 출발 시각이 왜 새벽 세 시인지 알 것 같았다. 덥고 습한 날씨에 풀코스를 달리면 마라톤 완주보다 인생 완주를 먼저 할 것 같았다.

리조트에서 이파오비치 방향으로 2km쯤 달렸을 때 힐튼 호텔이 보였다. 아름다운 여성이 달리고 있었다. 공원을 낀 바닷가를 달리는 영화 속 여주인공 같았다. 여자는 영화 속 여주인공 같은데 나는 왜 동네 아저씨 같을까? 금방 답이 나왔다. 그녀는 휘황찬란한 러닝복에 모자와 선글라스까지, 모든 러닝 용품을 장착했다. 화장으로 치면 풀메이크업을 한 상태였다. 거기다 포니테일로 묶은 머리카락이 모자 뒤에서 찰랑찰랑하며 조명이 되어 그녀를 더욱 빛내고 있었다.

나는 고작 시커먼 러닝 팬츠에 난닝구를 입었다. 머리는 부스스하고 한쪽은 눌렸다. 비교 자체가 되지 않았다. 화장과 조명은 예식장 신부만 빛나게 하는 건 아니었다. 다음부터는 모자라도 쓰리라 다짐했다.

괌에 오기 전 누군가 괌은 쇼핑 천국이며 쇼핑하는 만큼 돈을 버는 거라고 했다. 정말 그런지 확인하러 갔다. 눈이 휘둥그레지는 가격에 놀라며 그 말이 한 치의 오차도 없다는 것을 알게 됐다. 러너의 쇼핑을 말할 것 같으면 가장 먼저 러닝화와 러닝복부터 눈에 들어온다. 발걸음이 자동으로 그쪽으로 향한다.

러닝복의 가격은 상식을 거부했다. 이것저것 고를 필요 없이 치수만 맞으면 쇼핑백에 담았다. 필요 없다는 아내의 러닝복도 우겨서 샀다. 지름신을 하해와 같이 맞으며 달릴 때마다 각양각색 다른 러너가 된다는 생각에 뿌듯했다.

집으로 돌아오는 마음은 구름 위에 있었지만 오래가지는 않았다. 숙소에서 옷을 하나씩 입어보면서 뭔가 잘못됐다는 것을 깨달았다.

마음에 쏙 드는 게 하나도 없었다. 아내는 초지일관 별 관심 없는 표정이었다. "다음에 입어볼게."

마음에 구름이 드리워졌다.

여행의 마지막 일정으로 건비치에서 일몰을 봤다. 말로는 표현할 수 없는 아름다움이 사방을 메웠다. 가족들, 연인들은 지상낙원의 일몰을 바라보며 사랑과 행복을 속삭였다. 아름다운 풍경과 연인들의 애정 행각은 더없이 어울렸다. 아내와 나는 뛰어다니는 남매를 보며 잔잔한 웃음을 지었다. 시간이 흐를수록 사람은 더 많이 모였고 떠나야 하는 우리는 더 아쉬워졌다.

건비치의 일몰을 마지막에 보려고 일부러 남겨둔 건 아니었지만, 괌은 원래 그럴 계획이었던 것처럼 잊지 못할 추억을 선물했다.

시원한 맥주를 한잔하고 싶었지만 운전이 발목을 잡았다. 영화 〈내부자들〉에서 이병헌이 했던 "모히또 가서 몰디브 한잔할까?" 라는 대사가 생각났다. 무알콜 칵테일 두 잔을 사서 아내와 건배를 했다. 신혼여행 느낌이 났다. 그 느낌으로 연인들의 흉내를 냈다. 아이들은 곧 돌아가야 하는 사실을 잊은 듯 신발까지 벗어놓고 뛰어놀았다. 무릉도원이었다.

여행에서 돌아온 뒤 괌에서 산 옷을 모조리 꺼내 다시 입어보았지만, 입을 만한 옷이 하나도 없었다. 며칠 전에 산 새 옷을 버릴 수는 없었다. 옷들은 장롱에 들어가며 몇 주간 근심이 됐고 한 달쯤 지나고는 완전히 잊혔다. 1년 이상 장롱 속에 있다가 고스란히 재활용 통에 들어갔다.

훗날 미식축구 선수의 실화를 바탕으로 한 따뜻하고 감동적인 영화 〈블라인드 사이드〉를 보았다. 극중 샌드라 블록은 인성과 지성은 물론 정의로움까지 갖춘 완벽한 모습을 보여준다. 거기다 완벽한 패셔니스타다. 영화를 보기 전까지 한번도 샌드라 블록이 매력적이라고 생각하지 않았는데, 영화를 보면서 완전히 반해버렸다.

여주인공 샌드라 블록은 내가 괌에서 얼마나 어리석은 쇼핑을 했는지 깨닫게 했다. 그녀가 말한 쇼핑의 지혜는 이렇다. "매장에서 입었을 때 마음에 쏙 드는 옷이 아니면 사고 난 후에도 절대 입지 않는다. 정말 마음에 드는 옷을 사라."

달리기에서 가장 중요한 장비는 뭐니 뭐니 해도 러닝화다. 무엇이든 더 잘 하고 싶은 건 인간의 본능이라 나보다 잘 달리는 러너가 추천하거나 신고 있는 러닝화를 보면 따라 신고 싶어진다.

하지만, 사람의 발은 의외로 이름만큼이나 다양하다. 신발을 사는 목적이 빨리 달리기인지 천천히 달리기인지 내 발에 맞는지 아닌지부터 먼저 확인해야 한다. 단지 예쁘다, 싸다, 누가 좋다더라 등의 이유로 사면 어느 순간 신발장에서 근심 덩어리가 된다. 그리고 버려진다.

최근에 내 발에 꼭 맞는 운동화를 샀다. 매장에서 처음 봤을 때부터 마음에 쏙 들었다. 발 볼이 넓어 발에 맞았고 두툼한 쿠션이라 장거리 달리기에도 안성맞춤이었다. 달리면서는 더 만족스러웠다.

샌드라 블록이 알려준 쇼핑의 지혜는 참으로 쓸모있었다.

여행은 달리기 넛지

예산

달리기에 빠진 사이 어느새 전국 방방곡곡을 달리는 러너가 됐다. 달리기 사이트에 가입해서 뉴스레터를 받기도 하고 직접 정보를 찾기도 하는 열혈 러너였다. 주위 사람들은 마치 내 몸에서 달리기 냄새가 나는 것처럼 내가 러너라는 것을 알아차렸다. 달리기에 대해 이것저것 묻기도 했다.

러너들은 달리기 예찬론을 펼친다. 달리기가 건강에 좋으니 소중한 사람들을 달리기에 입문시키는 노력이 당연한데, 나는 그러지 않았다. 어느 날 지인이 물었다. "달리기를 좋아하고 열심히 달리면서 왜 다른 사람에게 달리기를 권하지 않나요?"

질문을 받고서야 나는 왜 다른 사람에게 달리기를 권하지 않는지 곰곰이 생각했다. 달리기에 관심 없는 사람에게 계속 달리기 이야기를 하면 오히려 상대방이 달리기를 싫어하게 되고 자칫 관계도 나빠질 수 있다고 생각했다.

고등학교 다닐 때 시간만 나면 교회에 관해 이야기하는 친구가 있었다. 교회에 대해 말하는 횟수가 증가할수록 교회가 싫어졌고 어느 순간 그 친구도 멀리하게 됐다. 종교 자체가 나쁜 건 아니지만 무엇이든 과하면 문제가 된다.

지나친 편견일 수도 있다는 생각이 들어 조금씩 생각을 바꿨다. 좋은 것을 나만 하는 건 그다지 바람직한 행동이 아니니까.

가까운 사람부터 달리기를 권하기로 했다. 학창 시절 이후 달리기를 해본 적이 없다는 아내가 레이더망에 포착됐다. 부부로 살지만 달리기에 관한 한 나는 금성 남자 아내는 화성 여자다. 어떻게 해야 거부감이 들지 않을지 답을 찾는 건 쉽지 않았다. 어느 건강식품의 광고 문구가 생각났다. '참 좋은데, 표현할 방법이 없네.'

몸무게를 빼겠다는 명확한 동기가 있었던 나와 달리 아내는 달릴 이유가 없었다. 건강에 이상이 있었던 것도 아니고 마라톤 대회 같은 특별한 경험을 찾는 사람도 아니다. 다행히 걷기는 마다하지 않았고 틈만 나면 여행을 생각하는 여행 바라기였다.

어느 날 마라톤 사이트에서 〈힐링&러닝 콘서트〉라는 가족여행 콘셉트의 달리기 대회를 알게 됐다. 대회 참가권에는 덕산온천 호텔 숙박권도 딸려 있었다. 온천여행에 달리기는 꼽사리인 느낌이었다.

몇 년 전 부드러운 개입이 더 나은 선택을 만든다는 주제의 베스트셀러 《넛지》를 읽었다. 파리 모양 스티커를 소변기에 붙여놓는 것만으로도 밖으로 튀어나가는 소변량을 획기적으로 줄였다는 내용을 보며 웃기도 하고 놀라기도 했다.

〈힐링&러닝 콘서트〉를 보는 순간 어쩌면 여행이 달리기 넛지가 될 수도 있겠다는 생각이 들었다. 1초도 망설일지 않고 아내에게 연락했고 아내도 흔쾌히 가자고 했다. 1분 뒤 아내에게서 다시 연락이 왔다. "5km 걷는 데 얼마나 걸려?"

"한 시간 정도 걸릴 거야." 여전히 달릴 마음이 없는 아내의 말에 웃음이 났다.

한 달이 휘리릭 지나 여행 날이 찾아왔다. 일찌감치 집을 나섰다. 4월 중순 봄기운이 발끝까지 내린 날, 아내와 아이들의 들뜬 표정을 보니 휘파람이 절로 났고 자동차 엔진조차 노래를 불렀다.

힘차게 출발한 자동차는 절반도 못 가 서해안고속도로에 갇히고 말았다. 여행의 기대는 교통체증 가득한 아스팔트에 녹아내렸다. 아이들은 온몸을 비틀어댔고 나는 투덜이 스머프가 됐다. 유일하게 평정심을 유지하던 아내는 휴게소를 보자마자 말했다. "일단 밥부터 먹자."

차에서 내린 아이들은 언제 온몸 비틀기를 했냐는 듯이 뛰어다녔다. 아이들에게 휴게소는 넓은 놀이터였다. 나는 투덜이 스머프에서 웃는 아빠가 됐다. 녹아내린 설렘도 조금씩 부풀어 올랐다. 한참을 뛰어놀던 아이들은 인공위성처럼 우리 곁으로 왔다. 이른 점심을 먹으며 아이들이 장난치며 웃는 모습을 보니 내가 언제 투덜거리기는 했나 싶었다.

희한하게 휴게소를 나오면서부터 교통체증이 사라졌다. 이런 극적인 상황을 만나면 나는 극한 긍정인이 되는 경향이 있다. 교통체증이 없었다면 어디선가 사고가 났을지도 모른다는 말 같지도 않은 상황을 떠올린다. 그런 생각을 했더니 실망스럽던 서해안고속도로의 첫인상이 괜찮아졌다. 교통체증은 어느 순간 막힌 코가 뚫린 것처럼 상쾌해졌다.

첫날 일정은 가족 트레킹이었다. 뛰어다니는 아이들의 모습은 마치 달리기 대회를 앞둔 선수들이 몸을 푸는 듯했다. 대회 안내소에서 담당자가 코스를 설명했다 "트레킹을 좀 더 재밌게 하도록 퀴즈 미션을 준비했어요. 올라가다 보면 힌트가 있는데 한번 맞춰보세요."

친절한 담당자에게 고맙다고 말하고 아이들과 산으로 향했다. 가족 단위로 삼삼오오 짝을 이뤄 올라가는 사람들이 줄을 이었고 길도 잘 안내되어 있었다. 앞뒤에서 아이들의 말소리와 웃음소리가 끊이지 않았고 봄날의 산은 꽃으로 화답했다. 친구나 연인끼리 온 사람들은 꽃이 예쁜지 내가 예쁜지 경쟁했다.

퀴즈 미션의 첫 번째 힌트가 적힌 플래카드가 보였다. 〈가족〉.

쉽지 않았다. 잠깐 정답을 생각하는 사이 달리던 아들이 슬라이딩했다. 잠깐의 침묵과 정지, 이어지는 울음과 고통의 외침은 메아리가 됐다. 아들의 눈빛을 보니 엄살이었다. 마음을 딴 데로 돌리기 위해 오지도 않은 어린이집 여자 친구를 소환했다. "서준아! 저기 봐, 수정이가 있어."

"어디 어디?" 울음을 뚝 그친 아들은 눈을 반짝였다.

"저기 앞에 많이 내려갔나 보다."

아들은 나를 앞질러 달렸다. 아무리 달려도 수정이를 찾을 수는 없었다. 재미가 뚝 떨어진 아들은 "안아줘"라는 말을 무한 반복하는 스피커가 됐다. 배경음악은 '찡찡'이었다. 아들을 번쩍 안아들고 걸었다. 아들은 '밥이 싫어요' 라는 제목의 웅변 달인이다. 무게가 느껴질 리 없었다.

두 번째 단서가 나왔다. 〈다섯 글자〉.

알 듯 말 듯했다.

아내와 딸은 수시로 걸음을 멈췄다. 꽃도 보고 솔방울도 봤다. "나비야~" 라고 속삭이다가 "벌이야!" 라고 외치며 뛰기도 했다. 단란한 분위기가 연출되는 가운데 세 번째 힌트 플래카드가 보였다. 〈가정이 화목하면〉.

정답이 떠올랐다. 아이들에게 〈가화만사성〉을 알려주었다. 아이들은 뜻을 이해하지 못했지만, 열심히 외웠다.

트레킹은 끝났다. 코스의 끝에서 만난 자원봉사 학생이 답을 물었고 아이들은 힘차게 외쳤다. "가화만사성."

팔에 '참 잘했어요!' 도장을 받은 아이들은 싱글벙글했다. 어린 시절 운동회를 마치고 순위 도장을 받던 내 모습이 보였다. 퀴즈 미션의 정답인 '가화만사성'은 슬기로운 달리기 생활의 정답이기도 하다. 아내와 싸우기라도 하는 날엔 그토록 좋아하는 달리기도 할 맛이 뚝 떨어진다. 회사에서 일이 손에 잡히지 않고 밥맛이 사라지는 것도 당연하다.

톨스토이의 《안나 카레니나》에 나오는 첫 구절 '행복한 가정은 모두 엇비슷하고 불행한 가정은 제각각이다' 라는 말이 떠올랐다. 행복한 가정이 되려면 모든 조건이 맞아야 하고 하나라도 어긋나면 그 이유로 불행하다는 뜻이다.

행복한 가정을 이루기가 그만큼 어렵다는 말이기도 하지만, 그렇게 하지 않으면 이 소소한 달리기조차 즐기지 못한다는 사실도 함께 일깨워준다. 달릴 이유를 만드는 것만큼 달릴 수 없는 이유를 없애는 것 또한 중요하다.

대회 시작 시각은 오전 10시다. 숙소는 대회장과 가까웠다. 설렁설렁 걸어 대회장에 도착하니 주차장 바로 옆 호텔에서 누군가 아들의 이름을 불렀다. 대회에 참가한 달리기 동호회 회원이었고 그들과 합류했다. 동호회 회원이 물었다. "케냐인들 봤어?"

세계 마라톤계를 주름잡는 케냐 선수들을 만나는 특별한 기회를 얻게 됐다. 대회 풍경을 배경으로 사진을 찍고 무대 위 여성 댄스팀의 흥겨운 춤사위도 따라하며 대회 분위기에 적응했다. 달리기보다 에어로빅을 더 좋아하는 아내도 열심히 몸을 풀고 있었다.

식전 이벤트가 끝나고 사회자가 내빈 소개를 했다. 서울 국제마라톤 대회에서 우승한 케냐의 에루페 선수와 한국에서 제2의 킵초게를 꿈꾸는 케냐 선수들이었다.

여전히 뛸 마음이 없는 아내에게 말했다. "걷기와 뛰기를 번갈아가며 하면 돼. 숨차면 걷고 다시 달릴 만하면 뛰면 금방 끝날 거야."

"뛰려나 모르지만, 일단 알겠어." 아내는 고개를 끄덕였다.

출발 총성이 울리고 선두에 선 케냐 선수들이 말처럼 뛰어나갔다. 차원이 다른 그들을 넋 놓고 바라보며 천천히 달렸다. 나는 아내보다 의욕이 더 큰 딸과 같이 달렸다. 딸은 걷다가 뛰다가를 반복했다.

아내와 아들은 바로 뒤에서 걷기와 달리기의 중간쯤 되는 속도로 따라오고 있었다.

우리가 5km 반환점을 돌기도 전에 10km에 참가했던 케냐 선수들이 우리를 추월하고 있었다. 그들의 힘찬 모습에 또 한 번 감탄했다. 반환점을 돌고 맞은편에서 따라오는 아내와 아들과 하이파이브를 했다. 절대 뛰지 않을 것 같은 아내가 아들과 중간중간 뛰고 있었다. 넛지가 제대로 성공했다는 생각이 들었다. 다른 사람이 모두 뛰고 있으니 본인도 뛰어야겠다는 생각이 들었을 것이다. "천천히 따라와. 서영이랑 먼저 들어갈게."

기대 이상으로 잘 달리는 딸의 속도에 맞췄다. 조금 힘들어했지만 꾸준히 달리는 딸이 기특했다. 아빠와 딸이 함께 뛰는 모습을 본 많은 참가자가 우리를 박수로 격려했다. 결승선이 보였을 때 딸에게 말했다. "서영아, 저기 앞이 결승선이야. 조금만 더 힘내자!"

완주한 딸에게 내가 할 수 있는 모든 칭찬을 쏟아부었다. 뿌듯한 모습이 피어오르는 딸의 모습이 더없이 좋았다. 뒤이어 아내와 아들도 결승선에 들어왔다. 아내의 어깨를 두드리며 완주를 축하하고 아들을 번쩍 안아 뽀뽀 세례를 퍼부었다. 아내와 아들의 얼굴에서 미소가 번졌다. 온 가족 모두 완주 메달을 목에 걸고 사진을 찍었다. 여행이 달리기가 되는 순간이었다.

옆에서 대회 참가자들과 기념사진을 찍는 에루페가 보였다. 슬그머니 다가가 아이들을 가리키며 말했다. "Picture?"

그는 흔쾌히 고개를 끄덕이고 아이들과 악수를 했다. 얼굴엔 연신 미소가 넘실댔다.

그는 한국 귀화를 추진하고 있었다. 에루페가 한국 국가대표가 되어 올림픽에서 금메달을 따면 오늘 찍은 사진이 꽤 의미 있을 거라는 유쾌한 상상을 했다. "Good luck to you."

우리는 10km에 참가한 러닝 동호회 회원들을 기다렸다. 부부가 나란히 들어오는 회원, 친구끼리 들어오는 회원, 어제가 사귄 지 첫날이 된 커플이 약간의 시차를 두고 들어왔다. 그들과 함께 사진을 찍고 헤어졌다. 함께 달리지는 못하지만, 함께 대회를 마칠 수는 있다.

교통체증을 피해 저녁 늦게 집으로 출발하기로 했다. 윤봉길 의사의 위패를 모신 충의사에 들렀다. 윤봉길 의사에 대해 자세히 알게 됐다. 그는 12세에 식민지 교육이 싫어 자퇴하고 19세에 농민운동을 하고 22세에 독립운동을 위해 망명했다. 25세에 홍커우 공원에서 의거하고 그해 총살형으로 순국했다. 짧지만 강렬한 삶을 살다간 그는 잊어서는 안 될 독립운동가였다.

달리기 대회를 막 끝내서였을까? 러너로서 그에게 감사해야 할 이유가 떠올랐다. 우리가 즐겁고 신나게 달릴 수 있는 이유는 수많은 독립운동가의 희생 덕분이다. 나라의 자유를 위해 살다간 그분들 덕에 우리는 개인의 자유를 얻었다.

그는 왜 그런 희생적인 삶을 선택했는지, 내가 그 시절에 태어났다면 어떤 삶을 살았을지, 내가 자유로운 나라에서 태어나서 얼마나 다행인지, 꽃같은 아내와 강아지같은 두 아이를 둔 내가 얼마나 행운아인지, 많은 생각이 몰려왔다.

아이들은 차에 타자마자 꿈나라로 갔다. 아내는 달리기 여행이 좋왔다고 했다. "진짜 달리기 한번 해볼까?"

"오홋." 신이 난 나는 이때가 기회다 싶어 달리기 예찬론을 펼쳤다. 나의 바람에 활활 타오를 줄 알았지만, 부담을 느낀 아내가 슬그머니 꽁무니를 뺐다. "너무 기대하지는 마."

그러면서도 카톡 프로필 사진을 슬그머니 대회 완주 사진으로 바꾸었다. 여행을 좋아하는 아내에게 달리기 여행을 권한 것이 신의 한 수로 판명되는 순간이었다. 여행은 확실히 달리기 넛지였다. 흐뭇하게 웃는 아내를 보며 기분이 좋았다. 이번을 계기로 아내가 본격적으로 달리기를 할 수도 있겠다는 생각이 들었다.

예산 달리기 여행을 다녀온 아내는 주말마다 달렸다. 쭉 이어지길 바랐으나 시간이 지나며 조금씩 뜸해지더니 어느 순간 달리지 않았다. 하지만, 그 이후로도 아내는 일 년에 한두 번씩 달리기 대회에 참가하며 달리기의 끈을 놓지는 않고 있다.

아내가 꾸준히 달리지는 않지만 의외의 소득이 생겼다. 러너에 대한 아내의 이해도가 높아졌고 러너인 나를 더 지지했다. 러닝화와 러닝복, 선글라스와 모자 같은 러닝 용품을 사는데 관대해진 건 물론이고 가끔 러닝 용품을 선물하기도 한다. 새벽같이 뜀박질을 하거나 몇 시간씩 달리는 모습에 대해 더는 뭐라 하지 않는다. 아내의 응원를 받는 러너로서 더 자유롭고 편하게 달리기를 할 수 있게 됐다.

그래도 나는 여전히 달리는 아내를 기대한다.

달리다 만난 스타벅스

"저긴 어딜까?"

초등학생 시절, 누나가 만든 광섬유 액자를 바라보며 중얼거렸다. 액자 안 주인공은 만화영화에서나 볼 수 있는 다리였고, 한쪽 모퉁이에는 'Sanfrancisco'가 작게 적혀 있었다. 전원을 연결하면 휘황찬란한 불빛이 들어와 반짝반짝 빛나기도 하고 흘러내리기도 했다.

시골에 살던 촌놈에게 그곳은 한번도 상상하지 못한 신세계였다. 액자를 바라보는 내 마음은 가고 싶다는 생각과 갈 수 있을까 하는 의문 사이에서 줄다리기했다. 시간이 흘러 Sanfrancisco를 알게 됐고 더 시간이 흘러 그 다리의 정체가 골든게이트 브리지라는 것도 알게 됐다. 한동안 나는 열병을 앓는 아이처럼 샌프란시스코 골든게이트 브리지로 끙끙댔다. 몇 년 후 액자는 어디론가 치워졌고 샌프란시스코를 향한 마음도 빨래 마르듯 사라졌다. 그 후 이십 년도 넘는 세월이 흐르며 어릴 적 로망은 완전히 봉인됐다.

다시 샌프란시스코를 떠올린 건 달리기를 시작한 후 만난 어느 에세이 덕분이다. 런던에 사는 저자는 샌프란시스코에서 열린 나이키 우먼스 마라톤에 참가한다. 그녀가 출발할 때부터 나는 알 수 없는 설렘으로 두근거렸고 그녀가 골든게이트 브리지를 막 들어서는 순간 이십 년 이상 봉인됐던 골든게이트 브리지를 향한 로망이 살아났다.

그날부터 샌프란시스코에 대한 영상과 사진을 찾아보며 어떻게 하면 하루라도 빨리 샌프란시스코에 갈 수 있을지 머리를 굴렸다. 샌프란시스코는 태평양을 건너야 하니 그만큼의 돈과 시간이 필요했지만, 직장, 가정, 시간, 돈, 여행을 위한 조건 중 무엇 하나 내 맘대로 되는 건 없었다. 그 와중에도 시간은 묵묵히 제 길을 갔다.

애타는 마음을 하늘이 알아챈 걸까? 기회는 우연히 찾아왔다. 샌프란시스코에서 가까운 실리콘밸리에 출장 갈 일이 생겼다. 쾌재를 부르며 그날이 오기를 기다렸다. 마음은 벌써 그곳을 달리고 있었다. 샌프란시스코 지도가 눈에 익을 즈음 떠나는 날이 찾아왔고 기대는 풍선처럼 잔뜩 부풀었다.

미리 예약한 '홀리데이 인 샌프란시스코'에 도착하자마자 서둘러 옷을 갈아입고 해변으로 달렸다. 샌프란시스코에 오기 전부터 찜해 둔 자전거 대여점에 들렀다. 이왕이면 다홍치마다. 마음에 쏙 드는 자전거를 잡았다. 마음은 벌써 골든게이트 브리지를 달리고 있어 서둘러 페달을 밟았다.

골든게이트 브리지 위에 서자 불현듯 옛날 생각이 났다. 타임머신을 타고 현재에서 과거로, 다시 과거에서 현재로 시간여행을 하는 느낌이었다. 내가 방문한 미국의 첫 도시가 샌프란시스코였던 것은 우연이 아니다. 액자를 만들어 집에 걸어둔 누나가 고마웠다. 자전거를 잠깐 세우고 고맙다는 메시지를 누나에게 보냈다.

다리 건너 소살리토에 가고 싶었다. 연예인들의 휴양지란 이야기에 얼마나 예쁜지 눈으로 직접 확인하고 싶었다. 골든게이트 브리지를 건너는 순간 신이란 신은 모조리 내게 온 듯했다. 머리부터 발끝까지 신이 난 나는 정면에서 불어오는 바람을 맞으면서도 어떤 힘도 느낄 수 없었다. 옛날 LG 트윈스의 특기였던 신바람이 나의 특기가 됐다.

마구잡이로 날뛰는 바람에 관광객들은 옷깃을 여몄지만, 나는 두 팔을 벌려 바람을 온몸으로 맞았다. 3km나 되는 긴 다리지만 자전거가 거리를 압축했다. 내리막길로 들어서는 순간 나는 근두운에 올라앉았다.

소살리토는 언덕 위 집들과 나무들이 오밀조밀 모인 해안 마을이었다. 누구나 좋아할 만한 아기자기한 매력을 뿜어냈다. 천천히 페달을 굴리며 상점과 사람을 구경했다. 유독 소살리토에 어울리는 카페에 들어가 아이스 아메리카노를 한 잔 샀다. 입안을 지나 식도로 넘어간 얼음 커피는 갈증을 없애기에 전혀 부족하지 않았다.

예술적 감각이 갓난아이 수준인 나는 카페의 소품을 보는 대신 밖으로 나갔다. 커피를 마시며 소살리토의 이국적인 풍경을 바라봤다. 실내 장식품보다 바깥에서 사람과 풍경을 보는 재미가 더 좋았다. 언덕 위로 겹겹이 쌓아올려진 주택을 보니 파리의 몽마르트르와 부산의 달맞이고개가 떠올랐다. 도시는 알게 모르게 서로 닮아간다는 생각이 들었다.

샌프란시스코 피어로 돌아올 때는 크루즈를 탔다. 배를 타는 시간은 휴식이었고 각양각색의 외국인은 나를 더 깊은 여행 속으로 데려갔다.

자전거를 타고 골든게이트 파크를 향했다. 해변에서 공원으로 가는 길에 언덕이 하나둘 나타났다. 완벽한 여행에 조금씩 금이 갔다. 언덕 다음에 또 다른 언덕이 연이어지며 이 언덕이 끝이 아니라는 것을 확신한 순간, 온몸의 세포가 아우성쳤다. '이건 아니야.'

세포와 대화를 할 수만 있다면 당장이라도 사과를 하고 싶었다. 횡단보도 앞에서 전동 자전거를 탄 여행자가 나를 흘끗 쳐다보았다. 그의 얼굴은 세상에 없는 맑음, 나의 얼굴은 세상에 없는 흐림이었다.

꾸역꾸역 기어 골든게이트 공원에 도착했다. 달리기 코스로도 안성맞춤이라 여행 전부터 기대했던 곳이다. 기대를 즐거움으로 바꿔야 했지만 그럴 힘이 없었다. 푸드트럭에서 샌드위치와 콜라를 사서 공원 벤치에 널브러졌다.

음식과 휴식으로 도망간 힘이 조금 돌아왔을 때 페달을 굴렸다. 끝없이 펼쳐진 푸른 숲 공원은 과학관, 미술관, 정원 등 다양한 볼거리로 가득했다. 다음에 이곳에 온다면 두말할 필요 없이 달려야 할 곳이었다.

마트에서 먹거리를 잔뜩 사서 해변으로 갔다. 에너지를 채우는 데는 음식과 휴식이 최고다. 해변에 앉아 게걸스럽게 음식을 먹어치우고 배를 두드리며 슬그머니 누웠다. 어린 시절 집에서 키우던 돼지의 모습 그대로였다.

베이커 비치에서 바라본 골든게이트 브리지를 혼자 보기는 아까웠다. 일어나 감탄사를 중얼대며 카메라 버튼을 눌렀다.

홀러덩 벗고 뛰어노는 청춘 남녀들에게 정신을 뺏겼을 때 자전거를 탄 시커먼 청년이 내게로 다가왔다. 토끼 눈이 된 내게 그는 웃으며 악수를 청했다. 얼떨결에 악수하긴 했지만, 의심의 눈초리를 거둘 수는 없었다.

내 생각과 달리 천진난만하게 웃던 그가 말했다. "마약중독 퇴치운동을 위해 서부 시애틀에서 동부 오하이오까지 자전거 횡단을 하고 있다. 자전거를 타는 너와 함께 사진을 찍고 싶은데 괜찮나?"

그는 주요 도시의 랜드마크에서 사진을 찍어 페이스북에 올린다고 했다. 골든게이트 브리지를 배경으로 나와 사진을 찍고는 그 자리에서 페이스북에 올렸다. 생김새를 보고 동네 건달은 아닐까 의심부터 한 내가 부끄러웠다.

힘차게 하이파이브 하며 그의 뜻깊은 자전거 횡단을 응원했다. 알 수 없는 힘이 샘솟았고 나는 다시 신바람의 주인이 됐다. 이후 자전거 여행은 더 없는 맑음이었다.

'샌프란시스코의 이른 아침 풍경은 어떨까?' 새벽에 눈뜨자마자 궁금해졌다. 기대라는 풍선에 바람을 잔뜩 불어넣었다. 만일의 경우를 대비해 카드와 지폐 몇 장을 챙겼다. 엘리베이터를 기다리며 시계를 보니 아직 5시도 되지 않았다.

샌프란시스코에서 보는 일출에 대한 설렘이었을까? 시차 적응이 덜 된 걸까? 원인은 알기 어려웠지만 결과는 다른 날보다 이른 새벽 달리기였다. 호텔을 나와 새벽 공기를 들이마셨다. 추울 줄 알았던 날씨는 기분 좋을 만큼 적당했다. 바람막이를 벗어 가방에 넣고 골든게이트 브리지를 향해 발걸음을 내디뎠다.

횡단보도에서 멈췄을 때 맞은편 상가 정문에서 잠든 노숙자를 보았다. 쪼그린 자세가 불편해 보였지만 그는 익숙한 듯 미동도 하지 않았다. '샌프란시스코는 세련된 도시'라는 등식에 금이 갔다. 샌프란시스코는 최첨단 기술 기업의 상징인 실리콘밸리가 인근에 있는 세계적인 해변 도시다. 호텔에서 나오자마자 처음 만난 사람이 노숙자라니….

호텔을 예약하면서 비싼 가격에 놀랐던 기억이 떠올랐다. 고작 3성급 호텔인데도 지금까지 여행한 어떤 도시의 호텔 가격보다 비쌌다. 여행이 임박해서 예약한 것도 아니었다. 호텔 가격이 이러니 집값도 만만치 않을 것이다. 구글, 애플, 페이스북에 다니는 고액연봉 직장인도 샌프란시스코의 집값을 감당하기 어렵다는 어느 기자의 말이 생각났다. 기대라는 풍선에 바람이 조금씩 빠졌다.

노숙자가 위험하다는 생각은 들지 않았다. 오히려 살 집이 없으니 다른 선택이 없겠다는 생각에 측은한 마음이 들었다. 그를 지나쳤지만, 머릿속 그의 모습은 숯불처럼 남았다.

그러거나 말거나 두 다리는 나를 북쪽으로 열심히 이끌었다. 어제는 자전거로 오늘은 두 다리로 달린다. 해변 앞 갈림길에서 왼쪽으로 달렸다. 골든게이트 브리지를 반환점으로 하고 다시 베이 브리지를 거쳐 샌프란시스코 자이언츠의 홈구장인 AT&T 파크까지 달릴 생각이었다.

샌프란시스코는 도시가 크거나 복잡하지 않다. 해변 길을 따라가면 길을 잃을 염려가 없다. 시간이 지나면서 달리는 사람들이 한 명씩 나타났다. 러너는 도심과 해변을 구분하지 않았다. 러너에게 달리는 사람은 재미있는 구경거리이기도 하니 샌프란시스코는 러너들의 천국이라 부를 만했다.

파란색 우레탄 위에서 근력운동을 하는 청년들에게 눈길이 갔다. 서울에서 새벽 달리기를 하면 종종 운동기구가 있는 공간을 지난다. 그곳엔 예외 없이 할머니와 할아버지들이 있다. 한국과 달리 두 청년이 서로의 근력운동을 도와주는 모습을 보니 신기했다. 샌프란시스코가 더 젊게 느껴졌다.

골든게이트 브리지 전경이 코앞에 보이는 벤치에 앉았다. 새벽은 어제 낮과는 또 다른 분위기였다. 바닷바람에 땀이 식으며 추워졌다. 얼른 바람막이를 꺼내 입었다. 무엇이든 준비는 철저할수록 좋다.

해 뜨는 시간이 다가왔다. 동쪽 베이 브리지를 보며 일출을 맞고 싶었다.

다시 달려 땀이 날 즈음 바다사자로 유명한 피어 39가 보였다. 동물원이 아닌 곳에서 바다사자를 만난 건 어제가 처음이었다. 꽤 많은 바다사자가 데크 위에 널브러져 있었고 그보다 더 많은 사람이 그 아이들을 바라보며 떠들어댔다. 바다사자를 구경하는 사람들의 얼굴엔 신기함과 재미가 가득했다.

달리면서 생각하니 무엇인가 이상했다. 사람이 바다사자를 구경한 것인지 바다사자가 사람을 구경한 것인지 헷갈렸다. 동물원에 갇힌 바다사자를 바라볼 때는 분명히 사람이 바다사자를 구경한 건데 바다에서 자유롭게 노는 바다사자를 떠올리니 꼭 그렇지 않을 수도 있겠다 싶었다. 터줏대감 바다사자들이 오늘은 어디서 누가 왔나 하는 생각으로 관광객들을 구경하고 있었던 건 아닐까? 그런 생각을 하니 바다사자는 불쌍한 동물이 아닌 놀고먹는 한량이 됐다.

이마에 솟는 땀방울은 러너임을 일깨운다. 자아도취에 빠지며 흐뭇한 웃음이 났다. 멀리 베이 브리지가 보였다. 베이 브리지는 샌프란시스코와 오클랜드를 잇는 길이 14km의 거대한 다리다. 아침이 다가오며 달리는 사람들이 더 많아졌다. 베이 브리지를 지나 2km를 더 달리면 AT&T 파크가 나온다.

스타벅스가 보였다. 갈증과 허기가 찾아왔다. 여행 가면 일출 사냥꾼이 되는 나는 일출을 먼저 보고 뭐라도 먹기로 했다. 일출이 가장 멋질 것 같은 곳에 자리를 잡았다. 10분쯤 지났을까? 여명이 밝아오며 태양이 바다를 뚫고 솟구쳤다.

뜨거운 무엇인가가 몸에서 차올랐다. 평생 길이길이 남을 일출이었다. 그 상황을 그대로 남기고 싶었다. 30m쯤 앞에서 달려오는 러너가 보였다. 자세조차 멋진 그에게 사진을 찍어달라고 부탁했다.

내가 러너여서일까? 그는 사진을 두 장도 아닌 십여 장을 찍어주었다. 자기가 좋아하는 것을 내가 하고 있으니 경계심은 사라지고 호감이 생겼을 것이다. 그에게 감사의 인사를 했다.

그가 떠나고서도 한참을 태양을 바라보았다. 태양이 베이 브리지 위로 완전한 모습을 드러냈을 때 다시 갈증과 허기가 찾아왔다.

스타벅스에 들어갔다. 아이스 아메리카노와 샌드위치를 주문하고 매장을 둘러보았다. 샌프란시스코답게 골든게이트 브리지가 그려진 머그잔이 눈에 띄었다. 커피를 좋아하는 누군가는 세계 주요 도시로 여행할 때마다 스타벅스 머그잔을 기념품으로 살 것이다.

여전히 태양에 미련이 남은 나는 아메리카노를 들고 바깥으로 나왔다. 야외 테이블에 앉아 샌드위치를 입에 넣으며 커피를 마셨다. 소소한 행복이 찾아왔다. 여유로운 마음으로 주위 풍경을 바라보았다. 낚시하는 사람들, 달리는 사람들, 출근하는 사람들, 매장 안에서 아침을 먹는 사람들. 내 마음이 그래서일까? 도시 전체가 생기로웠다.

AT&T 파크는 MLB 샌프란시스코 자이언츠의 홈구장이다. 나만의 결승선인 AT&T 파크로 향했다. MLB 구장 중에서도 가장 아름답다는 AT&T 파크가 모습을 드러냈다.

많은 러너가 떼를 지어 달리고 있었다. 그들을 보니 세상 어디에서도 살아갈 수 있겠다는 자신감이 불끈 솟았다. 세계 어느 곳이든 러너가 있고 그들과 함께 달리며 호흡하면 누구나 친구가 될 테니까, 러너가 서로 스텝을 맞추듯 도시에 적응할 것이다.

샌프란시스코에 다녀온 후 스타벅스는 나의 특별한 공간이 됐다. 눈을 감고 베이 브리지 앞에서 보았던 일출을 떠올린다. 달리기, 일출, 베이 브리지, 커피, 샌프란시스코 해변, 다양한 조합이 스타벅스라는 공간과 한데 어우러지며 벅차고 행복했던 순간이 되살아난다. 기분이 좋다.

문득 궁금하다. 어릴 적 그 액자는 누가 어디로 치웠을까?

달리기 방법과 부상 대응법

공부를 잘하기 위해서는 공부법을 찾기 전에 공부부터 해야 한다. 달리기도 마찬가지다. 지금 당장 달리는 것이 달리기를 잘하는 가장 좋은 방법이다. 그런데, 달려본 기억이 까마득한 당신은 달리기할 준비가 안 됐을 것이다.

달리기 위해 제일 먼저 해야 하는 건 일단 밖으로 나가기다. 달릴 몸과 마음의 준비가 되지 않았다면 일단 걷자. 걷기에 익숙해지면 달리자. 달리면 몸이 힘들거나 숨이 찰 것이다. 배가 아플 수도 있다. 처음 달리거나 빨리 달려서 생기는 당연한 과정이다. 그때는 다시 속도를 늦추거나 걷자. 걷다 보면 괜찮아진다. 괜찮아지면 다시 달린다. 걷기와 달리기의 반복이 달리기의 시작이다.

처음 달리기를 시작하는 사람은 달리는 게 목표여야지 잘 달리는 게 목표여선 안 된다. 1km부터 시작해서 30분이나 3km를 목표로 걷기와 달리기를 반복하자. 잘 달리는 것은 걷지 않고 5km나 10km 를 완주하고 난 뒤의 일이다. 처음부터 바른 자세로 달리면 좋지만, 평소 걷던 대로 시작해도 괜찮다.

모든 운동은 몸에서 힘을 빼는 데서 시작한다. 생각보다 쉽지는 않다. 허리를 세운 상태로 턱은 살짝 당기고 시선은 전방 30m 아래를 본다. 그러면 자연스럽게 몸이 살짝 앞으로 기운다. 손은 계란을 감싼 듯 가볍게 쥐고 팔은 축 늘어뜨린 상태에서 배꼽까지 올려 앞 뒤로 가볍게 흔든다. 다리는 팔과 리듬을 맞춘다. 호흡은 팔과 다리의 속도에 맞춘다. 처음에는 어려울 것이다. 이미지가 떠오르지 않으면 유튜브에서 '달리기 자세'를 검색해보자.

걷기와 뛰기의 반복을 넘어 5km나 10km를 달리면 어느 순간 무릎이나 발목, 발바닥 같은 부위에 통증이 생긴다. 걱정하지 말자. 그것은 초보 러너의 법칙이다. 부상의 원인은 십중팔구 너무 열심히 달려서다. 실력이 느는 성취감에 취해 더 열심히 달리다 보니 피로가 누적됐고 몸이 견디지 못해 아픈 것이다. 일단 열심히 달린 자신에게 선물을 하나 하자. 평소 사고 싶었던 러닝화는 어떨까?

부상을 방지하는 방법과 회복하는 방법은 같다. 바로 휴식이다. 부상에서 빨리 벗어나기 위해 약물이나 물리치료를 받아도 좋지만 결국 시간과 휴식이 부상을 치료한다. 이 시기를 잘 달리는 전화위복의 기회로 삼자. 통증이 없어질 때까지 달릴 생각은 하지 말고 유튜브 달리기 영상이나 달리기 책을 보며 바른 자세, 부상 방지 스트레칭, 잘 달리는 훈련법을 찾자. 때로는 달리고 싶어 미칠 것이다. 그래도 참자. 아픔이 사라질 때까지. 이 시기를 견디지 못하고 달리면 부상을 달고 살아야 할 수도 있다. 도저히 못 참겠다면 나중에 철인 3종에 입문할 경우를 대비해 수영을 하자. 전혀 마음이 없다고? 너무 먼일이라고? 글쎄, 그건 장담하지 않길 바란다. 사람의 미래를 누가 알겠는가?

일상생활에 아무런 문제가 없다면 다시 걷기와 달리기를 반복하자. 준비운동(운동 전 스트레칭)과 정리운동(운동 후 스트레칭)도 신경 쓰자. 조금이라도 꺼림칙하면 다시 쉬자. 어차피 진짜 러너가 되면 평생 달릴 것이니 무리하지 말자. 그게 더 오래 달리는 길이다.

여기서 나는 독자들과 공유하고 싶은 문제가 하나 있다. 부상 없는 실력 향상이 가능할까? 자신의 한계를 넘으려면 한계까지 도달해 봐야 안다. 나는 그 한계가 부상이라 생각한다. 물론 한계를 넘는 달리기를 하느냐 마냐의 선택은 당신의 몫이다. 이것은 어느 러너의 주관적인 생각일 뿐이니 듣고 흘려도 좋다.

PART 3

핑계다

—

대회는

대회가
여행이라면

철원

달리기 여행에 익숙해졌을 무렵, 어떻게 하면 달리기 대회가 재미 있는 여행이 될까 궁리하기 시작했다. 달리기 따로 여행 따로 하는 건 이미 옛날이야기였다. 당일치기 나들이는 소풍이고 하루 정도는 숙박을 해야 여행 같다. 하지만 의외로 1박 2일 여행은 쉽지 않았다.

철원마라톤 대회를 몇 주 앞둔 날이었다. 여느 주말처럼 중랑천에 서 친구들과 달리기를 하고 있었다. 친구가 곧 다가올 철원마라톤 이야기를 꺼내며 불쑥 생뚱맞은 말을 던졌다. "철원 가서 번지점프 한번 하시죠!"

이병헌(인우)과 이은주(태희)가 주연을 맡은 영화 〈번지점프를 하 다〉가 생각났다. 줄거리는 이렇다.

태희를 본 인우는 한눈에 사랑에 빠지고 우여곡절 끝에 둘은 연인 이 된다. 인우가 입대하는 날 태희는 그를 배웅하러 용산역으로 가다 뺑소니차에 치여 죽는다. 인우는 그 사실을 모른 채 입대하고 시간이 흘러 군 생활을 마친다. 학교 교사가 된 그에게 남학생 제자가 나타나는데, 인우는 그에게서 태희를 느낀다. 인우가 동성애자라는 소문이 학교에 퍼지고 결국 그는 불명예스럽게 퇴직한다. 어느 날 제자는 자신이 전생에 태희였다는 사실을 기억해낸다. 다시 만난 둘은 태희가 그토록 가고 싶어 했던 뉴질랜드로 떠난다. 두 사람은 줄을 몸에 묶지 않은 채 번지점프를 한다. 영화는 그렇게 끝난다.

시리도록 아픈, 그러나 아름다운 영화였다. 그 후 여주인공의 자살과 맞물려 그 영화는 가슴에 박혔다. 번지점프를 하고 싶은 마음은 그때부터 자리 잡았다.

'번지점프와 달리기가 무슨 상관이지?' 하는 표정으로 그를 쳐다봤다. 우리를 향해 싱긋 웃은 그는 말을 이었다. "철원에 가면 다양한 즐길 거리가 있습니다. 번지점프 말고 래프팅도 있어요. 미리 가서 제대로 된 여행 한번 하자는 거죠. 당일치기 말고 1박 2일."

그제야 모두 그의 의도를 이해하고 즉석에서 의기투합했다. 철원에 가서 무엇을 할지 더 이야기를 나눴다. 처음에는 번지점프 하자는 의견과 한탄강 래프팅을 하자는 의견이 엇갈렸지만, 곧 둘 다 하기로 했다. 한 시간 동안 10km를 달리며 여행 하나가 계획된 것이다.

철원으로 떠나는 날이 됐다. 아침 일찍 일어나 준비물을 챙기는데 연이은 카톡 알림 소리가 났다. 다들 준비를 마치고 집에서 나온다는 내용일 거라 짐작했다. 하지만, 예상과 달리 일행 중 한 명이 못 가게 됐다는 소식이었다. 카톡은 미안하고 아쉬운 마음도 함께 가져왔다. "새벽에 주방 싱크대 쪽 배관이 터져 집에 물난리가 났어요. 당장 공사를 해야 해서 도저히 갈 상황이 안 되네요…."

몸에서 힘이 빠졌지만 어쩔 수 없었다. 안타까운 마음을 담아 그를 위로했다. 남은 자들에게 두 가지 선택지가 남았다. 다음에 넷이 가거나 그냥 지금 셋이 가거나. 애매한 시간과 침묵이 흘렀다. 나는 선택의 주사위를 허공에 던졌다. 잠시 뒤 마음의 결정을 내리고 의견을 전했다. "갑시다."

출발선에 선 러너가 친구 한 명 못 온다고 달리기를 포기하는 경우는 없다. 넷이 하는 여행은 다시 계획하면 된다. 아주 단순하게 생각했다. 다행히 친구들도 동시에 가자고 했다. 가라앉던 분위기는 성냥불이 켜지듯 살아났다.

약속된 장소에 모여 한 차에 탔다. 신나는 댄스 음악을 따라 부르며 철원으로 향했다. 셋 다 이구동성으로 말했다. "옛날부터 번지점프를 한번 해보고 싶었어. 그런 날이 드디어 왔구나." 서로 누구보다 잘할 수 있다고 큰소리쳤다.

순식간에 한 시간이 흘러 철원 태봉대교에 도착했다. 번지점프대를 바라본 순간 침묵이 흘렀다. 영화로 볼 때는 누구보다 잘할 수 있을 것 같던 번지점프를 직접 마주하니 두려움이 찾아왔다. 잠시 뒤 우린 너나 할 것 없이 괜찮은 척 헛기침을 하며 다시 목소리를 조금씩 높였다.

제일 어리다는 이유로 내가 먼저 뛰기로 했다. 번지점프대로 오르는 계단을 하나씩 밟을 때마다 설렘은 줄고 긴장이 늘었다. 안전요원의 안내에 따라 장비를 착용하고 번지점프대로 이동했다. 점프대에 서는 순간 두려움이 튀어나왔다 "와, 이거 장난 아니네."

애써 긴장하지 않은 척했지만 땀으로 흥건한 손은 거짓말을 하지 못했다. 심장은 진작부터 극한 상황으로 치달았고 믿었던 다리마저 떨렸다. 다행인지 불행인지 번지점프의 두려움보다 못했을 때 생길 부끄러움이 더 컸다. 설마 무슨 일이 생기겠냐는 생각으로 내 허리를 감싼 줄을 믿었다. "괜찮으세요?"

"네!!!" 안전요원의 물음에 눈을 질끈 감고 큰소리로 대답했다. 대답과 동시에 '될 대로 되겠지' 하는 심정으로 뛰었다. 아래는 무서워 차마 쳐다보지 못하고 앞만 바라보았다.

점프대를 이탈하는 순간 공포는 거짓말처럼 사라졌다. 점프대 앞에 서는 그 순간이 가장 두려운 순간이었다. 줄의 탄력으로 강 아래로 쑥 내려갔다가 다시 위로 힘차게 솟구쳤다. 그제야 고개를 들어 한탄강 풍경을 바라보았다. 물 깊이는 얼마나 될지, 여기서 줄이 끊어지면 살 수 있을지 여러 가지 생각이 들었다. 두려움에 갇혀 있을 때는 아무 생각도 나지 않았는데 여유를 찾고 나니 오만가지 생각이 상상의 나래를 펼쳤다.

아래위로 몇 번 왔다갔다 한 후 공중에서 정지됐다. 안전요원이 허리를 감싼 줄을 천천히 내렸고 나는 낚싯바늘에 걸린 힘 빠진 물고기처럼 축 늘어져 보트 안에 담겼다. 매도 먼저 맞는 사람이 좋듯 제일 먼저 두려움을 떨친 나는 생기를 되찾았다. 번지점프를 준비하는 친구를 바라보며 킥킥댔다.

막 점프대에 오르는 친구는 늘 근엄하고 자신만만한 사람인데 지금은 멀리서도 당황한 기색이 역력했다. 우물쭈물 멈칫하던 그는 용기를 냈는지 아니면 포기를 했는지 준비 자세도 없이 쑥 뛰어내렸다. 엉거주춤한 자세에 폭소가 터졌다. 길이길이 남을 우스꽝스러운 장면을 카메라에 담지 못해 못내 아쉬웠다.

마지막 친구의 모습은 꼭 담고 싶어 쏜살같이 친구에게 갔다. 친구는 나를 구세주처럼 반겼다. "무서워서 못하겠다. 나 대신 네가 뛰면 안 되냐?"

누구보다 큰소리치던 그가 돌변해 당황했지만, 아무렇지도 않은 척 "에이 뭐 이걸 못한다고 그럽니까? 그냥 하면 되지? 한번 해봐요." 라고 말했다. 그는 숨소리조차 죽이며 꿀 먹은 벙어리가 됐다. 울상이 된 그의 반응에 이러지도 저러지도 못한 채 어색한 시간만 흘렀다.

위에 있던 안전요원은 다음 사람이 기다린다며 우리를 재촉했고, 이미 계산한 돈도 아까웠다. 울며 겨자 먹기였다. 잠시 뒤 나이 어린 내가 한 번 더 용기를 내기로 했다. "내가 할게요."

그 말이 왜 튀어나왔는지는 몇 년이 지난 지금도 불가사의다. 다시 점프대로 향했다. 다행히 처음보다는 괜찮았다. 점프대에 올라섰을 때 안전요원이 한마디했다. "뒤로 뛰어내리면 좀 더 재미있어요."

"네?"

굳이 하지 않아도 될 말을 한 안전요원 덕분에 혼란에 빠졌다. 하긴 겁나고 안 하면 겁쟁이가 되는 느낌이었다. 이미 이판사판이라 해보기로 했다. 수영 다이빙 선수처럼 두 팔을 위로 들고 뒤로 자유낙하했다.

처음과는 완전히 달랐다. 나는 깃털보다 가벼운 사람이 됐다. 내 몸에서 중력이 사라진 순간 우주인이 된 것 같았다. 두 번째 번지점 프는 내가 낸 용기 이상으로 큰 보답을 했다.

귀신 본 얼굴을 하고 있던 친구는 언제 그랬냐는 듯이 싱글벙글 웃고 있었다. 그에게선 일말의 아쉬움도 보이지 않았다. 그에게 물었다. "에이, 번지점프 하러 왔는데 했어야죠. 이게 뭡니까?"

넉살 좋은 그는 웃으며 말했다. "아이, 무서운데 어떻게 해?"

'이런들 어떠하리 저런들 어떠하리'로 시작되는 이방원의 시조가 생각났다. 친구의 말이 맞았다. 무서운데 어쩌라고! 이러면 어떻고 저러면 어떤가? 우리는 세상에서 가장 자유로운 활동인 '여행'을 하러 온 거니까 하고 싶은 대로 하면 됐다.

갑자기 허리가 욱신거렸다. 최근에 좋지 않은 허리에 무리가 됐나 보다. 허리를 만지며 한마디했다. "번지점프는 딱 한 번만 해도 충분하네요."

내 말에 친구는 킥킥대며 말했다. "한 번이 뭐야, 안 해도 돼."

친구에게 번지점프 사진을 보내면서 같이 못 와서 아쉽다는 말을 딸려 보냈다. 우리의 번듯한(?) 번지점프 사진을 본 친구는 각종 이모티콘과 감탄사를 보냈다. 겁먹은 표정은 전혀 드러나지 않는 실루엣만 나오는 사진이니 친구가 우리의 실제 상황을 알 길은 없었다. 그것 또한 사진의 매력이다.

"친구들, 이 비밀은 영원히 지킵시다."

새벽 일찍 일어나 대회장으로 갔다. 음악이 빵빵하게 울리는 가운데 춤추며 몸을 푸는 군인들이 눈에 띄었다. 군인들의 눈길을 따라 갔더니 미스코리아들이 걸그룹 음악에 맞춰 춤을 추고 있었다. 장병들의 환호성은 끊이지 않았고 미스코리아들의 몸짓에 맞춰 세상의 모든 열정을 모아 춤을 추고 있었다.

군 생활을 해본 남자들에겐 전혀 낯설지 않다. 군인들에게 가장 인기 있는 TV 프로그램은 단연 걸그룹이 등장하는 음악 프로그램이었다. 걸그룹에 빨려들어갈 듯이 앉아있던 내무반의 모습이 아직도 눈에 훤하다.

철원마라톤 주최 측은 매년 미스코리아를 대회장에 초청해 이벤트 행사를 한다. 미스코리아에 홀린 군인들을 보니 그들이 이 대회에 참가하는 이유가 바로 미스코리아일 거라는 생각이 들었다. '혹시 부대마다 참가인원 제한이 있고 여기 온 장병들은 추첨에 당첨된 행운의 선수는 아닐까?'

출발 총성이 울리자마자 선수들이 힘차게 출발했고 우리는 천천히 뒤따랐다. 이번 대회는 여행을 위한 핑계일 뿐이니 완주만 하면 목적을 이루는 셈이다. 철원평야를 여유로운 속도로 달렸다. 가을이 왔으나 여름은 가지 않아 시간이 지날수록 햇볕이 따가웠다.

두 계절이 사이좋게 우정을 나누는 사이 들판에는 벼가 누렇게 익어가고 있었다. 내 곁에서 달리는 사람을 바라보니 나도 모르게 조금씩 힘이 났다. 빨리 뛰고 싶은 마음이 없었는데도 속도가 빨라졌다. 그들의 열정에 전염된 것이다.

유난히 많은 군인에 다시 한번 놀랐다. 둘에 하나는 군인이었다. 미스코리아의 힘이라는 생각이 점점 더 확신으로 바뀌었다.

군 체육복을 입은 그들은 나를 군 생활로 데려갔다. 그때와 비교하면 나는 천국에 있는 것과 다름없었다. 맥주를 마시고 싶으면 마음대로, 전화하고 싶으면 마음대로, 여행하고 싶으면 마음대로, 달리고 싶으면 마음대로, 무엇이든 마음대로 할 수 있는 나는 인생의 진짜 주인이었다. 한층 더 기분이 좋아졌다.

한 시간이 순식간에 지나고 어느새 골인 지점이 눈앞에 보였다. 없던 힘도 다시 만드는 결승선을 바라보며 두 팔을 힘차게 흔들었다.

완주 메달을 목에 걸고 찍은 사진을 집 지키는 친구에게 보냈다. 몸은 떨어져 있지만 경험은 공유하고 싶었다. 이번에도 친구는 '멋지다', '수고했다', '와우, 최고' 같은 감탄사와 축하 메시지를 보내주었다. 함께 왔으면 더 좋았겠지만, 카톡으로 끝까지 함께해준 친구가 고마웠다.

친구가 이탈했을 때 다음을 기약했을 수도 있었다. 그랬다면 우리는 번지점프와 장병들과 함께한 오늘의 달리기 추억을 만들지 못했을 것이고, 친구는 우리에게 미안해하며 한동안 마음이 무거웠을 것이다. 이번 여행을 감행한 우리가 괜히 멋지게 느껴졌다.

아담한 한탄강 유람선에 앉아있었다. 가이드를 겸하는 유람선 선장은 고석정에 얽힌 이야기를 누룽지 억양으로 풀었다. 나는 할머니의 옛날이야기를 듣는 손자처럼 그의 곁으로 바짝 붙었다. "임꺽정은 조선 중기 때 백정의 아들로 태어나 신분제의 설움을 느끼고 누구나 평등한 세상을 꿈꿨지라. 조선 후기 실학자 성호 이익은 임꺽정 홍길동 장길산을 조선 3대 도적으로 꼽았는디, 이는 임꺽정이 보통 도적은 아니었다는 말씀이어라."

그는 관군에 쫓길 때 천혜의 요소를 두루 갖춘 고석바위를 은신처로 삼았다고 한다. 그의 삶이 해피엔딩이 됐다면 우리 선조들이 좀 더 빨리 평등한 세상을 맞았겠지만, 역사는 그것을 허락하지 않았다.

그는 죽으면서 어떤 생각을 했을까? 평등한 세상을 꿈꾸며 살았다는 생각에 뿌듯했을까? 세상에 순응하며 살았어야 했다는 후회를 했을까? 그의 마음을 알 길은 없으나 여한이 없지 않았을까?

여행이나 달리기를 하다 보면 길에서 만나는 수많은 인물이 영감을 준다. 고석정에서 만난 임꺽정은 멈추지 않고 달리는 러너를 닮았다. 평등을 향해 달렸던 수많은 사람이 있었기에 오늘 우리가 평등한 삶을 산다.

다른 건 몰라도 달리기를 할 때 러너는 모두 같은 출발선에 선다. 달리기 아닌 사람의 삶도 동등하면 얼마나 좋을까? 여행의 끝에서 아쉬움이 찾아왔다.

불평등한 세상이 평등해질 때까지 달려볼까? 말도 안 되는 억지 생각을 했다. 1년 365일 매일 달리면 늘 평등한 세상에 있는 거라는.

달리기가
싼 운동이라고?

'서당 개 삼 년이면 풍월을 읊는다'라는 속담은 내게도 통했다. 달리기를 한 지 삼 년을 넘기니 많은 러너들을 알게 됐고 주워듣는 것도 많아졌다. 실제로 해보지 않은 경험도 어느 정도 입으로 떠들 수준이 됐다.

달리기만큼 돈이 적게 드는 운동이 없다는 생각은 이즈음 금이 갔다. 세계 메이저 마라톤 대회가 계기였다. 메이저 마라톤이 있다는 것을 알게 되기까지는 시간이 걸렸지만, 그다음부터는 봇물 터지듯 했다. 호감이 없던 사람도 자꾸 보면 좋아지듯 처음엔 남의 일 같던 세계대회도 내 일처럼 다가왔다. 늘 그렇듯 문제는 돈과 시간이었다. 그러다 시간과 돈을 극복할 만한 메이저 대회를 알게 됐다. 세계 방방곡곡으로 달리기 여행을 하는 지인이 일본에서 열리는 도쿄 마라톤을 침이 마르도록 칭찬했다. 그는 세계 6대 마라톤에 대해 일장 연설을 하며 도쿄 마라톤이 한국에서 가장 가까운 메이저 대회라고

110

강조했다.

세계 5대 메이저 마라톤은 보스턴, 런던, 베를린, 시카고, 뉴욕 마라톤까지다. 거기에 도쿄까지 넣으면 6대 마라톤이 된다. 여섯 개 대회를 모두 완주한 러너는 〈World Marathon Majors〉를 통해 6개 대회의 메달이 하나로 뭉쳐진 큼지막한 메달을 받을 수 있다.

어느 방송인이 쓴 책에 '사촌이 땅을 사면 배가 아프다'라는 속담에 얽힌 재미있는 이야기가 있다. 아이들을 대상으로 한 강의에서 "사촌이 땅을 사면 어떻게 할래?"라고 물었더니 아이들은 "보러 간다"고 대답했다고 한다. 나는 아이들의 순수한 마음에 흐뭇했고 대답 또한 현명하다고 생각했다. 아이들의 현명한 대답에 자극받은 나도 마냥 지인을 부러워하는 대신 직접 가기로 했다. 마침 도쿄는 시간과 돈을 극복하기에 안성맞춤이었다.

어느 날, 이해할 수 없는 정보를 알게 됐다. 도쿄 마라톤은 추첨으로 선수를 모집한다고 했다. 설마 그럴까 싶은 생각에 지인에게 물었다. "도쿄 마라톤은 추첨방식으로 모집한다는데 사실입니까?"

"아, 맞아. 그걸 말해주지 않았군. 여행사를 통하면 추첨 없이 갈 수 있긴 하지. 돈이 많이 들긴 하지만 100% 갈 수 있다네."

어이가 없었지만 어쩔 수 없었다. 여행사를 통해 가고 싶지도 않았다. 막상 그렇게 되니 지인들과 함께 가려고 했던 계획도 틀어졌다.

도쿄 마라톤은 왜 그렇게 콧대가 높을까? 서울 국제마라톤보다 역사가 짧은데 어떻게 메이저 마라톤에 등극했을까? 높은 자리에 있는 누군가를 돈으로 구워삶은 건 아닐까? 온갖 생각이 들었다. 일찌감치 대회 신청을 마치고 지인들 모두 당첨되길 바랐다.

한 달 후 메일이 왔다. "Congratulations!"

달리지 않는 사람은 그게 뭐길래 그리 기쁘냐고 했지만, 무슨 시험에 합격한 것 마냥 기뻤다. 도쿄 마라톤에 대해 알아가면서 가고 싶은 마음이 더 용솟음쳤다. 안타깝게도 나 외엔 아무도 당첨되지 않았다. 혼자 갈지 다음에 누군가와 함께 갈지 또 다른 선택의 순간이 왔다. 다음으로 넘기기엔 너무나 아까웠다. '여행도 인생처럼 타이밍이다' 라는 어느 여행서의 문구를 따르기로 했다.

도쿄는 처음이고 일본어는 몰랐다. 대회를 열흘쯤 앞둔 날부터 걱정이란 놈이 안개처럼 자욱하게 내렸다. 인천공항을 떠나는 날 근심은 더 짙어졌다. 하네다 공항에서 만난 한글이 내 이마에 주름을 없애주었다. 소나기가 지나간 자리에 태양이 떠오르듯 마음이 맑아졌다.

대회 출발지 도쿄도청과 도착지 빅사이트 한가운데 위치한 호텔은 웅장한 건물과 세련된 인테리어로 5성급 호텔이 아닌가 싶을 만큼 멋졌다. 객실로 다가갈수록 기대는 점점 부풀었다. 잔뜩 기대하며 문을 연 순간 난생처음 보는 상황에 하나만 있는 숨이 막혔다. 걸리버 여행기에서 걸리버가 난쟁이의 방에 들어간 순간 나와 같은 생각을 했을 것이다.

가방을 던져 놓고 마라톤 엑스포가 열리는 도쿄 빅사이트로 향했다. 보스턴 마라톤과 도쿄 마라톤에 다녀온 지인들이 마라톤 엑스포에 대해 워낙 많은 이야기를 해서 기대가 하늘을 찌를 태세였다.

빅사이트가 있는 오다이바로 가는 길에 만난 풍경은 마치 부산 해운대를 보는 듯 낯설지 않았다. 레인보우 브리지는 광안대교, 고층 빌딩은 마린시티였다. 전시장에서 제일 먼저 나를 반긴 건 'We have Dreams'가 적힌 대형 플래카드였다. 도쿄 마라톤이 나의 꿈은 아니었지만, 누군가의 꿈일 수는 있기에 흐뭇했다.

전시장에는 세상의 모든 달리기 용품이 있었다. 기념 티셔츠 전시관에는 '이 많은 티셔츠를 왜 만들었을까?' 싶을 만큼 다양한 티셔츠가 벽면을 장식했다. 양말 가격에 0이 하나 더 붙은 걸 보고는 경악했다. 돌아다닐수록 도쿄 마라톤을 권했던 지인의 얼굴이 떠올랐다. 그가 쉬지 않고 말했던 마라톤 엑스포는 신세계였다. 나도 엑스포 유경험자가 됐다는 생각에 우쭐했다.

도쿄 마라톤은 신주쿠에 있는 도쿄도청에서 출발한다. 지하철로 얼마나 걸리는지, 어떻게 찾아가는지 사전 답사를 하기로 했다. 대회 당일 길을 못 찾아 대회 참가를 못 하면 길이길이 남을 인생의 흑역사가 될 테니까.

두근대는 마음으로 사전 답사를 마쳤다. 러너에서 바로 여행자로 변신했다. 대회장 코앞에 야경 명소로 유명한 도쿄도청 전망대가 있었다. 여행할 때는 국내외를 가리지 않고 야경을 보는 편이라 도쿄 야경을 찾는 건 당연했다. 도쿄도청 엘리베이터에서 내리는 순간 기대보다 훨씬 멋진 야경이 펼쳐졌다. 한 바퀴 돌며 창밖으로 보이는 화려한 도쿄를 감상하는데 혼자라는 허전함이 밀려왔다. 그때 후지산 방향에서 반가운 한국말이 들렸다. 서로 한눈에 대회 참가자라는 걸 알아보고 자석처럼 가까워졌다. 어떻게 달릴 것인지, 언제 한국에 돌아가는지, 다시 만나면 응원하자는 시시콜콜한 이야기를 나눴다. 사람의 온기를 느낀 나는 그들과 헤어질 때 쓸쓸함과도 이별했다.

전망대에서 내려와 휘황찬란한 도쿄 시내를 쏘다녔다. 기념품 상점 매대에 올려진 태극기 배지가 나를 뚫어져라 바라보았고, 그것은 원래부터 내 것인 양 잡아들었다. 태극기 배지를 달고 달리는 모습을 상상했다.

호텔에 도착하자마자 내일 입을 옷과 장비를 정성스럽게 펼쳤다. 모자, 싱글렛, 러닝 타이즈, 양말, 태극기 배지, 배번, 기록칩, 운동화. 모든 준비가 끝났지만, 일찍 자고 싶은 마음은 전혀 들지 않았다.

대회 전에는 새로운 시도를 하지 않아야 하는데, 대회보다는 여행이었기에 소소한 일탈을 하기로 했다. 욕조에 뜨거운 물을 받으며 맥주와 안주를 준비했다. 홀라당 알몸이 되어 양손에 맥주 두 캔과 과자를 들고 목욕탕으로 갔다. 좁아터진 욕실에서 최대한 편안한 자세로 누워 맥주를 마셨다. 일본에서 마시는 일본 맥주라서인지 더 맛있었다.

혼자서 해외여행 온 건 처음이었다. 늘 친구나 가족과 함께였다. 자유스러운 듯하면서도 허전한, 복잡 미묘한 생각이 들었다. 김 과자를 씹다가 남은 맥주를 단번에 들이켰다. "크아아아."

일부러 감탄사를 토해내며 마치 누군가와 함께 있는 듯한 기분을 냈다. 내가 어쩌다 달리기를 시작하고 어떻게 일본까지 달리러 왔는지 여러 가지 질문이 떠올랐다. 특별히 답을 찾을 이유는 없었지만,

생각의 나래가 펼쳐졌다. 맥주가 사라질수록 더 마시고 싶은 욕망이 스멀스멀 올라왔지만 참았다. 종일 긴장된 상태로 여기저기 다니고 따뜻한 탕에서 맥주를 마셨더니 급격히 노곤해졌다. 일본에서 첫날 밤이지만 고민하지 않고 불을 껐다.

눈을 뜨자마자 서둘러 나갈 준비를 했다. 이름이 박힌 싱글렛부터 시작해서 타이즈를 입고, 양말을 신고 모자를 쓰고 고글을 끼고, 마지막으로 제일 중요한 러닝화를 신었다. 거울 앞에 서서 나를 비춰보니 국가대표가 된 듯 뿌듯해졌다.

대회장에는 이미 사람들로 장사진을 이뤘고 선수 출입문 앞에서는 선수들의 가방 검사를 하고 있었다. 우리나라에서는 본 적 없는 상황에 어리둥절했다. 가방을 검사원에게 건네고는 아무 문제 없다는 투로 어깨를 으쓱했다. 가방을 뒤적이던 관계자는 우산과 셀카봉을 들고 뭐라고 떠들었다. 우산과 셀카봉이 위험하다나 뭐라나. 잘못도 없는 바닥을 쿵 찍으며 깊은 한숨을 내쉬었지만, 달라지는 건 아무것도 없었다.

가방을 맡기고 출발선으로 가는 길은 선수들로 미어터졌다. 쌀쌀한 날씨에 팔다리는 이미 닭살이 됐고 사람들이 가득 차면서 어느 순간부터 나는 닭장 속 닭이 됐다. 빼곡히 들어찬 닭들의 체온으로 추위는 멀어졌다.

키가 나보다 머리 하나는 더 큰 백인 어르신과 살이 부딪쳤다. 처음에는 서로 웃으며 "Sorry" 하다가 점점 공간이 줄어들더니 어느 순간 붙어버렸다. 누가 먼저랄 것도 없이 대화를 시작했다. "Hi."

미국 뉴햄프셔 출신인 'John Eddy'는 세계 6대 메이저 대회 중 남은 건 베를린 마라톤뿐이고 100km 울트라마라톤도 수시로 참가한다고 했다. 조금 전까지만 해도 동네 할아버지였던 에디는 어느새 마라톤 도사가 됐다. 10박 11일 동안 여행할 거라는 말에 부러움 병이 발동했다. "나도 당신처럼 살고 싶다."

마치 그 말을 기다렸다는 듯이 그가 말했다. "혹시 보스턴 마라톤 대회에 참가하게 되면 꼭 연락해라. 혹시 Facebook 하니?"

그는 내가 건네준 페이스북에서 자기 이름을 검색하고 친구 추가를 했다. 고마운 마음에 물었다. "서울에 온 적은 있니? 한국에 오면 꼭 연락해."

그는 고개를 끄덕이며 싱긋 웃었다.

출발을 알리는 장내 아나운서의 목소리, 총소리에 이은 눈꽃이 쏟아졌다. 주자들이 꽤 빠져나간 후에야 달릴 공간이 생겼다. "에디, 행운을 빈다. 페이스북에서 만나자."

사람들이 썰물처럼 빠져나간 길을 따라 천천히 달렸다. 주위는 온통 응원하는 사람으로 가득했다. 삼삼오오 짝을 지어 응원하는 사람, 관광객, 주최 측의 공식 응원단이 주로 양쪽으로 인간 띠를 만들고 목이 터지라 외쳤다. "간빠레, 화이또."

킬로미터당 6분으로 달리며 그들이 주는 응원을 끌어모았다. 내 눈은 주위 사람들과 도쿄 도심의 풍경을 따라다니느라 정신없었다.

누군가가 나를 향해 "코리아 파이팅"을 외치며 지나쳤다. 그의 등을 보니 한국어로 된 이름이 있었다. 나도 그를 향해 외쳤다. "파이팅."

생각지도 못한 문제가 찾아온 건 그때였다. 배에서 꼬르륵 소리가 났다. 풀코스가 장난이 아닌데 여행에 빠져 제대로 먹지 않았다. 1km가 쌓일 때마다 배는 더 쪼그라들었고 다리는 무거워졌다. 간식 보급소까지 갈 수 없을 만큼 혼란스러웠다.

역시 죽으란 법은 없었다. 때마침 기쁘다 구주 오셨다. 먹거리를 나눠주는 사람이 눈에 들어왔다. 환하게 웃는 일본인에게 음식을 넉넉히 받고 "아리가또 고자이마스"를 반복했다. 에너지가 조금씩 솟았다. 지인의 도쿄 마라톤 칭찬이 이해되고도 남았다.

30km가 지나자 당연하다는 듯 찾아온 마라톤의 벽에 다리가 무거웠지만, 4시간 대보다 3시간 대의 기록이 탐났다. 한 사람 한 사람 뒤로 보냈다. 황궁, 도쿄타워, 긴자, 아사쿠사, 도쿄 스카이트리 같은 일본의 대표 명소를 지나고 결승선이 있는 오다이바에 들어섰다. 속도가 느려져야 정상인데 더 힘이 났다. 끝없이 이어진 응원의 힘이었다.

마지막 1km에선 저절로 팔에 힘이 들어갔고 결승선을 향해 돌진했다. 결승선을 빠져나오는 순간 자원봉사자가 국가대표 선수들이나 하는 대형 스포츠 수건을 어깨에 둘러주었다. 이어 완주 메달도 걸어주었다. 예상치 못한 환대에 고마움이 솟았다. 또다시 "아리가또 고자이마스"를 연발했다.

대회가 끝나고 호흡이 편해지자 마라톤 도사 에디가 궁금했다. 스마트폰을 꺼내 그와 함께 찍은 사진과 결승선에서 찍은 내 사진을 보냈다.

오다이바에 있는 관광 온천에 갔다. 배를 채운 후 냉탕과 온탕을 왔다갔다 하며 다리를 마사지했다. 핸드폰에 알람이 울리고 에디가 보낸 사진이 나타났다. "친구 잘 뛰었나? 나도 잘 뛰었다네. 남은 여행 잘하게나. 보스턴에서 다시 만나길 기대하네."

언젠가 나도 6대 메이저 대회를 찾아다니며 여행하고 달리는 날이 올지도 모른다는 생각이 들었다. 도쿄는 달렸으니 매년 하나씩 달리면 최소한 5년간은 꾸준히 달릴 이유가 생긴다. 서울 국제마라톤은 왜 아직 메이저 대회의 대열에 합류하지 못했는지 의아스러웠다. 가능한 한 빨리 그날이 오면 좋겠다. 그러면 굳이 해외에서 열리는 메이저 대회를 찾지 않아도 된다.

서울에서 미국인 마라톤 도사 에디와 함께 달리는 날을 상상했다. 에디를 만나는 상상에서 현실로 돌아오게 한 건 도쿄에 사는 친구의 카톡이었다. "도쿄 마라톤 완주 파티는 신주쿠에서 하자."

친구의 연락에 몇 시간 전에 풀코스를 달린 사람이 맞나 싶을 만큼 몸이 가벼워졌다. 얼른 옷을 갈아입고 가방을 드는데 완주 메달이 바닥에 툭 떨어졌다.

'Tokyo marathon finisher'

그 순간, 가보지 않은 도시도 달리는 목표가 된다는 생각이 나를 덮쳤다. 빨리 또는 길게 달리기만 목표로 생각하던 내게 새로운 달리기가 열리는 순간이었다.

달리기는
위대한 유산

남성과 여성은 각각 테스토스테론과 에스트로겐의 지배적인 영향을 받는다. 남성은 여성보다 평균 열 배 정도의 테스토스테론을 보유하고 있다고 한다. 이 영향으로 남성은 여성보다 훨씬 공격적이다. 남성이 테스토스테론을 마음껏 발산하면 전쟁과 폭력이 난무하는 세상이 될 것이나 다행히 법과 제도가 있어 평화와 치안이 유지된다.

법과 제도는 일정한 규칙을 전제로 스포츠에 대해 남성성을 허용하고 때로는 조장한다. 달리기도 마찬가지다. 남자들은 더 빨리 더 멀리 달리면서 남자다움을 입증하고 인정받고자 한다.

달리기를 시작하고 마라톤까지 경험한 러너들은 '더 빨리 또는 더 멀리 또는 더 강하게'라는 선택지 앞에 선다. 대부분의 많은 러너는 서브 4, 서브 330, 서브 3, 울트라마라톤에 도전하고 일부는 철인 3종에 입문한다.

울트라마라톤에 도전할 용기는 없었다. 철인 3종은 현실이 허락하지 않았다. 지금 이대로 달리자니 그놈의 테스토스테론이 나를 가만두지 않았다.

어느 날 리복이 주최하는 '스파르탄 레이스'를 알게 됐다. 이름만으로도 아드레날린이 솟구쳤다. 홈페이지에 소개된 대회 영상을 보니 마치 스파르타인들이 전투 훈련을 하는 것 같았다. 놀랍게도 영상에는 아이들도 있었다. 의아한 마음에 대회 요강을 보니 '키즈' 부문이 정말 있었다. 후기를 보며 스파르타인이 되는 판타지에 빠졌다. 싫든 좋든 현실에선 늘 아테네인으로 살아가지만, 스파르타인처럼 살고 싶은 본능이 꿈틀댔다.

어린아이들이 있는 아빠 대부분은 주말에 무엇인가 하기 위해선 아내의 양해를 받아야 한다. 대회일까지 충분한 기간이 남았을 때 아내에게 물었다. "스파르탄 레이스라고 좀 특별한 달리기 대회가 있더라고. 여기 참가하려는데, 혹시 9월 23일 특별한 계획 있어?"

"잠깐만, 그날 안 되는데? 같은 부서 후배 결혼식이야."

"어…?"

대회 신청란에 개인 정보를 입력하다 말고 고개를 들어 아내의 표정을 살폈다. 아내의 표정은 전혀 바뀌지 않았다. 스파르타인이 된다는 기대는 구멍 난 풍선이 됐다. 내가 스파르타인이라면 "남편이 뭘 한다는데 가긴 어딜 가!" 라고 말했겠지만 나는 평화와 민주주의를 사랑하는 아테네인이었다. "알았어. 어쩔 수 없지 뭐…."

어떻게 하면 대회에 참가할 수 있을지 고민하며 몇 날 며칠을 보냈다. 시간이 날 때마다 스파르탄 레이스 홈페이지를 기웃거렸다. 어느 날 좋은 생각이 떠올랐다. 두 아이를 대회에 출전시키고 나는 코치가 되는 것이었다.

두 아이는 매일 태권도에 다니고 5km 대회에도 몇 번 참석했다. 해보지 않은 장애물을 잘 넘을 수 있을지에 대한 걱정보다는 아이들이 잘 해낼 것이라는 믿음과 기대가 앞섰다. 아이들이 특별한 경험을 하며 좀 더 강해질 거라는 생각에 벌써 뿌듯해졌다. 직접 선수로 달리면 더 좋지만, 옆에서 지켜보는 것도 좋은 경험이 될 터였다.

그래도 선택은 아이들의 몫이다. "애들아, 아빠랑 장애물 달리기 대회 나갈래?"

"얼마나 뛰는데?"

"1km."

"엥? 그냥 1km? 어디서?"

"맞아, 그냥 1km. 인천에서."

"어, 알았어."

딸은 그런가 보다 하며 그것으로 끝이었는데 아들은 어떤 장애물을 넘는지 집에서 대회장까지는 얼마나 가야 하는지 끊임없는 질문을 쏟아냈다. 혹시나 안 간다고 하면 어쩌나 하는 걱정은 순식간에 사라졌다.

금요일 휴가를 내고 1박 2일 여행을 하기로 했다. 대회 날짜가 다가오던 어느 날 아내가 말했다. "여보, 달리기 대회 가는 날 내 일정이 바뀌었어. 서영이 친구 엄마들과 함께 모녀 여행을 가기로 했어. 서영이도 좋대."

"잘됐네."

나도 손해 보는 건 없었다. 아들과 둘만의 여행을 할 수 있으니 홀가분한 여행을 즐길 수 있겠다 싶었다.

1년 중 가장 좋은 날이 밝았다. 여행을 가서 좋은 날이 아니라 뭘 하든 좋은 9월 말이었다. 가을은 독서의 계절이라고 하는데 그건 사람들이 워낙 책을 읽지 않으니 이때라도 읽으라는 구호일 뿐이다. 가을은 무엇을 해도 좋은 계절이다. 심지어 일하기에도 가을만 한 계절이 없다.

출발 전 차 안에서 아들과 사진을 찍어 아내에게 보내고, 첫 번째 목적지인 BMW 드라이빙 센터로 향했다. 평소 같으면 출근해서 일하고 있을 시간에 여행을 떠나는 자동차 안에 있으니 더 좋았다. 어린이집 대신 여행을 떠나는 아들도 연신 종알거렸다.

대부분 남자는 애나 어른이나 할 것 없이 자동차를 좋아한다. 장난감 자동차를 좋아하는 아이는 어른이 되어 진짜 자동차를 사며 흐뭇해한다. 입사 3년째 되던 어느 날, 집부터 먼저 사야 한다는 어른들의 말을 한 쪽 귀로 듣고 한 쪽 귀로 내보냈다. 나만의 공간을 마련했다는 뿌듯함에 들떴다.

드라이빙 센터에서 신분 확인을 하자마자 SUV 오프로드 체험장으로 갔다. 준비된 차는 언젠가 한 번은 소유하고 싶은 차였다. 드라이버는 45도 인사로 우리를 맞았다. 우리가 안전띠를 매자 자동차가 움직였다. 모래밭과 물웅덩이를 통과하고 가파른 기울기에선 전복될 것 같은 위기도 맞았다. 그럴 때마다 자동차는 능숙한 성능으로 탈출했다. 시간이 지날수록 자동차를 사고 싶은 마음이 커졌다.

체험이 끝나고 차에 내리던 아들이 퉁명스럽게 말했다. "아빠, 우리 차랑 똑같은데 왜 돈 내고 이걸 탔어?"

아빠의 대답은 들을 필요도 없다는 듯이 아들은 오토바이를 향해 달렸다.

아들의 말은 사실이었다. 방금 탄 자동차와 우리 차는 같은 SUV에 색깔조차 같은 검은색이었다. 아들의 말을 듣는 순간에는 말도 안된다는 생각으로 헛웃음이 났는데 시간이 흐를수록 울림이 있었다.

여행 삼아 가끔 공항에 간다. 이날도 마찬가지였다. 여행을 떠나는 사람들과 비행기를 보는 것만으로도 덩달아 기분이 좋아진다.

톰 행크스가 주연한 영화 〈터미널〉은 공항을 배경으로 제작됐다. 빅터(톰 행크스)는 유럽에 있는 작은 나라의 국민이다. 미국으로 오는 동안 자국에서 쿠데타가 일어났고, 그는 일시적으로 '유령 국가'의 국민이 된다. 미국으로 입국하지도 자국으로 출국하지도 못하는 그는 공항에서 살기 시작한다. 공항관리국 직원들에게는 눈엣가시지만 공항에서 일하는 사람들과 우정을 나누고 미녀 승무원(캐서린 제타 존스)과 로맨스까지 키운다.

현실에서 그런 꿈같은 일이 일어날 리는 없지만, 누구나 마음만 먹으면 공항에서 사는 건 가능하다. 그 생각이 들자 내가 보고 있는 누군가도 집이 아닌 이곳에서 살고 있지 않을까 하는 생각이 들었다.

2018 평창올림픽을 몇 달 남겨놓지 않은 때였다. 올림픽 마스코트 수호랑과 반다비가 여기저기에 있었다. 아들보다 큰 수호랑과 반다비를 배경으로 사진을 찍었다.

그곳에서 수호랑과 반다비를 만나기 전에는 마스코트의 유래와 의미를 알지 못했다. 그저 호랑이와 곰, 그 이상도 이하도 아니었다. 수호랑과 반다비는 1988년 서울 올림픽과 패럴림픽의 마스코트였던 호돌이와 곰돌이를 계승하고 있었다. 수호랑과 반다비는 업그레이드된 호돌이와 곰돌이의 2세였던 셈이다.

레일바이크를 타러 갔다. 차에서 내린 순간 누군가 파란 도화지에 하얀색 물감을 군데군데 뿌려놓은 것 같은 하늘이 우리를 맞았다. 다정한 햇살에 바람막이를 벗고 선글라스를 꼈다. 우리가 탄 레일바이크는 왼쪽 바다와 오른쪽 소나무를 끼고 천천히 미끄러졌다. 왕복 5.6km 구간은 달리기 코스로도 적당해 보였다. 평일이라 자전거를 타는 사람들은 드물었고, 덕분에 바이크 속도를 마음대로 조정할 수 있었다.

천천히 달리다가 아들의 "아빠, 세게!" 라는 말에 있는 힘껏 페달을 굴렀다. 아들의 신난 표정에 흐뭇했지만, 더 힘을 낼 수 없을 즈음에는 속도를 늦췄다. 레일바이크를 타는 동안 아들은 기수였고 나는 말이었다. 아들의 신난 표정과 목소리에 힘이 절로 났다. 때마침 불어온 바닷바람이 힘을 보탰다.

살면서 제일 잘한 게 아빠가 된 거라는 생각이 들었다. 업그레이드 비용이 많이 들지만, 아이들은 진정한 삶의 비타민이다. 생각에 잠긴 사이 레일바이크의 속도가 줄었고 아들은 다시 "아빠 달려!"를 외쳤다. 아이들에게 가장 어울리는 단어가 무엇일까? '위대한 유산'은 어떨까?

서해는 일몰이 아름답다. 영종도 좌측 끝에 있는 마시안 해변으로 갔다. 아들은 차가 출발하자마자 잠이 들었다. 운전을 하면서도 눈길은 수시로 아들에게 향했다.

영종도는 작은 섬이라 반대쪽 끝까지 가는 데도 30분이면 충분했다. 아들은 여전히 자고 있었다. 카페 앞에 주차하고 아이스 아메리카노를 한 잔 샀다. 무의도를 바라보며 마시는 시원한 커피에 갈증은 순식간에 달아났다. 30분쯤 지났을 때 아들이 나를 부르며 달려왔다. 아들과 손을 잡고 바닷가를 거닐었다. 우리를 비추던 밝은 해는 지기 시작했다. 아들을 번쩍 안아 들고 아름다운 일몰과 바다로 잠수하는 해를 바라보았다. 먼 훗날 아들이 오늘을 기억할지, 어떤 의미로 받아들일지 궁금했다. 아들을 꼭 끌어안고 머리를 쓰다듬었다. 그사이 붉은 태양은 완전히 사라지고 노을만 빛났다.

다음 날 대회장 공터에는 일찌감치 많은 선수가 모여 있었다. 선수 등록을 하고 기념품을 받았다. 스파르탄 얼굴과 글자가 새겨진 티셔츠를 아들에게 입히고 대회장을 돌아다니며 사진을 찍었다. 스파르탄의 투구를 쓰고 창과 방패를 드니 영락없는 스파르탄이다. 아들은 전사였고 나는 전사의 스승이었다. 창과 방패를 들고 다니며 전사의 모습을 보이던 아들은 푸드트럭에서 파는 아이스크림을 보고는 돌연 갓난아이가 됐다. 창과 방패를 팽개치고 아이스크림을 사 달라고 졸라댔다.

대회 출발 시각이 다가오는데 아들은 느긋하기만 했다. 아이스크림을 다 먹고 나서야 출발선으로 가자고 했다. 정작 아이는 태연했는데 나는 아들이 잘할 수 있을지 걱정되기 시작했다.

출발선에는 어린아이들로 북적였다. 출발 신호가 떨어지자 먼저 출발하려는 아이들로 뒤엉켰다. 아드레날린이 솟구친 아들도 뛰쳐나갔다. 첫 번째 장애물부터 난관이었다. 키만큼 큰 장애물을 만나 어쩔 줄 몰라 했다. 몇 번의 실패를 거친 끝에 겨우 넘어 다음 장애물로 향하며 나를 바라봤다. "아빠, 나무에 찔렸어."

피 나는 손을 펼쳐 보이고는 다시 힘차게 뛰어가는 모습이 대견했다. 함께 온 모든 부모는 아이를 향해 힘찬 응원을 보냈다. 아이들은 최선을 다해 달리고 장애물을 통과했다. 아이들이 장애물을 넘지 못할 때는 발을 동동 구르며 응원하고 힘차게 넘어갈 땐 칭찬을 아끼지 않았다. 아이들은 보자기에 들어간 채로 달리고 외나무다리를 건넜다. 모래주머니를 나르고 철조망을 통과했다. 외줄 오르기와 그물망 오르기를 했다.

달릴 땐 누구보다 빨랐다가 장애물만 만나면 어찌할 바를 모르는 아들을 보며 안타까웠다. 어디선가 해봤다는 듯 능숙하게 장애물을 넘는 다른 아이들은 놀라웠다. 나는 어느새 아들을 다른 아이들과 비교하고 있었다. 아들은 장애물을 하나씩 넘어가고 있는데 나는 '비교' 라는 장애물에 갇히고 말았다. 서둘러 잡념을 떨치고 아들을 응원했다. 아들은 속도를 높이며 결승선을 통과했고 나도 응원 레이스를 마쳤다.

외국인 대회 진행자는 "굿 보이"를 연발하며 아들의 목에 투구가 새겨진 큼지막한 메달을 걸어주었다. 옷은 물론 온몸이 흙투성이가 된 아들은 쑥스럽고도 뿌듯한 웃음을 지었다. 전보다 더 강해져 보이는 아들을 번쩍 들어 힘껏 안아주었다. 할 수 있는 모든 칭찬을 끌어모았다. 잠시 뒤 다친 손이 생각났다. "손은 좀 괜찮아?"

그제야 아픈 표정을 짓는 아들을 데리고 의료 부스에 갔다. 다행히 상처는 깊지 않았다.

집으로 돌아오는 차 안에서 아들은 스파르탄 레이스의 느낌을 속사포로 발사했다. 성취감과 뿌듯함이 넘쳐나는 아들이 한마디 할 때마다 칭찬으로 화답했다. 어른이 봐도 해내기 쉽지 않은 장애물을 모두 해냈으니 충분히 뿌듯할 만했다. 말할 틈을 주지 않고 떠들던 아들은 어느 순간 조용해졌다. 새근새근 숨 쉬는 소리가 났다.

특별한 레이스를 해낸 아들이 오늘을 발판 삼아 새로운 도전과 승부를 이어가길 바랐다. 달리기는 아들에게 남기는 위대한 유산이 될 것이다. 아이들이 달리기를 가까이하면 좋겠다.

아들과 여행을 다녀온 후 시간이 지나며 스파르탄 레이스를 하지 못했다는 아쉬움이 살짝 치켜들었다. 좀 더 강한 달리기는 결국 숙제로 남았다.

훗날 피렌체에서 만난 다비드 덕분에 새로운 도전을 하지만, 이때까지도 나는 더 멀리 그리고 더 강한 달리기에 대한 두려움이 남아 있었다. 여전히 좀 더 적당한 달리기만 찾았다. 더 강해지라는 테스토스테론과 조금은 주저하는 나의 기 싸움은 계속됐다.

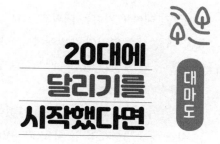

20대에
달리기를
시작했다면

대마도

달리기가 좋아질수록 '이 좋은 달리기를 왜 이제야 시작했을까?' 라는 생각이 불쑥불쑥 찾아왔다. 마라톤 대회에서 나를 질러가는 청년들을 볼 때마다 그 생각은 더 짙어졌다. 달리기가 내 맘대로 되지 않을 때 나이 탓을 하는 건 실력이 부족할 때 운동화를 탓하는 것과 같았지만, 그런 생각을 떨칠 수는 없었다.

나이를 되돌리는 건 영화에서나 가능한 일이다. 대신 언제든 젊은 시절을 생각할 수 있다. '사람은 추억을 먹고 산다' 라는 말처럼 옛날 추억을 떠올리면 기분도 좋아진다.

20대를 돌이켜보면 MT만큼 즐겁고 신나는 때가 없었다. 친구들과 마시고 먹고 놀고, 그걸 반복하면 우정이 쌓이고 때론 사랑이 싹트기도 했다. 그때는 두려움보다 용기가 앞섰다. 징검다리를 먼저 두드리고 건너도 좋지만, 물에 빠지더라도 과감히 건너던 그때가 그립다.

친구가 대마도 마라톤 대회에 함께 가자고 했다. 대마도라는 말을 듣자 대학 시절 영일대 해변에서 웃으며 놀던 시절이 파노라마처럼 떠올랐다. 왜 달리기 친구들과 MT 갈 생각을 못 했을까 하는 생각에 쌍수를 들고 환영했다.

MT 가기에 딱 좋은 다섯 명이 뭉쳤다. 각자 역할을 분담했다. 나는 숙소 예약 담당이었다. 처음에는 히타카쓰항에서 가까운 아무 호텔을 예약했다. 여행을 기다리는 동안 대마도 여행기를 검색하다 나츠마루 민박을 발견했다. 사진만으로도 감탄사가 터지는 해산물 요리를 본 순간 그 민박은 이미 내 운명이 됐다. 즉시 함께 여행할 달리기 친구들에게 공유했다. 잠시 뒤, 네 번의 알림음이 연속으로 울렸다. "여기로 가자!" "오우, 굿" "훌륭하네" "역시! 대박!"

일사천리로 예약한 건 아니다. 카톡으로 문의하면 한참 뒤에야 응답이 왔다. 예약 확정까지 더디고 귀찮은 상황이 이어지며 며칠이 흘렀다. 아이러니하지만, 그럴수록 더 가고 싶어졌다. 식당 바깥에 손님이 많으면 음식이 맛있어 보이는 것과 같은 심리였다.

예약했던 날이 엊그제 같은데 벌써 한 달이 지났다. 대마도 여행도 이틀째다. 어제저녁, 태어나서 처음으로 생일 전야제를 보냈다. 예수님도 아닌데 전야제라니 웃기지만, 달리기 친구들 덕분에 누린 호사다.

저녁 식사 자리에는 민박집 주인 할아버지와 할머니, 저녁상 준비를 도와준 동네 아주머니까지 모두 여덟 명이 있었다. 민박 주인장 할아버지는 일본어로 말했다. 일행 중에 일본어를 제대로 알아듣는 사람은 아무도 없어 원활한 대화를 하기엔 역부족이었다.

그의 일본어에 우리는 눈만 멀뚱멀뚱 깜빡였고 어깨를 으쓱하며 웃었다. 그는 예상했다는 듯 웃으며 태블릿을 꺼냈다. 태블릿을 몇 번 터치하더니 태블릿에 일본어로 말하고 그것을 우리에게 건넸다. 태블릿은 자동으로 한국어를 말하고 한국어로도 표시됐다. 지금까지 살면서 번역기를 사용할 일이 없었던 나는 눈이 땡그래졌다. 모두의 입에서 감탄사가 튀어나왔다. "우왓!"

생일 전야제의 추억을 떠올리며 하루를 시작했다. 주인 할머니가 불렀다. 민박 조식 대신 호텔 조식이 먹음직스럽게 차려져 있었다. 저녁과는 완전히 다른 식단을 준비한 할머니가 고마웠다. 기분 좋게 아침 식사를 마치고 달릴 준비를 했다.

대마도는 북쪽 히타카츠항과 남쪽 이즈하라항 주위에 주요 관광지가 몰려 있다. 처음 대마도 여행을 계획할 때는 대마도를 아주 작은 섬이라 여겨 뛰어다니면 하루에 섬 전체를 다 볼 수 있겠다고 생각했다. 지도를 제대로 들여다보고 나서야 그건 말도 안 되는 착각이라는 것을 알게 됐다. 대마도는 직선거리가 제주도의 74km보다 긴 80km였다.

여행에도 선택과 집중이 필요하다. 처음부터 이즈하라 쪽은 포기하고 대마도의 반만 둘러보기로 했다. 에보시다케 전망대는 숙소가 있는 히타카츠항과 이즈하라항의 가운데 있어 자연스럽게 오늘 여행의 목적지가 됐다.

'니이'까지는 버스로 이동하고 거기서부터 달려서 여행하기로 했다. 버스정류장으로 향하는 우리를 반긴 건 바닷가 어촌마을 풍경이었다. 일본어 간판과 캐리어를 든 여행객이 없었다면 그곳이 일본인지 한국인지 구분하기조차 어려웠을 것이다.

아담한 카페에서 퍼져나온 커피 향이 우리를 감쌌다. 같은 커피라도 언제 어디서 먹느냐에 따라 향과 맛은 천차만별이다. 그중에서 으뜸은 여행지에서 마시는 커피다. 짙은 커피 향은 마음을 들뜨게 하고 쌉싸래한 맛은 온몸의 세포를 깨운다.

카페에 들어서는 순간 기분 좋은 예감이 들었다. 카페에서 일하는 바리스타 청년은 부산 사투리와 억양에 능숙했다. 당연히 한국 사람이라 여기고 물었다. "한국 사람이죠?"

우리의 물음에 그는 속사포처럼 말을 쏘아댔다. "많이 알려고 하지 마세요. 어디 사냐, 가족은 있냐, 애인은 있냐, 나이는 몇이냐, 결국 내가 네 형이다 라고 끝낼 거란 거 다 알아요."

그의 말투에서 한국인은 오지랖이 넓다는 뉘앙스가 느껴져 일순 당황스러운 침묵이 흘렀다. 잠시 뒤 그의 능청스럽고 익살스러운 말투와 부산 사투리에 배꼽을 잡았다. 그의 말이 끝나자 웃으며 예의 바르게 말했다. "네, 맞습니다. 우리도 네 형입니다요."

그는 예의 바른 우리 모습에 기분이 좋아졌는지 대마도에 대한 몇 가지 여행 정보를 알려주었다. 카페를 나서며 누군가에게 편하게 하는 질문이 상대방을 불편하게 할 수도 있겠다는 생각이 들었고 한국 사람과 일본 사람의 문화적 차이도 느꼈다. 어떻게 해서라도 공통점을 만들어보려는 한국인과 친절한 얼굴로 마음의 벽을 세우는 일본인은 비슷한 생김새와 달리 두 나라의 거리만큼 차이가 있었다.

버스정류장에 도착하니 네 명의 반가운 20대 청년들이 눈을 동그랗게 뜨고 우리를 쳐다봤다. "와우! 여기서 또 만났네요. 반가워요."

어제 해변에서 만난 대구 청년들이었다. 우리가 해변에 도착했을 때 그들은 각양각색의 모습이었다. 한국인 중국인 일본인은 말을 하지 않고서는 국적을 파악하기 쉽지 않다. 그들이 어느 나라에서 왔는지 궁금해 귀를 쫑긋하니 경상도 사투리를 연발했다.

한동안 잊고 있던 억양에 웃음이 났다. 고향에서 듣는 사투리는 아무렇지 않지만, 외국이나 서울에서 들으면 미묘하게 특별하다.

그중에 인성이 제일 좋아 보이는 청년에게 말을 건넸다. "안녕하세요? 대구에서 왔죠? 나도 고향이 경북인데 대마도에서 보니 되게 반갑네요. 하하하, 우리 단체 사진 한번 찍어줄래요?"

청년은 기분 좋게 웃으며 말했다. "와, 진짭니까? 진짜 반갑네에. 근데 어디서 왔어예? 이래 보니까 진짜 신기하네예."

짧은 순간이지만 순식간에 가까워져 헤어질 때는 아쉬운 마음이 들었다. 그 청년들을 버스정류장에서 다시 만난 것이다. 얼마나 반갑던지 서로를 향해 웃고는 함께 사진을 찍었다. 방금 벽을 세우는 일본인을 만나서 그런지 허물없이 대하는 경상도 청년들이 더욱 정겨웠다. 한국으로 돌아가는 그들을 향해 한참이나 손을 흔들었다.

버스에 탔는데 웬걸, 우리 외에 버스에 탄 사람이 고작 두 명이었다. 관광지답지 않은 상황에 어리둥절했다. 버스는 히타카츠항 주변을 벗어나 곧바로 오지로 들어섰다. 산과 들이 번갈아 나오는 우리나라 시골길과 달리 원시림이 나타났다. 우리나라에선 좀처럼 보기 힘든 풍경이라 스마트폰에 담았다.

　한 시간 반쯤 걸려 니이에 도착했을 때는 이미 점심 시간이 지난 때였다. 어디서 무엇을 먹을지 고민하는 사이 친구들의 폭풍 검색이 시작됐다. "와타즈미 신사 근처에 빨간 푸드트럭에서 파는 고로케가 명물이래."

　쾌재를 불렀다. "앗싸!"

　달리기 여행이 시작됐다. 버스정류장에서 출발해 학교 몇 개를 지나니 완연한 시골길이었고 동네 크기는 딱 우리나라 어느 시골 마을의 면 소재지 수준이었다. 길도 하나뿐이라 지도를 볼 필요도 없었다. 가끔 갈림길이 나오면 친절한 표지판이 우리를 안내했다. 수시로 불어오는 바람, 잊을 만하면 만나는 나무 그늘, 이야기 속에 피어나는 웃음, 이런 싱그럽고 단란한 요소들이 모여 달리기 여행의 매력이 된다.

　언덕을 지나 내리막을 쏘아 내달렸다. 달리기 여행을 할 때 가끔은 어린아이처럼 마음 내키는 대로 달린다. 중간중간 달리는 속도에 변화를 줄 때 달리기는 더 살아나고 기억에도 오래 남아서였다.

　와타즈미 신사와 관광버스가 눈앞에 나타났다. 이틀째 여행하다 보니 길에서 만나는 사람은 모두 한국인이라는 것을 알게 됐다. 대마도는 일본인지 한국인지 구분하기 애매해 '일본 속의 한국'이 더 어울렸다. 신사를 벗어나자마자 빨간 푸드트럭이 보였다. 하필 우리 앞에서 막 관광버스가 도착했다. 버스에서 우르르 쏟아져 나온 사람들 덕분에 우린 주린 배를 부여잡고 꽤 오래 기다려야 했다. 기다린 시간과 유명세에 비해 맛은 덜했지만 배고픈 우리는 서둘러 고로케

를 먹어치웠다. 먹는데 정신 팔린 사이 관광객들은 썰물처럼 빠져나
갔고 그들이 빠져나간 자리는 우리만의 조용한 아지트가 됐다. 실컷
먹은 음식을 소화할 겸 우거진 숲의 피톤치드를 마음껏 섭취하며 커
피를 마셨다. 자동차는 기름을 먹어야 달리고 사람은 음식을 먹어야
달린다.

　달콤한 휴식을 누린 우리는 든든한 마음으로 다시 에보시타케 전
망대로 향했다. 올라가는 길 한쪽에는 일본 특산종인 삼나무가 줄지
어 솟아있었다. 멋진 아우라를 뿜어내는 삼나무를 배경으로 달리는
친구들을 사진으로 담았다. 배경이 좋은지 인물이 좋은지, 달리는
친구들의 모습은 아무렇게나 찍어도 러닝 잡지의 화보가 됐다.
　'전망대 60m 앞' 표지판을 만난 후부터는 달리기를 걷기로 바꿨
다. 계단을 하나하나 밟아 오르는 동안 기대도 부풀었다. 말로만 듣
던 에보시타케 전망대가 실제로 어떤 경치일지 궁금했다. 전망대에
발을 들여놓는 순간 감탄사가 연이어 터졌다. "우와아아아."
　고작 176m 높이에 있는 전망이 이렇게 아름다울 수 있나 싶을 만
큼 아소만은 멋졌다. 여기저기 쏟아내는 탄성으로 와자지껄했다. 끊
임없이 몰려드는 사람들로 사진 찍기도 만만치 않았다.
　몇 년 전 통영에서 케이블카를 타고 미륵산 전망대에 오른 적이 있
는데 그때도 지금처럼 감탄사를 쏟아냈다. 과거의 통영과 현재의 에
보시타케가 모자이크 되었고 두 바다를 나란히 두어도 서로 우위를
비교하기 쉽지 않을 것 같았다.

신화의 마을로 내려가는 길은 내리막이라 발걸음이 더없이 가벼웠고, 등 뒤에서 불어온 바람은 누군가가 나를 밀어주는 느낌이었다. 올라갈 때와 달리 내려갈 때는 한순간이었다. 와타즈미 신사를 막 지났을 때 한 무리의 20대 청춘 남녀를 만났다. 진짜 MT를 온 모습이었다. 한 청년은 사진 찍어줄 사람을 기다렸다는 듯이 우리에게 스마트폰을 내밀었다. "저기요, 사진 좀 부탁드려요."

스무 명쯤 되는 그들은 플래카드를 펼치고 청춘의 기운을 두 팔로 뿜어내는 포즈를 취했다. 울산에서 온 그들은 대학생 러닝크루*였고 우리처럼 국경 마라톤에 참가한다고 했다. 대학생이란 말에 호기심이 일었다. "혹시 여기 커플도 있나요?"

"아직 없지만 오늘 몇 쌍 만들어질 거예요." 당찬 여학생의 유쾌한 대답이 돌아왔다. 그들의 화기애애한 모습에 웃음이 절로 났다. "내일 만나겠네요. 내일 봐요."

일찌감치 버스정류장에 도착해 여유가 있었다. 문구점에 갔다. 친구들이 선물을 고르는 사이 나는 잡지 가판대를 구경했다. 손흥민 선수가 표지 모델인 축구 잡지가 눈에 들어왔다. 챔피언스리그 4강 맨체스터 시티와의 경기에서 두 골을 넣던 모습이 머리에서 재생됐다. 뿌듯한 기운이 온몸에 퍼졌다. 혼자 웃다 달리기 잡지를 들었다. 우리나라에선 대형 서점에 가야 겨우 볼 수 있는 달리기 잡지를 본

● 러닝크루: 달리는 모임을 말한다. 2010년대 미국 유럽 등에서 처음 생겨난 개념으로, 우리나라도 2030 젊은 세대들의 달리기 열풍에 큰 역할을 하고 있다.

토도 아닌 대마도의 어느 동네 서점에서 보게 될 줄 몰랐다. 그것도 하나가 아닌 두 종류나. 손흥민으로 우쭐했던 마음이 일본의 달리기 저변에 겸손해졌다.

　버스를 타고 돌아오는 동안 유독 울산에서 온 대학생 러너들이 떠올랐다. 나보다 10년은 더 빨리 달리기를 시작한 그들이 부러웠다. 좀 더 일찍 달렸더라면 더 좋았을 거라는 생각이 들어서다. 그들 또래의 나를 떠올렸다. 달리기와 여행은 아무리 생각해도 떠오르지 않았다. 직장 생활을 하면서부터 달리기를 시작했더라면 건강하고 풍요로운 추억이 가득 남았을 것이다. 지난 시간을 후회해봐야 소용없지만 아쉬움이 에스프레소 같았다. 바깥 원시림을 바라보며 긴 한숨을 뱉었다. 고개를 돌리다 친구들을 보는 순간 후진하다 전진을 하듯 생각이 순식간에 뒤바뀌었다. 미래의 어느 날 오늘을 돌이켜보면 후회 없으리란 생각이 들었다. '남은 인생에서 오늘이 가장 젊은 날'이라는 흔한 문장도 떠올랐다.
　좋은 친구들과 함께 달리기와 여행을 하며 인생을 풍성하게 만들어가는 오늘이 좋았다. 막 지하로 향하던 기분이 급격히 흩어지고 태양이 하나 더 뜬 것처럼 주위가 환해졌다. 앞으로는 늘 달리기와 여행을 가까이하며 살아가 기로 다짐하며 다시는 20대에 달리기를 시작했더라면 따위의 후회는 하지 않기로 했다.

러너일수록
고개 숙여야

풀코스 마라톤을 완주했다고 하면 사람들은 놀라며 건강한 사람이라고 치켜세운다. 주위에 풀코스 마라토너가 즐비한 러너는 우쭐함과 태연함 사이를 오간다. 마음의 뿌리에는 건강에 대한 자신감을 잔뜩 머금은 채.

풀코스 달리기는 몸에 부담이 된다. 그렇지 않다고 하면 거짓말이거나 외계인이다. 풀코스를 달린 후에는 충분한 휴식 기간이 필요하고 10km나 하프 달리기가 더 건강에 좋다고 하는 것도 비슷한 이유다.

마라톤이 건강에 좋지 않다는 기사에 유독 신경 쓰인다. 가끔 마라토너의 돌연사를 소식을 접할 때면 더럭 겁이 나기도 한다. 남들에겐 그 사람이 달리기 때문에 죽은 것이 아니라고 반론을 펴지만 진짜 이유를 알 수는 없다.

의사는 누구보다 달리기와 건강의 상관관계에 대해 잘 안다. 달리는 의사를 만나면 괜히 기분이 좋아지는 이유다. 대마도 달리기 여행 둘째 날 저녁에도 그랬다.

민박에 투숙한 부녀 여행자와 저녁 식사를 같이했다. 마흔 넘게 살면서 모녀 여행자들은 수없이 봤지만, 부녀 여행자를 본 건 처음이었다. 그들도 우리처럼 마라톤 대회 참가를 위해 왔고 아빠는 하프 코스, 딸은 10km를 달린다고 했다. 같은 러너이자 여행자라는 동질감으로 서로 간의 경계는 베를린 장벽처럼 무너졌고 축하주가 몇 번 돌고 나서는 개인적인 이야기를 하는 사이가 됐다.

부녀 여행자의 아빠는 달리는 한의사였다. 그는 환자의 상태를 제대로 진단하기 위해 가끔 스스로 환자가 된다고 했다.

"…." 말문이 막혔다.

그는 우리의 반응에 아랑곳하지 않고 웃으며 말했다. "환자들의 말만 듣는 것과 직접 아파보는 건 차원이 달라요. 저는 직접 아프도록 달려봅니다. 과하게 달리면 어느 부위든 부상이 생기거든요. 발바닥, 발목, 무릎, 장딴지, 허벅지, 허리, 안 아파본 곳이 없어요. 물론 다 치료했지요. 그러면서 환자를 더 잘 이해하고 치료할 수 있게 됐어요. 앞으로도 그렇게 할 생각이에요."

처음에는 그를 사차원이라고 생각했지만, 대화를 이어갈수록 대단한 의사라는 생각이 들었다. 자연스럽게 그의 달리기 의학과 의사로서의 달리기 예찬에 빠져들었다.

마침 잘 됐다 싶어 평소 궁금했던 질문을 했다. "달리다 보면 가끔 배가 아플 때가 있잖아요. 주로 빨리 달릴 때 그렇더라고요. 훈련이 덜 되어 배가 아프다는 짐작은 하는데요. 의학적으로 설명이 되나요?"

그는 흐뭇하게 웃었다. "갈비뼈와 장기 사이에 횡격막이 있어요. 횡격막도 일종의 근육이니 다른 근육과 다르지 않아요. 갑자기 달리거나 빨리 달리면 종아리나 허벅지에 경련이 오잖아요. 같은 이치로 배가 아픈 건 횡격막에 경련이 와서 그래요. 운동 강도에 비해 횡격막이 훈련이 덜 된 거죠. 그럴 땐 속도를 늦추거나 휴식하면 금방 통증이 없어지니 걱정할 일은 아니에요. 그런 상황을 안 겪으려면 평소 달리기 연습을 할 때 횡격막을 단련하면 돼요. 굳이 의학적 지식이 없어도 오래 달린 사람들의 횡격막은 저절로 강해지지요. 빠른 속도로 달리고 복식호흡을 하면서요. 다들 그렇게 하고 계시죠?"

모두 고개를 끄덕이며 엄지를 치켜세웠다. "역시 달리는 의사는 다르네요."

국경 마라톤 대회는 대마도가 자랑하는 미우다 해변에서 열린다. 숙소 앞 버스정류장에는 셔틀버스가 대기하고 있었다. 버스까지 따라온 할아버지는 우리를 응원하러 오겠다고 했다. 할아버지가 말한 장소는 부산 사투리를 쓰는 청년이 일하던 카페 근처였다. 대회장은 민박집에서 멀지 않았다. 미우다 해변에 도착해서도 출발까지는 시간이 많이 남았다. 눈앞에 반가운 사람들이 단체로 우리를 불렀다. 우리와 따로 온 달리기 동호회 회원들이었다.

대회를 마친 후에도 미우다 해변에 갈 시간이 있겠지만 대마도 최고 해변이라는 명성은 우리를 가만두지 않았다. 해변으로 다가갈수록 고운 모래사장과 쪽빛 바다, 바다를 감싼 푸른 병풍 숲, 파아란 하늘과 뭉게구름, 만화 같은 풍경이 펼쳐졌다. 대마도 여행기를 볼 때마다 설레었던 바위섬도 우뚝 솟아있었다. 모두 인생 사진을 찍겠다며 동에 번쩍 서에 번쩍했다. 나도 뒤질세라 위아래 좌우로 정신없이 움직이며 애썼다.

대회장에 모인 선수가 오백 명 정도 될까? 우리가 해변에서 노는 사이 많은 선수가 도착했다. 해외 마라톤이라 이름 붙이기에는 규모가 작았지만, 대회장도 그만큼 작아 러너들로 빽빽했다. 포토월에서 와타즈미 신사에서 봤던 울산에서 온 러닝크루 학생들을 만났다. 그들이 우리를 보고 먼저 웃었다. 역시 젊음은 멋졌지만, 어제처럼 부러워하지는 않기로 했다. 하루면 커플이 생길 거라고 했던 여학생의 당찬 말이 생각났다. "어제 몇 커플 생겼어요?"

"아, 그게 좀 잘 안 되더라고요." 그녀가 유쾌하게 웃었다.

"곧 생길 거예요."

어쩌면 그녀도 모르게 커플이 생겼을 수도 있다. 대략 스무 명쯤 왔으니 한두 커플은 나오지 않았을까? 처음부터 커플을 선언하고 시작하는 연인은 없으니까. 꼭 여기서 커플이 되지 않더라도 가슴 뛰는 달리기를 함께 하면 분명 서로의 매력에 풍덩 빠질 것이다. 'Boys be ambitious'를 'Boys travel and run'으로 바꿔야 한다.

대마도에서 만난 회원들과 합체, 열다섯 명이 출발선 왼쪽 끝부터 오른쪽 끝까지 서서 사진을 찍었다. 독수리 오 형제가 아닌 십오 형제가 됐다. 다섯 명이 여행하기에 최적의 숫자라면 열다섯 명은 무엇을 해도 든든한 숫자다.

출발 총성이 울리자 선수들은 봇물 터지듯 쏟아졌다. 나는 선수들

틈에 청개구리가 됐다. 사람들이 모두 출발선을 통과한 뒤에야 발을 움직였다. 주위 풍경에 집중하며 거북이처럼 나갔다. 바다가 보이면 어촌이 되고 바다가 사라지면 농촌이 됐다. 여행자가 찾을 만한 관광지는 아니었다. 마을이 나오면 어김없이 줄지어 선 사람들이 '화이또'를 외쳤다. 대마도에서 달리는 한국 사람도 특별하지만, 한국 사람들을 바라보는 대마도 사람도 특별했다. 동원된 건지 자발적으로 나왔는지 궁금했다. 시간이 흐를수록 스스로 나왔다는 생각이 짙어졌다. 결승선에 가까워질수록 확신했다. 평소 사람을 만나기 어려운 그들은 사람의 향기에 춤이라도 추고 싶었을 것이다.

어느새 할아버지가 있을 히타카츠 항구 마을에 들어섰다. 눈알을 좌우로 쉴 새 없이 굴렸다. 우로 눈알을 굴리는 사이 왼쪽에서 누군가 외쳤다. "탄조비!"

민박에서 저녁 식사 음식을 도와줬던 아주머니였다. 아주머니 옆에 할아버지와 할머니 부부가 환하게 웃고 있었다. 힘차게 달려 할아버지와 포옹했다. 할아버지와 포옹하며 아쉬움을 달랬다. 역시나 아는 일본어라고는 하나뿐이었다. 달려가면서도 보이지 않을 때까지 반복해서 외쳤다. "아리가또 고자이마스!"

할아버지는 40대 중반에 돌아가신 나의 아버지와 고작 한 살 차이였다. 여행 기간 아버지가 수시로 생각났다. 돌아가신 아버지가 지금까지 살았다면 어땠을까? 여전히 40대에 멈춘 아버지의 얼굴이 떠올라 만감이 교차했다. 여행하다 보면 가끔 만나는, 피할 수 없는 삶의 흔적이다.

아버지의 흔적을 바닷바람에 날리며 달리기에 집중했다. 때마침 나타난 언덕은 감상에서 벗어나게 했다. 힘들면 아무 생각이 나지 않으니까. 탁 트인 바다 풍경에 감탄사가 절로 튀어나왔다. 언덕길을 따라 풍경은 점점 더 절정으로 치달았다. 정상에서 내려다본 끝없이 펼쳐진 푸른 바다는 가슴까지 탁 트이게 했다. TV에서 봤던 남태평양의 어느 섬과 견주어도 전혀 뒤지지 않았다.

말문이 막히는 풍경을 보며 BGM을 찾느라 머리를 굴렸다. 거기서부터 골인 지점까지는 내리막이라 달리기 엔딩곡으로도 어울리는 곡을 떠올렸다. 콜드 플레이의 'viva la vida'였다. 인생이여 만세!

먼저 도착한 친구들이 응원했다. 응원은 언제 어디서나 고맙다. 뿌듯한 마음으로 더 오른 열기를 낮추려 친구들과 곧장 바다로 뛰어들었다. 시원한 바닷물은 체온을 낮추면서 나이도 같이 낮췄다. 어린 시절 친구들과 냇가에서 물놀이하면 시간 가는 줄 몰랐다. 온몸에 힘이 빠지고 배가 고파 더 놀지 못할 때쯤 집으로 돌아가곤 했다. 미우다 해변에서도 그때처럼 수영하고 잠수하며 놀았더니, 배가 밥 달라고 사정없이 아우성쳤다. 주최 측에서 준비한 도시락을 받아 어린 시절 소풍 가서 먹던 풍경을 재현했다. 친구들과 빙 둘러앉아 막 도시락을 여는데 일행 중 맏형이 물을 하나씩 돌렸다. 어딜 가나 남을 먼저 챙기는 사람들이 있다. 물을 받아 들면서 미안하고 고마운 마음이 동시에 들었다. 문득 얼마 전 아들이 한 말이 생각났다. "아빠, 아빠는 나이가 많으니까 어린 사람들에게 맛있는 걸 많이 사줘야 해."

나이와 상관없이 누군가에게 베푸는 사람은 언제나 어디서나 멋지고 고맙다.

도시락을 열자 돼지고기볶음과 닭튀김이 등장했지만, 하프 코스를 달린 러너의 식사량으로는 부족했다. 일단 먹어보고 배고프면 무엇이든 더 사 먹기로 했다. 첫 숟가락부터 마지막 숟가락까지 쉼 없이 움직인 젓가락 덕분에 먹었는지 마셨는지 알 수 없을 만큼 빠르게 음식이 사라졌다. 숟가락을 놓는 순간 더 먹어야 한다는 배와 참으라는 머리가 서로 다투기 시작했다. 항구 근처에 가면 여기보다 더 맛있는 음식이 많다는 머리의 말에 배의 불만이 조금씩 꼬랑지를 내렸다.

머리와 배의 승부가 정리되자 곧바로 소금에 쩐 피부가 불만을 제기했다. 샤워장에서 소금에 찌든 몸을 씻어냈다. 그제야 온몸이 평화로웠다. 흐뭇한 미소를 지으며 룰루랄라 흥얼댔다.

여행을 마감할 시간이 다가왔다. 발걸음이 무거워지는 순간 기다리는 가족을 생각하니 몸과 마음이 가벼워졌다. 복잡한 대합실을 벗어나 크루즈를 타러 갔다. 대회 관계자들이 "다시 대마도를 찾아주세요"라고 쓰인 플래카드를 들고 우리를 향해 작별 인사를 했다. 난생처음 만나는 상황에 어리둥절했다. 일본인 특유의 친절과 섬세함이 느껴졌다. 고마우면서도 한국인 관광객들이 이들에게 얼마나 중요한지, 이들을 먹여 살리는 사람이 누구인지 분명하게 알게 됐다.

크루즈는 출발하자마자 쏜살같이 달렸다. 대마도가 눈에서 완전

144

히 사라졌을 즈음 뱃속에서 꼬르륵 소리가 나고 머릿속에 부산할매 돼지국밥이 그려졌다. 친구들과 만장일치로 선택한 메뉴였다. 크루즈가 대마도와 부산의 중간쯤 이르렀을 때 배의 흔들림이 심해졌다. 덩달아 내 배도 뒤틀렸다. 괜찮아질 거라는 기대와는 달리 시간이 흐를수록 참을 수 없었다. 신물이 올라왔다. 초등학교 다닐 때 차멀미를 한 후 멀미는 처음이었다. 돼지국밥은 머릿속에서 산산이 조각 났다. 화장실에 가서 뱃멀미하며 조금이라도 빨리 부산에 도착하기를 애원했다. 바닷속으로 뛰어들고 싶었다.

정신이 도망간 후에야 크루즈는 부산항 도착을 알렸다. 출구에서 기다리다 있는 힘을 다해 밖으로 뛰었다. 바깥바람을 맞으니 호흡이 트였다. 멀미는 잦아졌지만 도망간 정신은 바로 돌아오지 않았다. 아름다운 여행도 거기서 멈췄다.

다음날 아침, 출근하는데 갑자기 가슴이 답답했다. 내가 아는 각종 위험한 병이 떠올라 더럭 겁이 났다. 웬만해선 쉽게 병원을 찾지 않는 사람이지만 이것저것 가릴 처지가 아니었다. 달리기에 갓 입문했을 때부터 찾던 한의원에 갔다. 달리는 한의사라 치료 만족도는 늘 높았다.

다행히 큰 병은 아니었다. 원인도 단순했다. 지난번 병원에 왔을 때보다 원기가 현저히 약해졌다고 했다. 일단 쉬고 잘 먹으라고 했다. 빠른 회복과 치료를 위해서 보약도 좋다고 했다. 가격이 만만치 않았지만 건강만큼 중요한 건 없다. 주저하지 않고 말했다. "보약도 주세요."

병원을 나서며 지난 시간을 돌아봤다. 연이어 이어진 음주 생일파티, 3일 연속 계속된 뙤약볕 달리기, 여행 오기 한 달 전부터 이어진 스트레스와 수면 부족이 떠올랐다. 건강에 좋지 않으니 삼가라고 하는 다양한 행동을 적극적으로 실천하고 있었다.

강철 체력이라는 이야기를 듣기도 하지만, 철인 28호는 아니었다. 원인은 하나가 아니었지만, 중심에는 몸에 대한 자만이 자리하고 있었다. 건강에 자만하면 큰코다친다더니 내가 딱 그 꼴이었다.

'벼는 익을수록 고개를 숙인다' 라는 속담은 물론 알고 있었다. 실천하기는 얼마나 어려운지….

괜찮다는 의사의 말에 한숨을 쓸어내리자 어제 먹지 못한 돼지국밥이 생각났다. 역시 사람의 마음은 참 간사하다.

달리기 다이어트

다이어트의 원리는 간단하다. 지금까지보다 더 많이 운동하거나 더 적게 먹는 것이다. 다이어트에 좋은 운동을 이야기하면 달리기와 걷기를 빼놓을 수 없다. 달리기와 걷기는 운동 제약이 없는 특성으로 거의 매일 할 수 있고, 힘들이지 않고도 운동 효과를 얻을 수 있을 만큼 오래 할 수 있기 때문이다. 물론 달리기를 오래 하기까지는 일정 시간이 필요하다.

둘 중에서 달리기가 걷기보다 더 좋은 과학적 이유는 속도가 올라갈수록 열량 소모량이 커지기 때문이다. 한 단계 더 들어가려면 수학식을 가져와야 하는데, 학창 시절에도 싫어한 수학을 성인이 되어서 하려니 머리가 아프다. 독자들도 충분히 이해하리라 믿는다. 같은 시간 동안 운동한다는 가정하에 걷기보다 달리기가 더 좋다는 것만 기억하자.

달리기를 하면 처음에는 대부분 살이 빠진다. 하지만, 어느 순간 정체된다. 왜 그럴까? 달린 만큼 먹거나 더 많이 먹기 때문이다. 달리기를 많이 할수록 식욕도 덩달아 좋아지고 보상심리도 생기기 마런이다. 먹더라도 달리기로 소비한 열량보다 덜 먹으면 되는데, 사람 마음이 그렇지 않다. 마음 놓고 먹는다. 왜? 달렸으니까! 과학적으로 가장 확실한 다이어트 방법인 달리기가 현실에서는 제대로 작동하지 않는 이유다.

운동보다 더 중요한 건 식단이다. 달린 거리만큼 커지는 식욕을 그대로 둔 채 다이어트를 하려면 달리기 시간을 더 늘려야 하는데, 다이어트와 식단의 관계를 모르고는 해도 알고는 못 한다. 실제로 나는 식단을 모를 때 운동만으로 3개월 동안 5kg을 뺀 적이 있다. 이전보다 달리기를 두 배로 한 결과였다. 식단을 알고 나서 든 생각은 해도 해도 너무~ 무식했다는 것이다.

달리기를 많이 했다고 무작정 많이 먹으면 안 된다. 한 시간 달리기의 소비 열량은 한 끼 식사의 열량과 비슷하다. 에이 설마? 설마가 아니고 진짜다. 그렇다고 안 먹으면 배고픈 건 말할 것도 없고 몸의 회복이 더뎌진다. 운동으로 인한 근육의 손상을 빨리 회복하기 위해서 단백질을 예전보다 더 먹으면 좋다. 대신 탄수화물은 조금 줄이자. 짐작했겠지만, '저탄 고단' 식단 또는 '저당' 식단을 조심스럽게 제안하는 중이다. '조심스럽게'를 쓴 이유는 사람마다 특성이 다르고 나와 다른 주장을 하는 전문가도 있기 때문이다. 나는 이 저당식을 《휴먼영양학》과 《탄수화물은 독이다》라는 책을 통해 알게 됐다.

저탄 고단 식단을 위해 독자들이 미처 알지 못한 정보를 몇 개 소개한다. 곡류만 당인 것이 아니다. 술도 당이다. 나처럼 술을 즐기는 사람은 양조주(곡주나 과실주)를 특히 절제해야 한다. 곡주와 과실주는 당질 함유량이 많기 때문이다. 과일도 당이다. 달콤하고 고밀도인 사과, 복숭아, 바나나 대신 담백하고 저밀도인 토마토나 아보카도를 권장한다. 어떻게 사냐고? 한숨이 나올 것이다. 하지만 인간의 적응력은 탁월하지 않은가. 여기서 잠깐, 러너들이 보충식으로 먹는 바나나는 식이섬유가 풍부한 아주 좋은 음식이 맞다. 하지만 당 함유량이 많은 것도 맞다. 채소도 당이니 골라 먹자. 양상추나 버섯처럼 부피가 크고 밀도가 낮은 채소 위주로 식단을 짜자. 가슴이 답답할 수도 있겠으나, 다이어트가 목적이고 그것이 당신을 더 사랑하는 방법이라면 그렇게 해야 하지 않을까? 나는 운동량을 그대로 둔 채이 식단법으로 66일 만에 6kg을 감량한 경험이 있다. 운동량을 늘렸다면 더 빨리 뺐을 거라고 확신한다.

그래도 우리는 맛있고 좋아하는 음식을 먹을 권리가 있다. 캠핑 가서 고기도 구워 먹고, 좋은 사람들과 술도 한잔 하고, 여행이나 파티 때는 낯선 음식을 먹을 자유도 있다. 그럴 땐 이걸 기억하자. '맛있게 먹으면 0kcal!'

몸무게가 빠진다고 다이어트가 잘된 건 아니다. 우리가 원하는 건

올록볼록이다. 그런데, 식단을 조절하고 달리기를 열심히 하면 그냥 오목하기만 하다. 근력 운동을 해서 근육량을 키워야 볼록해진다.

집에서 맨손으로 할 수 있는 근력 운동도 있다. 플랭크, 팔굽혀펴기, 윗몸일으키기, 런지, 아령 들기, 스쿼트 등이다. 제대로 배우고 싶다면 유튜버 코치가 있다. 영상을 보고 볼록하게 만들고 싶은 부위를 집중해서 하면 된다. 그러면 인스타에서 보는 완벽한 타인이 되지 않더라도 어디 가서 꿀리지 않는 당신이 된다. 그렇게 될 그대를 응원한다.

그런데, 나는 늘 배가 좀 나왔다. 1년에 300일 정도 달리는데 65일 정도 몸매가 괜찮고 300일은 별로다. 맛있게 먹으면 0kcal라더니, 그냥 문장만 좋은가 보다. 혹시 좋아하는 음식과 술을 마음껏 먹으면서 체중을 유지하거나 빼는 방법이 있다면 잊지 말고 꼭 알려주면 좋겠다.

PART 4

만들다

관계를

달리기가
소풍이라고?

프로는 다르지만, 아마추어의 달리기는 승부를 겨루는 운동이 아니라서 다른 스포츠에 비해 재미가 덜하다. 그래도 러너는 재미있는 달리기를 하고 싶다. 러너들의 뇌를 뜯어보면 어딘가에 분명히 그런 고민을 하는 세포들이 있을 것이다.

재미있는 달리기 계획은 달릴 때 더 잘 떠오른다. 의사 선생님께 물어보면 심장은 뇌와 연결되어 있으니 당연하다고 말할 것이다.

주말을 맞아 모처럼 만난 친구들과 달리기를 하던 중 한 친구가 말했다. "봄을 맞아 학창 시절 봄가을에 했던 소풍처럼 마라닉 한번 어때요?"

난생처음 들어보는 단어라 설명을 들어야 했다. 마라닉은 마라톤과 피크닉의 합성어였다. 친구들에게 한마디했다. "왜 그 좋은 걸 이제야 알려준 건가요? 진작 좀 알려주지….."

한 주가 지난 토요일, 우리는 중랑천에서 다시 달렸다. 얼마 전 남양주 별내로 이사한 친구가 마라닉을 하는 날 집들이를 하겠다고 선언했다. "최종 목적지를 우리 집으로 하시죠."

"오~ 진짜?" 그의 말이 진담인지 농담인지부터 확인했다.

"당연하지요." 그는 한 입으로 두 말하지 않는다며 호언장담했다.

누군가를 집에 초대하는 것이 쉬운 일은 아니다. 마음 내기가 쉽지 않은 요즘 시대 친구의 호의가 고마웠다.

벚꽃과 목련이 활짝 핀 4월 중순 봄날이었다. 봄바람 살랑 불어오면 봄 처녀만 설레는 게 아니다. 겨우내 좀이 쑤신 러너들도 겨울잠을 자던 개구리처럼 한꺼번에 밖으로 뛰쳐나온다. 우리도 그랬다. 그냥 달리는 것이 아니라 소풍하는 것이었으니 더 신나게 뛰어올랐다. 약속 장소인 당현천과 중랑천이 만나는 곳으로 달렸다.

중랑천은 나의 건강과 달리기를 책임지는 공간이다. 중랑천이 고맙다. 미세먼지가 심하던 어느 날 트레드밀에서 달린 적이 있다. 이상하리만치 지루하고 어색했다. 트레드밀 달리기를 끝내고 내려왔을 때 두 다리는 머리와 따로 놀았다. 몸이 불편하니 마음도 불편해졌다. 실내와 야외의 미세먼지가 차이 날까 싶었다. 학교 교실이 바깥공기보다 나쁘다는 기사가 떠올랐다. 그날 이후 나는 한번도 트레드밀에서 달리지 않았고 중랑천을 더 가까이했다.

미세먼지가 있는 날 아내는 극구 달리지 말라고 하지만, 그런 날에도 가끔 달린다. 인생은 남에게 피해를 주지 않는 이상 내가 하고 싶은 대로 할 때 더 좋다. 물론 의사들은 미세먼지가 나쁠 때 달리지 않기를 권한다.

500m쯤 떨어진 곳에서 달려오는 친구들이 보였다. 사람의 얼굴 생김새가 다르듯 사람마다 달리는 모양새도 다르다. 얼굴은 안 보여도 달리는 자세로 그 사람이 누구인지 어렵지 않게 알 수 있다. 러너에겐 달리기 자세도 얼굴이니까.

친구 여섯이 모이니 제법 소풍 느낌이 났다. 모두 소풍 가는 어린이가 됐다. 쌀쌀한 시간이었지만 그런 것 따위엔 아랑곳하지 않고 싱글렛을 입은 친구도 있었다. "역시 젊은이야."

나이로 따지면 젊은이로 부르기 애매하고 나보다 나이도 많은 친구지만, 항상 열정으로 가득해서 나는 수시로 그렇게 부른다. 격의 없는 사이이기도 하고 그의 정신과 육체가 진짜 젊은이와 차이 없기 때문이기도 하다.

소풍이니 모두 가방을 멨다. 가방에는 거창하지는 않지만 각자 준비한 소풍 간식이 들어있다. 봄날의 아침은 어느 날보다 싱그러웠다. 중랑천 둑길에 만발한 벚꽃이 설레는 마음을 더했다. 어릴 때는 꽃이 눈에 들어오지 않았는데 어느 날부터 꽃을 만나면 기분이 날개를 단다. 나이를 먹을수록 좋아하는 음식이 바뀌듯 취향도 조금씩 바뀐다. 바람이 불어 꽃비가 내렸고 나는 그 꽃을 잡겠다고 폴짝 뛰었다. 곧 마흔이 될 나이였지만 하는 행동은 여전히 어린 시절 모습 그대로였다.

소풍은 운동회와 함께 가장 좋아하던 행사였다. 소풍 전날에는 잠도 오지 않았다. 새벽까지 뒤척이다 겨우 잠이 들고 정작 아침에는 늦잠을 자기도 했다. 소풍 가방 안에는 고작 사이다나 환타, 김밥과

삶은 계란, 과자 몇 개가 전부였지만 세상을 다 가진 아이였다. 친구들과 김밥을 나눠 먹고 수건돌리기나 보물찾기를 할 때는 즐거움의 정점을 찍었다. 좋아하던 이성 친구에게 잘 보이려고 있는 옷 없는 옷 다 뒤져 고민하고 또 고민해서 옷을 고르던 모습도 떠올랐다. 가끔 손자를 사랑하는 할머니가 새 옷을 사주기도 했는데 그럴 때는 기세등등 개선장군이 됐다.

소풍날 비가 온다는 예보가 있으면 소풍날까지 매일매일 기도를 했다. 어떤 날은 기도가 통해 날씨가 맑았지만 어떤 날은 예보대로 비가 왔다. 맑은 날은 기도가 통해서 두 배로 기뻤다. 비가 온 날은 신을 저주하며 세상을 다 잃은 모습으로 어깨를 늘어뜨렸다. 선생님이 실내에서 소풍한다고 선언하면 환호성이 터졌다. 반대로 소풍이 취소되고 정상적인 수업을 하면 무거운 탄식이 교실을 가득 메웠다.

여섯 러너는 창동교 아래 중랑천에서 화랑대 사거리까지 6km쯤 달렸다. 달리는 중에 꽃을 만나면 꽃놀이를 했고 풍경이 예쁘면 사진으로 담았다. 시간이 지날수록 따뜻해졌고 달리기로 올라간 체온으로 이마에는 송골송골 땀이 맺혔다.

도란도란 이야기를 나누며 맛있는 간식을 먹을 차례였다. 작은 눈을 두 배로(그래 봤자 다른 사람 보통 눈 크기밖에 안 되지만) 뜨고 주위를 살폈다. 서울여대 옆 작은 공원이 나타났다. 나무 벤치와 테이블이 세트로 준비되어 있었다. 우리를 위한 맞춤 공간이었다.

여행하다 보면 누군가가 나를 위해 만반의 준비를 한 것 같은 신비한 날을 만날 때가 있다. 오늘이 바로 그날이었다.

각자 가져온 음식을 펼쳤다. 포도, 고구마, 빵, 과자, 거기에 김이 모락모락 나는 뜨거운 커피까지. 세상에 모든 소풍이 뛰어나와 공원을 가득 메웠다. 고구마를 먹으며 뜨거운 커피를 홀짝였다. 달콤한 고구마에 쌉싸래한 아메리카노의 조합이 잘 어울렸다. 주위를 보니 목련꽃이 흐드러져 있었다. 흰색 바탕에 물든 붉은색의 조화가 더없이 매력적이었다.

나는 달리기를 닮은 열정의 색, 빨강이 좋다. 빨강이 유혹했다. 빨강을 배경으로 오두방정을 떨었다. 마음은 이미 구름 위에 있었다. 개구쟁이 모습으로 돌아가야 더 재미있다는 건 경험이 준 삶의 지혜다.

목련꽃 아래서 사진을 찍었다. 목련꽃은 곧 질 테지만 우리와 함께 찍힌 목련꽃은 사진과 함께 화석이 될 것이다. 흔히 남는 건 사진뿐이라고 하지만, 나는 거기에 기록을 추가하고 싶다. 과거의 여행을 쉽게 되살리는 건 일기장이나 SNS 같은 기록이다. 기록과 사진으로 남기지 않는 모든 추억은 돛단배처럼 아스라이 사라진다.

러너는 흔적을 남기지 않는 법, 자리를 깔끔히 정리하고 삼육대로 들어갔다. 봄과 대학 캠퍼스는 잘 어울린다. 낭만이 어울리는 젊음과 젊음을 유혹하는 봄꽃은 조화롭다. 몸이 이끄는 대로 발걸음을 내디뎠다. 우리가 사는 곳에서 하는 여행에는 자연스러움이 있다. 대학생을 바라보니 대학 시절이 떠올랐다. 봄이 오면 꽃놀이를 하고 잔디밭에 앉아 웃음꽃을 피우던 그 시절이 생각나는 것을 보면 '사람은 추억을 먹고 산다' 라는 말에 고개가 끄덕여진다.

대학교 여기저기 지천으로 깔려있던 매실을 주워 술을 담은 적이 있다. 몇 달 뒤 학교 잔디밭에서 선후배들과 그 술을 나눠 마셨다. 흥에 취해 교내 호수를 운동장 삼아 릴레이 달리기도 했다. 릴레이 달리기를 꺼냈을 때 모두 호기심 어린 눈빛으로 동의했고 어린이처럼 신나게 달렸다. 릴레이 달리기는 금방 끝났지만, 왁자지껄 웃음은 이어졌다. 그때 생각에 흐뭇한 미소가 일었다. 그때는 지금처럼 달리는 사람이 아니었는데도 달리기를 한 건 소풍만큼이나 운동회를 좋아하던 사람이어서다.

　별내로 넘어가는 불암산으로 올랐다. 언덕길은 하늘을 가려주는 나무들로 숲 터널이 됐다. 우리는 봄꽃과 꽃비에 끊임없이 들떴다. 언덕 위에 오르자 호수가 펼쳐졌다. "와우."
　벚꽃은 호수를 향해 손을 뻗었고 호수는 둘레를 메운 나뭇잎을 품어 연둣빛을 뿜어냈다. 나무들이 호수를 보호하듯 둘러싸여 호수는 나무를 비추는 거울이었다. 호수 초입에 있는 물레방아가 운치를 더했고 호수 한쪽 나무로 둘러싸인 정자는 누군가의 아늑한 휴식처가 됐다. 대학생으로 보이는 젊은 연인들도 있었다. 호수는 달콤한 속삭임을 나누는 청춘들에게 언제나 자리를 내어줬을 것이다. 때로는 수줍은 마음으로, 때로는 흐뭇한 웃음으로. 호수가 품은 모든 장면은 분명 사랑일 것이다. 그렇지 않고서야 어떻게 이런 아름다운 풍경을 뿜어낼 수 있을까?
　불암산 자락에 앉은 호수, 그 안에 잉어, 호수 둘레에 수놓아진 꽃과 나무. 어느 봄날 산에서 만난 그림 같은 풍경은 마라닉에 운치를 더했다.

가끔 산에서 호수를 만나면 가보지 않은 스위스 알프스의 어느 호수가 이렇게 아름답지 않을까 상상한다. 언제 갈지 기약이 없지만, 그곳을 달리러 떠나는 날은 올 것이다. 제대로 마음먹어야 볼 수 있는 스위스의 어느 호수에 비해 제명호는 언제든 쉽게 찾을 수 있는 곳이라 고마웠다.

별내로 향했다. 오를 때는 묵직한 호흡을 쏟아냈고 내려갈 때는 가벼운 콧노래를 흥얼거렸다. 중간중간 봄꽃을 만나면 꽃향기를 맡았다. 꽃잎을 따서 귀에 끼웠더니 친구가 광남(狂男)이라 불렀다. 그러거나 말거나 예쁠 거라는 믿음으로 사진을 찍고 막 찍힌 사진을 보니, 광남이 나를 쳐다봤다. 얼른 꽃잎을 뺐다. 걷고 달리고 멈추고, 느릿느릿 움직였지만, 산은 친구의 집으로 가는 지름길이었다.

별내에 도착했을 때 집들이에 초청한 친구는 아내를 돕는다고 먼저 집에 가고 우리는 급한 갈증에 물과 맥주를 샀다. 어느 정자에 둘러앉아 서로 뒤질세라 맥주캔을 땄다. 연이어 들린 맥주캔 따는 소리는 경쾌했다. 땀 흘린 후 마시는 맥주 맛은 기가 막힌다. 맥주 광고 속 모델도 우리만큼 생생한 표정을 짓지는 못할 것이다.

마라톤 대회에 나가면 여장을 하고 달리는 남자를 가끔 만난다. 그것이 시발점이 되어 달리기와 전혀 어울리지 않는 동성애를 주제로 대화를 시작했다. 나는 살면서 동성애자를 만난 적이 없지만, 누구나 동성에게 사랑을 느낄 수 있다고 생각한다. 친구들도 대체로 비슷하게 생각했는데, 예술 분야에서 일하는 두 친구는 실제로 주위에 동성애자가 있다고 했다. 예술 분야에서 일하는 사람들이 일반인보다 더 자유롭고 개방적이다 보니 커밍아웃할 수 있는 분위기가 된다고 했다.

내 주위에도 본인의 성 정체성을 숨기고 소수자로 외롭고 살아가는 사람이 있을 것이다. 성 소수자의 비율은 어디서나 같을 테니까. 퀴어축제를 긍정적으로 바라보지는 않지만, 그들을 비난할 자격은 누구에게도 없다. 가끔 종교계에서 그들을 향해 과한 비난을 퍼붓는데, 그들이 성 정체성을 스스로 선택한 것이 아니라는 것을 한 번쯤 생각하면 좋겠다. 내 주위에만 동성애자가 절대 나타나지 않을 거라는 보장도 없다. 달리기와 동성애는 어울리지 않는 주제지만 달리기를 통해 만나는 세상의 장면 중 하나다. 우리의 생각과 상식, 경험과 이해를 더 폭넓게 하는 달리기의 의외의 쓸모다.

언젠가 나는 일을 하지 않고 365일을 보내는 방법에 대해 생각했는데, 그중 하나가 오늘처럼 매달 한 번 전국에 있는 친구 집에 방문하고 나도 똑같이 매달 한 번 친구를 초청하는 것이다. 그러면 내가 좋아하는 친구들과 전국 방방곡곡에서 여행할 수 있게 된다. 생각만 해도 설렌다.

하루라도 빨리 은퇴하고 싶은데 정작 정부는 국민연금 수령 나이를 계속해서 늦추고 있다. 죽을 때까지 일하는 삶보다 연금 받으며 사는 삶이 좋다. 이런 생각을 하면 정년과 연금수령 나이를 늦추는 정부가 괜히 미워진다.

친구와 약속한 시각이 됐을 때 그의 집으로 향했다. 푸짐한 음식에 감탄했다. "어마어마하네."

친구 집에서 내가 쏟아낸 감탄사는 셀 수 없을 만큼 많았다. 달리기는 이제 다리가 아닌 젓가락의 몫이었다. 바통을 이어받은 젓가락은 쉼 없이 달리기 시작했다. 한참을 달리다 어느 순간 속도를 점점 낮추더니 완전히 멈췄다. 페이스 조절에 실패했다.

집주인 친구가 소화도 시킬 겸 카페거리로 가자고 했다. 요즘은 대체로 밖에서 식사하고 집에서 커피를 마시는데, 친구는 반대로 했다. 친구가 정겨웠다.

옛날보다 집들이 문화가 많이 사라졌지만, 여전히 누군가는 친구를 초대하고 누군가는 친구 집에 간다. 친구 집을 오가며 더 깊은 우정을 쌓는다. 나이가 들수록 외로움이 문제라고 하니 앞으로 더 자주 친구를 초대하고 친구 집에 방문해야겠다. 외로움이란 녀석이 내 근처에 얼씬도 못 하도록 말이다.

카페거리는 집에서 가까워 금방 도착했다. 많은 카페 중에서 가장 밝은 모습으로 우리를 바라보는 카페에 들어갔다. 자리에 앉은 우리는 두 시간 동안 통화하고 자세한 이야기는 만나서 하자고 하는 여느 정겨운 여자들이 됐다.

마라닉 예찬론이 펼쳐졌다. 벌써 서너 시간 지난 추억에 빠졌다. 친구, 설레는 길, 좋은 날씨만 있으면 언제든 마라닉이 가능하다. 한 친구가 말했다. "마라닉을 꼭 봄가을에만 해야 할 이유가 있을까요? 여름 겨울에도 합시다."

모두가 이구동성으로 화답했다. "옳소."

마라닉을 알려준 친구들이 참 고마웠다. 한편으로는 아무리 생각해도 이해가 안 됐다. 왜 이제야 이 좋은 마라닉을 알았는지 말이다.

오늘 만나는 친구가
찐 친구

한강에서 멀지 않은 어느 5성급 호텔에 체크인하는 순간, 몇 년 전 라스베이거스에서 난생처음 이용한 5성급 호텔이 떠올랐다. 직원들은 친절했고 객실은 멋졌다. 가방을 던지자마자 호텔 수영장으로 직행했다. 지상낙원이 따로 없었다. 이런 호텔이 이렇게 싸다니, 직접 예약하고도 믿지 못했다.

환상에서 빠져나오는 데는 한 시간도 걸리지 않았다. 라스베이거스를 구경하고 싶었다. 호텔 밖으로 나가는 복도에서 반짝이는 슬롯머신에 마음을 뺏겼다. 100달러 지폐로 전투를 개시했지만, 순식간에 0달러가 됐다. 일그러진 얼굴이 화끈거렸다.

호텔에 체크인 한 지 겨우 한 시간, 슬롯머신에 앉은 지 1분이 되기 전에 하루치 호텔 가격을 빼앗긴 것이다. 기계를 부숴버리고 싶었지만, 입으로만 "1818" 구시렁대며 일어났다. 카지노 호텔이 숙박료를 낮게 책정하는 건 손님들의 호주머니를 털려는 고도의 마케팅

162

전략이다. 주머니가 털리고 나서야 깨달았으니 쏟은 물이요 뱉은 말이다.

라스베이거스 생각에 '피식' 웃음을 지으며 객실 문을 열었다. 특유의 설레는 향기와 하얀 시트가 우리를 맞았다. 아내와 함께였다면 로맨틱했겠지만, 내 옆에는 시커먼 남자 둘이 있었다.

셋은 얼마 전 광화문 어느 식당에서 만났다. 술을 몇 잔 마셔 적당히 기분이 좋아졌을 때 홍시기가 말했다. "올해가 끝나기 전에 의미 있고 행복한 여행을 너희들과 함께 만들고 싶다." 그는 여행경비를 대겠다는 말을 덧붙였다. 세상에서 진지하기로 둘째가라면 서러워할 그가 말을 꺼냈으니 여행은 기정사실화됐다. 옆에 있던 올레가 판을 키웠다. "에이, 형이 혼자 그 돈을 다 내면 되겠어요? 나도 내야죠."

나도 돈 낸다고 할까? 머뭇거리는 사이 친구들은 이구동성으로 말했다. "막시가 여행 계획을 짜는 거로 하자."

집에 오는 길에 난데없이 어린 시절 친구들이 생각났다. 고향을 떠나 산 지 십 년이 넘어가면서 고향 친구들과 뜸해졌다. 친한 친구는 늘 고향 친구였는데 어느 순간부터 달리기 친구가 그 자리를 차지하고 있었다. 떨어져 살다 보니 자주 만나지 못하게 되고 시간이 누적되면서 생각과 취향이 달라진 탓이다. 반대로 달리기 친구들은 가까이 살고 좋아하는 달리기를 함께하니 더 닮아갔다. 달리기 친구들이 고마우면서 고향 친구들에겐 아쉽고 미안했다.

다음날 회사에서 만난 홍시기가 편지 봉투를 건네며 말했다. "어제 잘 들어갔니? 여행은 말이 나왔을 때 해야 해. 안 그러면 돈이 아까워지거든."

사무실에 돌아와 편지를 뜯었다. "열심히 산 나 자신에게 1년에 하루쯤은 선물하고 싶다. 아쉽게도 아직 제대로 된 선물을 하지 못했다. 마음 맞는 친구와 함께라면 더할 나위 없겠지? 올레와 막시가 함께한다면 좋겠다. 최고의 여행이 되기를 바라는 마음으로 불씨 하나 보낸다. 함께할 날을 기다리는 이 순간부터 이미 최고의 날이 시작된 것 같아 행복하구나."

나는 감동했다.

편지 내용도 좋았지만 감동한 진짜 이유는 '불씨 하나' 덕분이다. 편지에서 말하는 불씨는 돈이다. 여행 계획은 일사천리로 진행됐고 몇 주 뒤 금요일 퇴근 후부터 1박 2일 여행이 확정됐다. 돈의 힘을 애써 무시하곤 하지만 무언가를 쉽고 빠르게 이뤄내는 힘을 인정할 수밖에 없다.

두 친구가 베푼 넉넉한 여비 덕분에 여행의 주제를 '한강에서 누리는 명품 호캉스 달리기 여행'으로 정했다. 여행지를 한강으로 계획한 건 한강이 러너들의 성지이기 때문이다. 야경과 일출은 한강이 덤으로 줄 선물이었다.

여행을 계획할 때 유난히 떠오른 여행이 있다. 처음 한강을 여행지로 삼은 십여 년 전 가족여행이었다. 대구에 살고 있던 나는 경기도 양평 두물머리에서 처음 한강을 만났다. 드라마나 광고에 한 번씩 등장하는 곳이라 꼭 가보고 싶었다. 강으로 늘어진 수양버들과 400년이 더 된 느티나무, 세월의 흔적이 느껴지는 돛단배는 특별한 기대를 자극했다. 대체로 여행은 기대를 충족시키지만, 그날은 유난히 심한 무더위 때문이었는지, 두물머리만의 매력을 느끼지 못했다. 다행히 걸음마를 갓 시작한 딸의 웃음으로 행복했고 좋은 추억으로 남았다. 여행은 여행지도 중요하지만, 누구와 무엇을 했는지가 더 중요하다는 것을 깨달았다. 세월이 한참 지났지만 웃으며 손뼉 치던 딸의 재롱은 여전히 선명하다.

홍시기와 나는 저녁 6시가 되자마자 지하철역으로 달렸다. 금요일은 원래 발걸음이 가볍지만, 그날은 신발의 무게조차 느껴지지 않았다. 흡사 〈고스트 바스터즈〉에 등장하는 유령이 된 느낌이었다. 잠시 뒤 셋은 서울에서 가장 유명하다는 어느 재즈 바에서 스테이크를 썰었다. 아름다운 재즈 선율에 맞춰 흥얼거리며 와인을 마셨다. 얼굴에 연신 미소가 머무른 대신 입에 들어간 스테이크는 흔적 없이 사라졌다. 좌우에 있던 외국인 커플 덕분에 뉴욕이나 파리의 어느 레스토랑에 있는 착각이 들었다.

남자 셋이 와인을 마시며 스테이크를 먹는 건 익숙지 않은 상황이었다. 서울에서 십 년을 살았지만, 여전히 촌놈 기질이 있어서다. 그런 곳에는 반드시 남녀 커플이 함께 와야 할 것 같았다. 다행히 와인이 어색함을 사라지게 했고 우리는 세상 누구보다 자연스럽게 재즈 분위기에 녹아들었다. 웨이터에게 부탁해 우정 사진을 찍고 각자의 여행 소감을 말하는 사이 와인이 동났다. 술을 즐기는 남자 셋에게 와인 한 병은 부족하다. 와인을 하나 더 주문했다. 술이 늘 그렇듯 와인은 흥을 더 돋웠고 우정 게이지는 점점 더 올라갔다.

한강변의 야경 명소 몇 곳에 전화했지만, 예약은커녕 지금 오면 언제 테이블에 앉을지 알 수 없다는 답변만 이어졌다. 야경을 못 본다는 생각에 아쉬웠지만, 호텔 라운지에서 야경을 보기로 마음을 바꾸자 언제 그랬냐는 듯 웃음이 찾아왔다.

우리가 그러는 동안 대한민국과 우루과이의 국가대표 축구 평가전이 열리고 있었다. 아무도 몰랐다. 택시 운전사가 알려줬다. 덕분에 전혀 계획되지 않은 즉석 일정이 추가됐다. 상대 팀이 약팀이었다면 패스했겠지만, 우루과이는 그해 러시아 월드컵 8강에 진출했고 카바니와 수아레스를 보유한 축구 강국이었다. 우리의 마음을 읽은 택시 운전사는 속도를 높였다.

여행 콘셉트가 명품이라 호텔 냉장고에 있는 맥주를 꺼냈다. VIP가 된 기분이었다. 때맞춰 황의조 선수가 선제골을 넣었다. 우리가 황 선수를 칭찬하는 사이 우루과이 선수가 한 골을 넣었다. 우리는 즉각 벤투 감독과 수비를 제대로 하지 않은 선수를 씹어댔는데, 입이 닫히기도 전에 정우영 선수가 추가 골을 넣었다. 욕이 다시 칭찬이 되는 데는 일말의 주저함도 없었다. 선수들을 향한 천국과 지옥의 평가를 쏟아냈더니 목이 탔다. 갈증을 없애는 건 맥주의 몫이었다. 대표팀의 승리가 우리의 온몸 응원 덕분이라 여겼다.

스카이라운지 메뉴판에 있는 술의 가격을 보고 눈이 휘둥그레졌다. 평소 알던 위스키 가격에 0 하나가 더 붙어 있었다.

'…'

짧은 정적이 흐르는 사이 서로 눈빛을 교환했다. "여기요, 이 와인 주세요."

아무리 명품으로 위장한 여행이었지만 0 하나가 더 붙은 위스키를 주문하지는 못했다. 다행히 와인은 생각보다 비싸지 않았다. 홍시기가 말했다. "꼭 위스키를 먹어야 하냐? 우리가 언제부터 위스키를 먹었다고? 우린 소주로도 늘 즐거웠잖아."

모두 격하게 고개를 끄덕였다. 와인을 기다리는 사이 눈은 자연스레 바깥으로 향했다. 기대한 리버뷰는 아니었지만, 서울의 밤이 뿜어내는 스카이라인은 꽤나 운치 있었다. 와인은 마치 우리를 기다렸다는 듯이 코르크도 없이 달려 나왔고 우리는 서둘러 잔을 채우며 화답했다. 우정은 취할수록 좋지만, 술은 취할수록 부작용이 생긴다. 딱 한 병만 먹기로 하고 부족한 건 분위기와 우정으로 채우자고 했다. 대화를 안주 삼아 와인을 마시며 조금씩 서울의 밤에 녹아들었다.

새벽, 눈을 뜬 지 5분 만에 한강으로 내달렸다. 우정 여행에 딱히 단장할 시간이 필요하지는 않다. 서울의 새벽은 밤과는 또 다른 매력이 있다. 서울의 밤은 오만 가지 소리로 시끄럽지만, 새벽은 새소리 하나 없다. 우리는 서울의 새벽을 깨우는 사람이자 한강이 맞이하는 첫 관광객이었다. 강바람을 맞으며 잠수교를 건넜다. 평소에는 길이지만, 비가 많이 오면 모습을 감추며 사람들에게 위험을 알린다. 마치 신비한 능력을 갖춘 영물이라는 생각이 든다. 동작대교로 달렸다. 많은 사람을 만났다. 달리는 사람, 자전거를 타는 사람, 산책하는 사람, 그중에는 외국인도 있었고 우리와 같이 사는 서울 시민도 있었다. 하나같이 밝은 모습으로 새벽을 깨운 사람들이었다.

동작대교 구름카페에선 한강을 조망할 수 있다. 한강의 새벽을 바라보며 한마디씩 했다. "캬, 좋구먼." "이런 곳이 있는지 어쩌 이제야 알았을까?" "한강 멋지네, 이런 곳이 있는 줄 알았다면 차라리 어제 저녁에 이곳에 왔을 것을."

이곳이 서울이니 다음에 언제든 올 수 있다는 생각에 아쉬움을 거뒀다.

배에서 꼬르륵 소리가 났다. 아무리 풍경이 아름다워도 식욕보다 급한 건 없다. 일출이 끝나자마자 빠른 속도로 내달렸다. 이럴 때 달리기는 정말 유용하다. 눈 깜짝할 사이 호텔에 도착했다. 정식 조식이 아닌 약식 카페테리아였지만 5성급 호텔은 간편 조식조차 특별했다. 10km를 훌쩍 넘게 달린 우리는 모든 음식을 다 먹어 치울 기세로 덤벼들었다. 조식을 먹으면서 마음도 같이 부풀었다. 음식이 아닌 달리기 덕분이다. 마음만 먹으면 누구나 할 수 있는 사소한 달리기가 얼마나 큰 성취감을 주는지 달려보면 안다. "좋은 건 그냥 하면 된다. 앞으로도 종종 함께 여행하고 함께 달리자."

홍시기의 말에 모두 고개를 끄덕였다. 남자 셋이 목욕탕에 들어가 달리기와 수영으로 뻐근해진 근육을 풀었다. 그러는 동안에도 대화는 주제를 가리지 않고 이어졌다. 서로의 몸을 바라보며 탄탄한 근육에 감탄하기도 하고 러너임에도 어쩔 수 없는 배를 보며 안타까워했다. "이렇게 열심히 달리는데도 여전히 튀어나온 배는 도대체 어쩌란 건가?" "하하하."

남은 여행을 하러 백화점으로 걸었다. 따뜻한 가을 햇볕을 맞으며 걷는 시간도 좋았다. 백화점에 들어서자마자 스포츠 매장으로 돌진했다. 가을부터 초겨울까지 입을 바람막이를 살 생각이었다. 첫 번째 매장에는 없었다. 두 번째 매장에도 없었다. 세 번째 매장에도 없었다. 그제야 우리가 찾는 바람막이가 이미 철수했다는 것을 알게 됐다. 역시나 의류업체의 시간은 계절보다 빨랐다. 잠시 머리를 맞댄 결과 만장일치로 자동차 키홀더를 선택했다. 몇 시간 뒤 가격을 본 아내가 미쳤다고 했지만, 키홀더는 남자 셋 우정 여행의 상징이 됐다. 여행을 다녀온 지 몇 년이 지난 요즘도 키홀더를 보면 지난 여행이 떠올라 흐뭇해진다.

식당가로 향했다. 전날 저녁과 아침 모두 서양식 요리를 먹었더니 한국 음식이 한없이 그리웠다. 우린 그런 사람이라 평양냉면과 만두, 돼지 수육과 소주를 주문했다. 가장 한국다운 음식과 술을 마시며 말했다. "역시 한국 음식이 최고야." "술은 낮술이 최고지." "술은 역시 소주지."

소주를 핑계로 택시를 탔다. 셋 모두 집이 가까워 한 차로 움직였다. 여행이 주마등처럼 펼쳐졌다. 흠잡을 데 하나 없는 완벽한 여행은 두 친구 덕분이었다. 달리기를 하지 않았다면 어떤 친구들과 친하게 지내고 있을까? 혹시 친한 친구 한 명 없이 외로운 사람으로 사는 건 아닐까? 그 생각이 들자 옆에 있는 달리기 친구들이 더 고마웠다. 눈을 감고 잠을 청했는데 잠 대신 고향 친구들이 찾아왔다. 멀어지는 고향 친구에 대한 미련이 남아서다. '친구와 포도주는 오랠수록 좋다'라는 영국 속담과 달리, 현실은 달리기 친구가 더 좋다. 가끔은 고향 친구와의 우정은 영원해야 한다는 고정관념에 빠져있는 건 아닐까 하는 생각도 든다.

조선 시대만 해도 기대수명이 30대였고 몇십 년 전만 해도 60대였다. 그때는 새로운 친구를 사귀어봤자 우정을 꽃피우기에 남은 삶이 그리 많지 않았다. 오랜 시간 우정을 나눈 고향 친구가 가장 좋은 친구였을 것이다. 지금은 완전히 달라졌다. 사람들의 평균수명은 80세가 넘었고 앞으로 더 길어질 것이다. 오늘 새로운 친구를 만나도 우정을 꽃피울 시간은 충분하다. 오늘 만나는 친구가 언제 만날지 알 수 없는 옛 친구보다 더 좋은 친구라는 생각이 든다.

그래도 고향 친구에 대한 미련을 완전히 버릴 수 없었다. 오랜 친구니까. 오랜만에 고향 친구들에게 전화하기로 했다. 자주 만나지 못하더라도 자주 연락하면 우정은 이어질 테니까. 오랜 친구가 좋다는 이유도 분명히 있을 것이다. 그제야 마음이 편해지며 잠이 찾아왔다.

친구가 알려준
버킷리스트

제주

막 출근해 사무실 의자에 앉으려는 찰나 카톡 알림 소리가 울렸다. 철학적인 달리기 친구 홍시기가 보냈다. "제주에 도착해서 이제 달리기 시작한다. 오늘도 즐거운 하루 보내라."

제주도를 달릴 그를 생각하며 지난 일을 떠올렸다. 2017년 새해가 시작된 지 얼마 지나지 않았을 때다. 홍시기는 신년을 맞아 여느 때와 같이 가슴 뛰는 계획을 하나 말했다. "올해 제주도를 한 바퀴 달리려고 해. 한 번에 도는 건 아니고 구간을 나눠 몇 번 뛰려고."

심장이 쿵쾅댔다. 제주도 한 바퀴 달리기는 탐나는 계획이었다. "와, 그건 한번도 생각해보지 못했어요. 진짜 멋진 계획이네요. 일정만 맞으면 저도 한 번은 함께 뛰고 싶어요."

"그래? 그럼 달리기 좋은 날로 일정을 잡아보자. 함께 달리면 나도 좋지."

그날 이후 제주도 달리기는 지구를 공전하는 달처럼 수시로 생각났다. 그의 제주도 한 바퀴 달리기가 막 시작됐다. 그와 함께 달리고 싶었지만 그러지 못했다. 어떻게 힘이 될 수 있을까 머리를 굴리다 좋은 생각이 났다. 카카오톡으로 편의점 도시락을 보냈다. 한 시간쯤 지났을까? 카톡이 울렸다. "와우, 고맙다. 잘 먹을게."

흐뭇했다. 함께 뛰면 더 좋았겠지만, 그렇게라도 친구와 함께하는 기분을 느끼고 싶었다. 친구는 제주도 풍경 사진을 몇 장 보냈다. 사진 한 장의 힘이 대단했다. 사진 속의 그가 너무 부러워 다음에는 어떤 일이 있더라도 꼭 함께하고 싶었다.

겨울은 멀리 떠나고 봄이 한창 기세를 올렸다. 제주도 한 바퀴를 달리는 홍시기가 커피를 마시며 말했다. "5월이나 6월 초에 제주도에 갈 생각인데 시간 되니? 이번에는 너랑 올레랑 함께 달리고 싶은데 시간 한번 맞춰보자."

"당연히 되지요."

드디어 제주도를 달릴 날이 찾아온 것이다. 5월 31일을 디데이로 정했다. 오월의 마지막 날은 여행과 달리기에 더없이 좋은 날이다. 봄과 여름이 공존하는 제주 생각에 러너의 가슴이 부풀었다. 달릴 구간과 여행 일정은 이미 홍시기의 머릿속에 있었다. "로봇스퀘어에서 출발해서 성산 일출봉까지 달릴 계획이야. 대략 30km인데 달리기엔 더없이 좋을 거야."

30km가 만만한 거리는 아니었지만, 풀코스를 완주하는 러너에게 무리는 아니다. 그 이후에 그가 쏟아낸 계획은 마치 우리 뇌 속을 한 번 들여다본 듯 완벽했다. 우리는 일절 토를 달지 않았다.

제주로 떠나는 날 새벽 세 시, 알람이 울리기도 전에 눈을 떴다. 어른이 되어도 노는 날엔 누가 깨우지 않아도 기가 막히게 일어난다. 새벽길은 막힘이 없었고 잠시 뒤 우리는 올레네 주차장에 모였다. 새벽바람은 지나칠 정도로 싱그럽고 상쾌했다. 홍시기의 차에 타면 우리가 알고 지낸 세월만큼 익숙한 음악이 흐른다. 신나는 노래가 나오면 따라했고 조용한 노래가 흐르면 제주에서 무엇을 할지 떠들어댔다. '달리기, 수영, 성산 일출봉 트레킹, 제주 흑돼지 두루치기와 막걸리, 바닷가 카페에서 커피, 사우나', 생각할수록 완벽했다. 신나는 시간이 늘 그렇듯 순식간에 제주 공항에 도착했다. 택시를 탔다. 로봇스퀘어에 가까워질수록 여행 계획은 구체화됐다. 아름다운 풍경과 달리기 친구들이 함께 있는 로봇스퀘어는 유토피아로 향하는 출발지다.

김녕해수욕장에서 시작해 월정리, 세화리, 하도리, 종달리를 거쳐 성산 오조리까지 이어지는 해맞이 해안로는 한번도 밟아보지 않은 미지의 길이며 제주에서도 손꼽히는 드라이브 명소다. 기대가 한껏 부풀었다.

올레는 먹는 것을 매우 중요하게 생각한다. 첫발을 떼면서부터 저녁 메뉴 이야기를 꺼냈다. "오늘 저녁에는 뭘 먹죠?"

점심 메뉴가 돼지고기라 자연스럽게 회로 정해졌고 홍시기는 제주에 있는 지인에게 전화했다. "오랜만이다. 잘 지내지? 혹시 말이야, 맛있으면서 현지인이 많이 찾는 횟집 좀 알려줄래? 가능하면 공항 근처로."

통화내용을 듣던 우리는 입맛을 다셨다. 전화를 끊은 홍시기는 만족스러운 듯 웃었다. 그가 스마트폰으로 식당을 검색하는 동안 머리 셋은 자연스럽게 가까워졌다. 스마트폰에서 칭찬이 쏟아졌다. 여행지에 친한 지인이 있다는 건 두말할 필요 없는 축복이다.

조금씩 달리기에 몰입했다. 달리기를 시작한 지 한 시간쯤 만에 하도 해수욕장을 만났다. 시간이 흐를수록 기온이 올랐고 적당한 달리기로 몸에선 땀이 났다. 수영할 조건이 완성됐다. 물 만난 우리는 장난기 가득한 어린이가 됐다. 운동화와 상의를 모래사장 위 아무렇게나 던지고 물속으로 뛰어들었다. 모래사장에서는 누가 빨리 달리나 경주했다. 셋의 속도는 달랐지만 중요하지 않았다. 힘차게 달리고 점프하며 함께 웃었다. 해수욕장 개장 전이라 발자국은 모조리 우리의 흔적이었다. 연인끼리 왔다면 분명히 하트를 그리고 각자의 이름을 그 안에 썼을 테지만 우리는 하트 대신 발자국만 최대한 많이 남겼다.

남자 셋이 러닝 타이즈 하나만 입고 뛰어다니는 모습은 남이 보면 조금은 우스꽝스러울 것이었다. 그러거나 말거나 우리는 신경 쓰지 않고 노는 데 집중했다. 홍시기가 말했다. "달리는 모습을 영상으로 남기자."

"오호, 그거 좋은 생각이네요." 한 명씩 돌아가며 영상을 찍었다. 영상을 보며 서로의 러닝 자세를 품평했는데 하나같이 칭찬 일색이었다. 역시 우린 우정에 눈먼 자들이다.

여행지에서 달리다 보면 멈추고 싶은 순간이 있다. 숨이 차서가 아니라 아름다운 풍경을 더 느끼고 싶어서다. 바다를 향해 우뚝 솟은 현무암이 우리를 세웠다. 마음속 아이가 그곳으로 달려가 바위 위에 오르라고 했다. 어린 시절 엄마와 함께 있었다면 "위험하니 올라가면 안 된다" 라고 신신당부할 상황이었다. 잔소리할 엄마가 없으니 그곳으로 뛰어가는 건 당연했다. 노란 풀꽃 사이로 난 오솔길이 바위로 안내했다. 친구들과 나란히 달리는 순간 우리는 개선장군이 됐다. 바위 위에 올라 두 손을 높이 치켜들고 전쟁에서 승리한 장군처럼 기쁨을 누렸다. 앉아서 풍경을 즐기는 사이 자전거 두 대가 굴러왔다. 텐트를 싣고 제주 한 바퀴를 여행했다는 지인이 떠올랐다. 나도 언젠가는 제주 한 바퀴 자전거 여행을 하고 싶었다. 아직 제주 한 바퀴 달리기 여행도 못 했는데, 역시 사람의 욕심은 끝이 없다.

배에서 꼬르륵 소리가 났다. 식당으로 곧장 가기에는 거리가 멀어 어디서든 일단 간단히 먹기로 했다. 예외 없이 머피의 법칙이 발동했다. 카페나 편의점이 나타날 기미가 없었고 발걸음은 점점 무거워졌다. 사막에서 오아시스를 찾는 사람처럼 편의점에 대한 기대를 놓을 수는 없었다. 갈증으로 막 쓰러질 때가 돼서야 무언가 보였다. 시골 느낌 물씬 나는 간이식당이었다. 쏜살같이 들어가 냉장고를 열었다. 맥주를 집으려는 찰나 우도 막걸리가 눈에 들어왔다. 잠시 망설이다 막걸리와 사이다를 하나씩 꺼냈다. "맥주 말고 막사 어때요?"
"뭘들."
막걸리와 사이다를 섞어 잔을 채우고 건배를 했다. "제주 여행과 우리들의 우정을 위하여!"

씩 웃고는 벌컥벌컥 들이켰다. 원래 맛있을 제주 막사는 갈증이
더해 최고의 음료수가 됐다. 한 잔만 하자고 했는데 마침 막걸리와
사이다가 조금 남았다. 그걸 핑계로 한 잔 더 만들었다. 더 마시고 싶
은 마음이 굴뚝같았지만, 제주 흑돼지 두루치기의 부름을 외면할 순
없었다. 누가 먼저랄 것 없이 다시 달렸다. 막사의 힘인지 흑돼지 두
루치기의 힘인지 알 수 없으나 다리에 힘이 차올랐다. 성산초등학교
를 지나자 홍시기는 식당을 가리키며 앞장섰다.

식당에 들어서자 음식이 우리를 기다리고 있었다. 전복, 오징어,
흑돼지가 한데 어우러진 두루치기에 감탄사가 절로 났다. "와, 끝내
주네요. 이 좋은 식당을 어떻게 알았어요?"

올레와 나의 아낌없는 칭찬에 친구는 너털웃음을 지었다. "좋은
친구들과 함께하는데 이 정도는 준비해야 하지 않겠냐?"

두 친구가 먹는 모습은 홈쇼핑의 쇼호스트가 먹는 모습 그대로였
다. 음식은 순식간에 동났다. 맥주 세 병도 훔쳐갔다.

달리기엔 배가 너무 불렀다. 소화를 시킬 겸 설렁설렁 걸었다. 성
산 일출봉은 제주의 명소답게 관광객들로 붐볐고 그곳에서 바라본
제주 풍경은 엄지가 백 개라도 모자랐다. 사진을 아무리 찍어도 실
제보다 멋지지 않았다. 사람의 눈이 렌즈를 한판으로 이기는 순간이
었다.

미국 애리조나 앤털로프캐니언에 갔을 때 윈도 바탕화면에서 자
주 봤던 사암 협곡은 장관 그 자체였다. 컴퓨터 윈도 화면으로 봐도

멋지지만, 실제로 보니 차원이 달랐다. 사진으로 남기고 싶어 시간과 정성을 다했지만, 아무리 노력해도 사진은 실제보다 멋지지 않았다. 사람의 눈보다 좋은 렌즈는 없다는 것을 깨달았다.

한 시간이 지나도 배는 여전히 무거웠다. 역시 달리기 전에 과식은 나쁜 선택이다. 걷기로 작정했다. 성산 일출봉의 풍경을 느끼며 친구들과 도란도란 이야기를 나눴다. "흑돼지 삼합 두루치기는 최고였어. 성산 일출봉에 와본 적은 있냐? 누구와 왔냐? 뭐 했냐? 성산 일출봉은 어떻게 만들어졌을까? 이 많은 사람은 평일에 일 안 하고 어떻게 왔을까?"

시시콜콜한 이야기가 이어지는 사이 정상에 도착했다. 각자 개성에 따른 감탄사가 이어졌다. "캬~" "정말 환상적이구면!" "어마어마하네."

성산 일출봉을 내려가자 광치기 해변이 우리를 맞았다. 해변에서 바라본 성산 일출봉은 엽서에 나올 법한 풍경이다. "이런 곳을 이제야 오다니, 이때까지 뭘 하며 산 건지…."

국내여행을 하다 보면 감탄사가 나오는 풍경을 만나는 순간이 한두 번이 아니다. 가본 여행지는 고작 10%도 안 된다. 아직 가보지 않은 여행지가 많이 남았다는 건 그만큼 갈 곳이 많이 남았다는 뜻도 된다.

백 미터쯤 떨어진 곳에선 한 커플이 로맨스 영화를 찍고 있었다. 미소가 살포시 일렁였다. 나도 그런 시절이 있었다. 그들의 사랑이 결실을 보길 바랐다. 광치기 해변을 지나 만난 섭지코지는 십 년쯤 전에 아내와 태교여행으로 처음 왔던 곳이다. 섭지코지는 뛰어난 자연 풍경을 자랑하지만, 드라마 〈올인〉의 촬영지로도 유명하다. 그만큼 풍경이 아름답고 멋지다. 개인적 추억이 깃든 곳이니 달리기를 마치는 장소로도 안성맞춤이었다.

달리기를 멈췄다. 30km를 넘게 달렸고 시간도 적당했다. 시작이 중요한 것처럼 마지막도 중요하다. 섭지코지는 대미를 장식하기에 충분할 만큼 멋지다.

택시를 타고 식당에서 가까운 목욕탕으로 갔다. 종일 달리고 수영을 했으니 우리 몸에 흔적이 그대로 남았다. 마음에 남은 흔적은 화석으로 보관하고 몸에 남은 흔적은 깨끗이 씻기로 했다. 목욕탕에 들어가자마자 샤워기에서 쏟아지는 물로 소금기를 씻어냈다. 세상에 이런 쾌감은 다시없을 것 같았다. 그냥 여행했다면 단순히 즐거웠겠지만 뿌듯함이 밀려온 건 우리가 제대로 달렸기 때문이다. 새삼 고마워 홍시기를 바라보며 웃었더니 그도 웃으며 물었다.

"왜?"

"좋아서요."

허기가 찾아와 서둘러 샤워를 마쳤다. 식당에는 손님들로 가득했다. 기다리는 사람을 가로질러 예약석에 앉으니 기분이 좋았다. 고등어회와 쥐치회를 기다리는 사이 제주도 한라산 소주를 먼저 마셨다. 소주에 무슨 맛 차이가 있겠냐 싶지만 제주에서 마시는 한라산은 지극히 색다르다. 회와 술이 어울리는 동안 달리기 이야기가 끊임없이 펼쳐졌다.

시간이 흘러 돌아가야 하는 아쉬움이 찾아왔다. 홍시기가 한마디 했다. "아차, 우리 제주 와서 아직 커피를 못 마셨다. 술이냐? 커피냐?"

잠시 침묵이 흘렀다. 어차피 돌아가야 하니 이쯤에서 술도 깰 겸 제주 바다를 보며 커피를 마시자고 했다.

용두암 카페촌 앞 바닷가는 고기잡이배들의 불빛과 일렁이는 파도, 수시로 오르내리는 비행기로 특별한 풍경을 선사했다. 바다를 바라보며 넋 놓고 이야기하는 사이 어느새 비행기 출발시각이 다가왔다. 공항으로 향하는 택시 안에서 친구가 말했다. "어찌 이런 일이, 우리 커피를 안 마셨네."

커피를 마시려고 카페촌에 갔는데 정작 카페는 가지 않고 풍경만 봤다. 왜 그랬는지 마땅한 이유가 없어 입을 모았다. "술이 그런 건 아냐. 풍경에 취해 그런 거야."

홍시기 얼굴에 머문 미소는 떠나지 않았다. 달리기 여행이 즐거워서? 우리의 행복한 모습이 뿌듯해서? 굳이 물어보지 않아도 이유가 느껴졌다.

연말이 됐을 때 제주도 달리기 한 바퀴를 끝낸 홍시기가 말했다. "제주도 한 바퀴 달리기는 생각보다 쉽지 않았어. 시간 내기가 제일 어려웠지. 그래도 너희 둘과 함께해서 너무 좋았어. 어쩌면 평생 기억에 남을 수도 있을 것 같아…."

'평생 기억에 남는다'라는 말에 여행도 버킷리스트가 될 수 있다는 생각이 들었다. 어떤 여행이 나에게 버킷리스트가 될 수 있을까를 생각했지만, 쉽게 떠오르지는 않았다.

그날 이후 한동안 밤낮없이 버킷리스트가 될 여행을 생각했다. 어느 날 '한 달 유럽 여행'이 섬광처럼 떠올랐다. 운동화를 신고 달리기도 데려가고 싶었다. 누군가는 1년 세계여행을 꿈꾸고 실현하기도 하지만 나에겐 한 달도 대단한 버킷리스트였다.

달리기로 하는 응원

부산

살다 보면 누구나 예상치 못한 어려움을 만난다. 그럴 때 누군가 위로나 응원을 하면 힘이 난다. 10여 년 전 가족들과 떨어져 9개월 동안 혼자 살았다. 마음 같아서는 회사를 때려치우고 싶었지만, 현실적인 이유가 발목을 잡았다. 주말부부를 한다고 하면 전생에 나라를 구했냐며 우스갯소리를 하는 사람도 있었지만, 막 걷기 시작한 딸과 떨어져야 했던 나에겐 암흑 그 자체였다.

얼마 전 달리기 친구가 부산으로 발령 났다. 10년 전 내 모습이 겹쳐 보였다. 부산에 내려가야겠다고 다짐했다. 다짐이 늘 현실이 되는 건 아니지만, 나와 비슷한 생각을 한 친구가 또 있었다. 두 명이 다짐하면 혼자 다짐하는 것보다 실행될 확률이 훨씬 높아진다. 마침 우리와 같은 생각을 하는 친구들이 두 명 더 있었다.

두 달쯤 지난 어느 날, 친구 셋과 함께 부산에 도착했다. 식당에 먼저 도착한 부산 친구가 한 상 가득 만찬을 차려놓고 우리를 기다리고 있었다. 우리를 보자마자 하회탈이 된 그는 우리를 뜨겁게 끌어안았다. 서울에서 부산까지 400km를 달려온 보람이 머리끝까지 차올랐다. 공자의 명언, '멀리서 친구가 찾아오면 기쁘지 아니한가?'는 헛말이 아니었다.

각종 모둠회는 번개 같은 속도로 사라졌다. 바늘 가는 데 실 가는 법, 빈 소주병도 하나씩 장식처럼 세워졌다. 우정만큼 소주잔을 비우면 다음 날 달리기는 없다. 적당한 시점에 소주의 유혹을 떨쳤다.

광안리 앞바다를 걸었다. 비가 조금 내렸지만, 우중주를 즐기는 러너에게 비는 전혀 문제 되지 않는다. 우리가 반짝이는 광안대교를 배경으로 모래사장을 달릴 때, 우리 앞에 있던 연인들은 우산을 쓰고 뽀뽀를 했다. 사람은 누구나 좋아하는 것을 할 땐 날씨에 아랑곳하지 않는다는 것을 보여주었다.

폴짝폴짝 점프하며 부산 여행의 시작을 알렸다. 체면은 조선 시대 선비만 아는 것인 양 모두가 어린이가 됐다. 한창 분위기가 고조됐을 때 한 친구가 말했다. "사실 부산은 처음이야."

모두 깜짝 놀라며 어안이 벙벙해졌다. 20대 초반에 프랑스까지 다녀왔지만 정작 마흔이 넘도록 부산은 처음이라는 친구의 말에 놀랐다. 그러나 그런 일은 흔히 일어나기도 한다.

부산 사는 친구가 말을 이었다. "오늘 부산의 밤을 느꼈으니 내일은 무조건 일출을 봐야 한다. 그래야 부산의 시작부터 끝까지 다 보는 거다. 그리 해주고 싶다."

"오오오오오~."

옆에 있는 우리는 이구동성으로 감탄했고 부산이 처음인 친구는
감동했다.

부산 친구네 집에서는 술 대신 수다를 선택했다. 누가 남자는 말
이 없다고 했던가? 새벽이 되도록 이야기는 끊이지 않았다. 입이 아
프도록 말을 했더니 배가 고팠다. 싱크대 서랍을 열었다. 먹을 건 딱
세 종류였다. 라면과 햇반, 그리고 김.
　혼자 있어도 잘 먹는 사람이 있다지만, 늘 가족과 함께 지내다 갑
자기 혼자된 사람은 입맛도 혼자가 된다. 식사 시간은 음식을 먹는
시간이 아니라 그저 배를 채우는 시간일 뿐이다. 10년 전 내가 다시
떠올랐다. 아무리 좋게 생각하려 해도 쉽지 않다. 얼른 과거를 밀치
고 라면을 들이켰다. 달리기 친구는 외로웠던 것일까? 원래 수다쟁
이였을까? 쉬지 않고 말하는 그의 모습이 조금은 낯설었다. 수다쟁
이가 물에 빠지면 입만 뜨는 게 아니고 엉덩이가 뜬다는 우스갯소리
가 있다. 이유는 물고기와 대화를 하느라 그렇단다. 그가 딱 그랬다.

친구들이 소곤대는 소리에 눈을 뜨니 벌써 새벽이었다. 일찌감치
일어난 친구들이 라면을 끓이고 있었다. 조금이라도 더 누워있고 싶
었지만, 라면 냄새가 나를 가만두지 않았다. 라면을 먹으며 물었다.
"혹시 오늘 날씨 어떻대요?"
"글쎄, 나가봐야겠는데. 좀 흐리다는 말도 있고…."
　해운대까지는 차로 이동했다. 어제부터 내리던 비는 그쳤지만, 하
늘엔 온통 구름이었다. 부산에서 일출을 기대하기는 어려워 보였다.

기대의 끈을 놓지는 않았다. 시간이 흐를수록 실망감이 커졌다. 모두가 포기하려는 찰나 구름이 붉은빛으로 물들며 신비로운 풍경이 펼쳐졌다. 친구들의 스마트폰에서 연신 "착, 착, 착" 소리가 났다. 우리의 간절함을 알고 있는 신이 태양과 구름을 중재한 것이 분명했다. "일출을 향한 간절한 마음이 통했네."

새벽을 연 사람은 우리뿐만이 아니었다. 늦가을이었지만 많은 사람들이 수영복을 입고 바다 앞에 몰려 있었다.

그들은 원형으로 둘러섰다. 구령에 맞춰 몸을 풀더니 힘차게 물로 뛰어들었다. 모두 제법 큰 풍선을 하나씩 몸에 달고 있었다. 구명 튜브였다. 아무리 취미가 좋아도 안전보다 중요한 건 없다. 힘차게 물살을 가르는 그들을 향해 엄지를 치켜세웠다.

동백섬을 한 바퀴 돌고 본격적인 달리기를 시작했다. 바닷가 곁에서 장난을 치다 한쪽 신발이 물에 빠지고 말았다. 어린 시절 비슷한 상황이 떠올랐다. 겨울이 되면 썰매를 들고 개울로 갔다. 썰매를 타다가 꼭 다리를 물에 빠뜨리곤 했다. 그것도 한쪽만. 딱 그 꼴이었지만 기분은 좋았다. 어린 시절 생각에 몇십 년은 젊어진 기분이었다. 지금 아니면 언제 이런 재미를 느낄까? 멀찌감치 선 친구들이 웃고 있었다. 친구들을 물에 밀어 넣으려고 쫓아갔지만, 모래사장 위에서 달리는 나는 거북이였다.

해운대 마천루를 바라봤다. 해운대에 살고 싶은 마음이 불쑥 솟았다. 우리나라든 해외든 도시마다 달리기를 하며 한 달씩 살고 싶은 소망이 생겼다. 그날이 기대되지만 빨리 오기를 바라진 않기로 했다. 빨리 나이 들 이유는 없으니까.

미포항에서 청사포로 가는 길은 부산의 몽마르트라고 불리는 달맞이 길과 옛 철길을 산책로로 만든 그린레일웨이 두 개가 있다. 두 갈림길에서 잠시 고민하다 파도 소리를 들을 수 있는 그린레일웨이를 선택했다. 그린레일웨이라는 이름도 괜찮지만 '녹색옛철길'이란 이름으로 불러도 좋을 것 같았다.

철길은 자갈이 깔려 있어 운치 있고 바닷가 바로 옆으로 데크길이 있어 달리기도 편하다. 달릴 때 들리는 "탁탁탁" 운동화 소리, "흐흐 후후" 호흡 소리, "쏴아악 촤" 파도 소리는 마치 타악기 연주회 같다. 누군가 노래를 부르거나 시를 읊으면 환상적인 하모니가 될 것이다.

청사포는 밖에서 보면 작은 어촌마을인데 안으로 들어가면 예쁜 카페와 식당들로 가득하다. 눈앞에 나란히 선 빨간 등대와 하얀 등대는 외국에 온 듯 이국적이다. 등대로 향하는 길에는 낚시꾼들이 이른 시각부터 낚싯대를 드리우고 있었다.

청사포에 얽힌 전설이 있다. 전설의 고향 같은 이야기다. 금실 좋은 부부가 살았다. 고기잡이 나간 남편이 바다에 빠져 죽는다. 아내는 매일 남편을 기다린다. 이를 가엾게 여긴 용왕이 푸른 뱀을 보내 죽은 남편을 만나게 했다는 내용이다. 옛날 어촌에서는 고기잡이 남편이 물에 빠져 돌아오지 못하는 상황은 예삿일이었을 것이다. 이 전설이 쓰인 표지판을 보며 실제 사건을 재구성해봤다. 이런 전설은 대체로 새빨간 거짓말이니까.

'고기잡이 나간 남편이 돌아오지 않는다. 죽었다는 소식을 듣는다.

시부모와 동네 사람들은 홀로 된 여인을 남편 잡아먹은 여편네라고 낙인찍는다. 그 고통을 이기지 못한 여인은 스스로 목숨을 끊는다. 여자가 한을 품으면 오뉴월에도 이슬이 내린다. 낙인찍힌 여인이 실제로 죽으니 시부모와 동네 사람들은 더럭 겁이 난다. 갑자기 그녀를 열녀로 둔갑시킨다.'

송정해수욕장에는 서핑하는 청춘 남녀로 가득했다. 미국 산타크루즈 해변에서 봤던 풍경이 떠올랐다. 그때는 높은 곳에서 멀리 있는 서퍼들을 내려다봤는데 지금은 바로 눈앞에서 바라본다. 가까이서 보니 훨씬 더 실감 나고 서퍼들은 매력적이다. 나도 언젠가는 서핑을 하리라.

길에서 만난 풍경이 새로운 도전을 심었다. 해운대에서 수영하는 사람들과는 또 다른 느낌이었다. 해운대에서 수영하는 사람들은 운동하는 느낌이고 서퍼들은 노는 느낌이다.

친구가 서핑을 즐기다 회사를 때려치우고 서핑 대여점을 운영한다는 지인의 이야기를 했다. 요즘은 이런 일이 흔하다. 여행가이드가 대표적이다. 여행을 다니다 여행이 좋아 그곳에 눌러앉고 가이드를 한다. 때론 직접 여행사를 운영한다. 좋아하는 걸 하며 살아가는 그들이 참 멋지다.

부산으로 발령 난 달리기 친구는 평소와 달리 힘이 넘쳤다. 10km를 겨우 뛰는 그가 오늘은 유난히 희희낙락했다. 제일 선두에서 달리고 말도 제일 많았다. 달리다 보면 힘이 드는 순간이 오고 말이 줄어

드는 게 정상인데, 전혀 그럴 기미가 없었다. 그는 부산에서 달리기 모임에도 나간다고 했다. 그가 나가는 모임은 서울과 달리 아침 달리기와 식사 시간 사이에 사우나를 한다고 했다. 그 시간이 유난히 좋아서 한번이라도 더 달린다고 했다. 달릴 이유가 하나라도 더 있으면 한번이라도 더 달리는 건 모든 러너의 공통점이다. 달리기 하나로 친구를 만들고 어느새 부산 사나이가 된 그는 역시 러너다웠다.

배에서 꼬르륵 소리가 난 순간 멀리 노란색 푸드트럭이 보였다. 뭔가 착착 맞아 드는 느낌이다. "이래야 여행이지."

다른 사람은 모두 샌드위치 한 조각을 먹는데 홍시기는 두 조각을 한입에 넣었다. 아까부터 배가 고프다고 하더니 정말 배가 등짝에 붙었나 보다. 입이 큰지 샌드위치가 큰지 끝장을 볼 태세였다. 샌드위치가 더 큰 줄 알았는데 그의 입이 더 컸다. 샌드위치 부스러기가 튀어나오기도 했지만, 그는 큰 샌드위치를 한입에 삼켜버렸다. 장난기 가득한 얼굴에는 딸을 위해 기도하던 모습은 온데간데없었다.

그에게는 대입 수능을 앞둔 자녀가 있다. 전날 우리는 서울에서 부산으로 가는 길에 팔공산 갓바위에 들렀다. 팔공산 갓바위는 석불이 쓴 갓이 학사모를 닮았다 하여 1년 내내 입시생 자녀를 둔 부모님들이 북적인다. 갓바위까지 가려면 1,365개 계단을 올라야 한다. 1년 365일이라는 뜻이 담긴 1,365개 계단을 오르기는 의외로 만만치 않다. 아파트 한 개 층당 계단 16개로 계산하면 85층 수준이다. 뛰어오르다 숨이 차면 걷고 가끔 멈추기도 했다. 시작이 있으면 끝도 있는 법, 갓바위가 가까워질수록 염불 외는 소리가 커졌다. 처음에는 '나무아미타불 관세음보살'이라는 평범한 염불인 줄 알았지만, 뭔가 이상했다. 귀 기울여 들어보니 "대구시 수성구 범물동 김철수 학생 대학 합격을 기원한다"였다. 세상에 이런 염불이 있나 싶어 파안대소했다. "이건 뭐지?"

천삼백육십 다섯 계단을 넘어 드디어 갓바위에 도착했다. "우와."

운해가 팔공산 전체를 감싸고 있었다. 산신령이 나올 것 같은 풍경에 감탄사가 절로 나왔다. 비가 내리는 와중에도 절을 하는 사람들이 많았다. 그중에 홍시기도 있었다. 108배를 할 줄 알았는데 고작 서너 번만 하고 일어섰다. 내가 그를 대신해 108배를 하겠노라 다짐했다. 합격을 기원하며 호기롭게 시작했으나, 서른 번을 하고부터는 다리가 후들거렸다. 1,365개 계단을 핑계 대며 50개만 하고 일어섰다.

팔공산 생각에 빠진 사이 달릴 준비를 마쳤다. 목적지인 해동 용궁사로 향했다. 용궁사 입구에는 사람들로 가득했다. 그중에는 외국인도 많았다. 주로 중국어 가끔 영어가 들렸다. 부산도 서울만큼 유명한 여행지가 된 것이다. 절 입구를 지나는데 올레가 배가 불룩 튀어나온 불상을 가리켰다. "저건 득남불입니다. 배를 만지면 아들을 낳게 해준다고 득남불이죠."

배 주위에 광이 났다. 그는 작년에 독일인 친구 부부와 여기에 왔다고 했다. "독일 친구 부부가 임신이 되지 않아 애를 먹고 있었어요. 마침 우리 부부와 이곳에 왔다가 저 득남불을 만졌어요. 그 뒤 얼마 지나지 않아 진짜 임신한 거예요. 정말 신기하지 않아요?"

해동 용궁사는 바다와 붙어 있어 어떤 절보다 풍광이 뛰어나다.

절을 한 바퀴 돌아보고 10m 높이의 해수관음대불 앞으로 갔다. 부산으로 발령 난 친구가 하루라도 빨리 가족의 품으로 돌아오기를, 친구의 입시생 딸이 수능시험을 잘 치르고 좋은 학교에 합격하기를 기도했다.

달리기를 마치고 해운대로 갔다. 부산할매돼지국밥집에 들어갔다. 지난 대마도 여행 때 먹지 못한 돼지국밥을 주문하고 막걸리를 들어올렸다. "건배!"

1박 2일간의 달리기 여행을 마무리하는 순간이었다. 서울로 돌아오는 발걸음은 어느 때보다 가벼웠다.

여행이 끝나고 몇 달이 흘렀지만, 부산에서 일하는 친구는 여전히 〈나 혼자 산다〉를 이어가고 있다. 홍시기의 딸은 우리들의 열렬한 응원에도 불구하고 원하는 대학에 합격하지 못했다. 모든 인생이 바라는 대로 되면 좋겠지만, 그런 건 영화에서나 가능하다.

인디언의 기우제는 실패하는 법이 없다고 한다. 비가 올 때까지 기우제를 지내기 때문이다. 우리도 마찬가지다. 포기하지 않는 한 '실패'라는 단어는 존재하지 않는다. 그저 과정만 있을 뿐이다. 내년에는 부산 사나이가 다시 서울 남자가 되길, 달리기 친구는 딸과 함께 입학식에서 활짝 웃길 기대한다. 그때까지 우리의 달리기 응원은 계속될 것이다. 인디언의 기우제처럼!

가장 행복한 날은?

어느 날 회사에서 인터넷 강의를 듣고 있었다. 강사는 불편한 말을 늘어놓았다. "좋아하는 일을 하세요. 좋아하는 일을 하면 모든 요일이 주말 같습니다. 주말만 목 빠지게 기다리는 사람을 보면 안타깝습니다. 인생에서 주말만 소중한가요? 더 많은 평일은 버려도 그만인가요? 그건 본인에게 죄를 짓는 거예요. 지금 당장 하고 싶은 일을 찾아서 하셔야 합니다."

고개를 끄덕이는 대신 혼잣말했다. "그 좋은 일 너나 많이 하세요. 나는 주말을 기다리겠소."

나는 강사와 다르다. '우리의 소원은 토일'이라고 외치는 사람이다. 매일 놀면서는 살아도 매일 일하면서는 못 산다. 가끔 특별한 주말을 계획한다. 그러면 주말을 기다리는 설렘도 더 커진다.

이번 여행을 계획한 사람은 캠핑을 즐기는 올레다. 그가 "주말에 시간 되면 캠핑 가서 달리기 한번 하자"라고 했을 때 쌍수를 들었다. 나와 똑같은 행동을 한 친구는 홍시기다. 그렇게 1박 2일 캠핑 달리기 여행이 정해졌다. 두 친구가 먼저 출발하고 나는 금요일 퇴근 후 합류하기로 했다.

퇴근 시간을 기다리는 하루는 일주일만큼 길었다. 5시 59분 59초를 지나 초침이 12를 통과하는 순간, 나는 총알처럼 박차고 일어섰다. 홍시기가 경의중앙선 아신역에 나오기로 했다. 1시간 30분쯤 걸려 아신역에 도착했다. 먼저 나온 홍시기를 보고 물었다. "벌써 와 있었어요? 고마워요."

"5분쯤 전에 왔어. 뭘 이 정도로 그래? 친구끼리."

역시 고마운 친구다. 친구의 차를 타고 가며 언제 도착했는지, 무엇을 했는지, 캠핑장에 있는 친구는 무엇을 하는지, 궁금증을 하나하나 물었다. "점심 먹고 집을 나왔어. 같이 만나서 시장을 보고 여기와서 텐트를 치고 요리할 준비를 마쳤더니 벌써 네가 올 시간이 된거야. 시간이 금방 가더라고. 올레는 한창 고기를 굽고 있을걸…."

캠핑은 준비된 여행이 아닌 준비하는 여행이다. 캠핑하는 사람은 준비하는 재미로 캠핑한다고 하지만 아무것도 하지 않은 나는 친구들이 고마웠다.

홍시기가 "우리가 도착할 때쯤이면 고기가 다 익었을 거야"라고 말한 순간 고마움은 달아나고 허기가 그 자리를 차지했다. 입에선 침이 고이고 배에선 소리를 질렀다. 온종일 멈춘 듯한 시간은 홍시기를 만난 순간부터 총알같이 흘렀다. 아인슈타인의 상대성이론이 이해되는 느낌이었다. 눈을 몇 번 깜빡하는 사이 유명산에 도착했

4 - 만들다, 관계를 ●●● 191

다. 빨리 고기를 먹고 싶었다. 주차장에서 캠핑장까지 뛰어갔다. 헐레벌떡거리며 고기를 굽는 올레에게 말했다. "너무 보고 싶어서 숨도 쉬지 않고 뛰어왔어요."

셋이서 한바탕 껄껄 웃으며 올레와 하이파이브했다. 엉덩이가 의자에 닿는 순간 올레가 큼지막한 목살 한 점과 소주를 내 앞에 놓았다. 기가 막힌 타이밍이었다. "역시!"

"건배!" 소주를 한입에 털어 넣었다. 감탄사가 튀어나왔다. "캬~ 쥑이네!"

목살을 소금에 찍어 입에 넣었다. 고기는 여름과 가을이 교차하는 풍경과 곤충과 계곡이 만드는 소리에 어우러졌다. 황홀했다. 한 주 동안 쌓였던 피로가 고기와 함께 녹았다.

캠핑과 음악은 잘 어울린다. 올레는 내가 모르는 노래를 틀었다. 그 노래를 들으며 이 계절에 어울리는 노래가 생각났다. 김동규의 〈10월의 어느 멋진 날에〉였다. 가을 감성이 피부를 뚫는 듯했다.

특별한 시즌이면 어딜 가나 들리는 노래가 있다. 크리스마스에는 머라이어 캐리의 〈All I want for Christmas is you〉, 봄에는 버스커 버스커의 〈벚꽃엔딩〉이 그렇다. 아이튠즈나 멜론 같은 음악 어플에서 노래가 재생될 때마다 가수는 돈을 번다. 크리스마스에 머라이어 캐리가 버는 돈은 상상을 초월할 것이다. 가수가 될 걸 그랬나 하는 생각이 든 순간, 음치라는 진실을 깨달았다. 무엇이든 다 잘할 수 없지만, 1994년에 부른 노래로 크리스마스 시즌마다 돈을 추수하는 그녀가 부러운 건 어쩔 수 없었다.

총알처럼 흐른 시간은 어느 때보다 빨리 새벽을 배달했다. 아쉬운 마음은 지구만큼 무거웠지만, 자연의 섭리를 거스르지는 못한다. 밤 늦게까지 고기를 먹은 덕에 아침 식사는 달린 후에 하기로 했다. 등산로를 따라 달렸다. 하늘을 향해 우뚝 솟은 소나무, 삼나무, 노송나무는 우리에게 힘찬 기운을 전했다. 물소리, 새소리, 곤충 소리가 한데 어울린 자연의 음악이 울렸다. 콸콸 흐르는 계곡에는 1급수에만 산다는 중태기가 놀았다. 홍시기가 중태기를 가리켰다. "중태기의 어원을 아니?"

"글쎄요…."

"중이 먹다가 너무 맛없어서 패대기쳤다고 중태기야."

"푸하하하하."

농담인지 사실인지 알 수 없지만, 중태기의 맛이 어떨지는 확실했다. 고기를 먹기 힘든 스님조차 맛없어서 버렸을 정도면 말 다했다. 1급수에 사는 깨끗한 물고기지만 누가 먹어봤다거나 식용으로 쓰인다는 말을 들어본 적이 없다. 맛이 없는 건 자기를 위한 생존 방법이라는 생각도 든다. 맛있었다면 진작에 잡아먹혀 완전히 사라졌을 것이다.

산은 높아질수록 원시림에 가까워졌다. 너럭바위와 솟은 나무에 영화 〈아바타〉가 생각났다. 실제 〈아바타〉의 촬영 장소는 중국의 장가계다. 유명산을 장가계에 비유하는 건 비약이지만, 여행하다 보면 인상 깊은 풍경이 추억을 되살리는 경우가 많다. 샘 워싱턴과 조 샐다나가 주연한 〈아바타〉는 여전히 생애 최고의 영화다. 영화 속 제이크 설리가 네이티리에게 한 대사 "I see you"가 귓가에 울렸다. 영화에서 'I see you'는 단순히 너를 본다는 뜻이 아니다. 공감과 사랑이 함께 녹아 있다. 어쩌면 친구들과 함께 여행 달리기를 하는 지금, 친구들에게 그 말이 하고 싶어서 〈아바타〉가 떠올랐을 수도 있다. 내 앞에서 달리는 두 친구를 바라보며 속삭였다. "I see you."

유명산 계곡은 유난히 수량이 풍부하고 소리가 경쾌했다. 계곡을 따라 걷거나 달리고 싶다면 유명산이 안성맞춤이다. 피톤치드를 마시며 달리면 온몸에 독소가 빠져야 정상인데 힘이 빠지고 호흡이 빨라졌다. 아무리 낮은 산이라도 트레일 러닝은 로드 러닝보다 한 수 위다. 시원한 계곡물에 세수하고 싶은 찰나, 거대한 마당바위가 만든 선녀탕이 눈앞에 '짠' 하며 나타났다. 선녀탕에서 세수하고 너럭바위에 앉아 쉬었다. "옛날 옛적에 나무꾼은 몹시 나쁜 놈이에요. 성희롱 성추행에 온갖 나쁜 짓은 다 했어요."

세상을 살다 보면 뒤늦게 잘못을 깨닫는 경우도 생긴다. 나도 그랬다. 나무꾼이 나쁜 놈이 된 건 그리 오래되지 않았다. 옛날 옛적 가슴에 손수건을 달고 다니던 시절에는 효자라서 하늘이 선녀를 내려보냈구나 정도로 생각했다. 이젠 아니다. 지금이라도 제대로 알게되어 다행이다.

어느 산이든 정상 앞은 가파르다. 유명산도 마찬가지다. 정상에 가까워질수록 호흡이 빨라졌다. 홍시기가 7년 전 유명산에 오른 경험을 이야기했다. "예전에 여기 왔을 때 정상에서 아이스크림을 파는 아저씨가 있었어. 그때 '메로나'를 먹었는데 오늘은 뭘 팔지 기대되네."

유명산에서 펼쳐질 장관과 시원한 아이스크림을 기대하며 거친 호흡을 마다하지 않았다. 몇 분 뒤 정상에 도착했다. "캬~"라는 감탄사가 터져야 정상인데 "정상이 뭐 이래?"가 기어 나왔다. 실망한 마음으로 터벅터벅 걸었다. 정상 표지석이 떡하니 있었다. 정상은 정상인데, 내가 기대한 그 정상은 단연코 아니었다. 날이 흐린 탓에 시야는 내 마음만큼 흐렸다.

아이스크림 상자를 발견한 홍시기가 달렸다. 무슨 아이스크림이 있을지 기대했다. 나보다 3년 먼저 태어난 아이스크림 '비비빅'이었다. 사장님이 어디에선가 어슬렁어슬렁 나왔다. 아이스크림 하나는 2천 원이었다. 슈퍼에 가면 5백 원이니 대략 1,500원을 남겼다. 여기까지 아이스크림을 갖고 왔을 사장님의 수고를 생각하면 괜찮은 가격이었다. 달콤한 아이스크림을 한 입 베어 먹으며 물었다. "사장님, 아이스크림 여기까지 들고 오세요?"

"에이, 아니죠. 저기 패러글라이딩 하는데 보이죠? 저기까지 차가 와요."

'에잇….' 속은 느낌이었다.

아이스크림은 나를 속이지 않았다. 코흘리개 시절에 먹던 그 맛 그대로였다. 기대한 정상을 만나지 못한 아쉬움을 아이스크림으로 달랬다.

일어서는 찰나 한 무리의 등산객과 눈이 마주쳤다. 그들은 우리에게 사진을 부탁했다. 유난히 친절한 홍시기가 당연한 듯 스마트폰을 받았다. "서로 간격을 조금 벌리면 더 잘 나올 것 같아요. 좀 웃어보세요. 하나둘 셋."

그들 중 한 명이 100대 명산 인증 수건을 펼치며 말했다. "고맙습니다. 우리 산악인은 모두 가족 아닙니까? 하하하."

러닝복에 러닝화를 신은 우리를 산악인이라고 불러 무척 당황스러웠지만, 우리는 '좋은 게 좋다'는 슬기로운 사회생활 법칙을 뇌에 정확히 장착한 사람들이다. 마치 답변을 준비한 듯 말했다. "예, 가족 맞지요."

홍시기가 말을 이었다. "100대 명산 도전 중이신가 봐요? 대단하세요."

"예, 어쩌다 보니 하고 있네요. 재미도 있고 할 만하기도 하네요."

"멋지십니다. 100대 명산 모두 안전하게 등정하길 응원할게요."

100대 명산을 등정하기 위해서 매주 한 번 산을 오르면 2년이 걸리고 한 달에 한 번 오르면 8년이 넘게 걸린다. 쉬운 도전이 아닌, 누구나 할 수 없는 도전이기에 매력적이다. 언젠가는 꼭 하고 싶었다.

내려갈 때는 지름길을 택했다. 올라올 때 힘을 많이 써서 다리에 힘이 풀렸다. 미끄러져 넘어질 뻔했다. 홍시기가 말했다. "등산할 때는 반드시 내려올 때 쓸 힘을 남겨둬야 해. 그렇지 않으면 내려올 때 발목을 삐거나 넘어져 크게 다칠 수도 있어. 핸드폰 배터리도 신경써야 해. 산에서는 언제든 비상 상황을 맞을 수 있거든. 등산을 별거 아니라고 생각하면 큰코다쳐. 위급한 상황이 생기면 산이 얼마나 위험한지 알게 돼. 꼭 명심해."

힘을 남겨두라는 말을 가슴에 새겼다. 달리기는 그럴 필요가 없다. 결승선까지 가면 끝이다. 젖 먹을 힘까지 짜낸다. 그 이후엔 쓰러져도 괜찮다. 경기가 끝나니까. 등산은 내려와야 끝난다고? 달리기와 등산의 차이가 오래 기억에 남을 것 같았다.

등산로의 끝에서 미스코리아 선발대회 무대에 있어야 할 미인이 활짝 웃으며 우리에게 다가왔다. 뒤에 누가 있나 싶어 돌아봤다. 아무도 없었다. 토요일 오전 유명산에서 우리를 아는 사람이 나타날 리 없었다. 여성 하이커가 우리를 보고 웃을 리는 더더군다나 없었다. 그녀는 내 생각을 전혀 개의치 않았다. 상냥하고 밝게 웃으며 더 가까이 왔다. '완전히 맛이 갔군' 하고 생각한 순간, 그녀가 우리들의 이름을 차례로 불렀다. 귀신에 홀린 것처럼 멍해졌다. 그녀를 1미터 앞에 두고서야 누군지 알게 됐다. 같은 러닝 동호회의 회원이었다. "와, 도대체 이게 말이 됩니까? 어떻게 이 시간에 그것도 여기서 만납니까?"
"호호호, 그러게 말이에요. 정말 이렇게 만나기도 하는군요."
〈세상에 이런 일이〉라는 방송 프로그램에 나올 법한 일이었다. 이런 기이한 상황이 처음은 아니었다. 잊을 만하면 한 번씩 일어났다.
2006년 신혼여행 가던 날 인천공항 면세점 앞에서 어디선가 본 사람이 나타났다. 그와 함께 있는 여자의 헤어 스타일을 보니 그도 신혼여행 가는 느낌이었다. 그와 가까워진 순간 군대 후임이라는 것을 알게 됐다. 전역하고 6년 만에 신혼여행 가는 공항에서 그를 만난 것이다. 특별한 뭔가 있었을 거라고 기대하면 오산이다. 그냥 인사만

하고 헤어졌다. 군대 인연이 대체로 그렇지 않을까?

바르셀로나에 갔을 때다. 가우디 가이드 투어의 미팅 장소인 까사 바트요에 다다랐을 때쯤 어디서 많이 본 듯한 사람이 다가오고 있었다. 누군가 떠올랐다. 설마 했지만 가까워질수록 짐작은 확신이 됐다. 직장 후배였다. 그는 아내와 여행 중이었다. 인사를 하고 헤어진 후 한국에 돌아와 막걸리를 마셨다.

세 번의 놀라운 만남이 모두 여행 속에서 이루어졌다. 여행은 놀라운 마법사다.

어젯밤 적당히 취한 우리는 "타닥타닥" 나무 타는 소리와 "끼리릭" 귀뚜라미 소리를 배경음악 삼아 다음 달리기 여행을 계획했다. 나는 몽골에 가서 별 헤는 야간 달리기를 하자고 했고, 올레는 인도의 갠지스강에서 수영을 하자고 했다. 홍시기는 어디든 좋다고 했다.

내 마음도 인도로 기울었다. 셋 모두에게 낯선 인도는 특유의 신비로움이 매력적이다. 얼마 전 투자자로 유명한 짐 로저스의 책을 읽었다. 그는 평생 한 번만 여행한다면 인도를 가겠다고 했다. 친구의 말에 그가 생각났고 인도는 더 매력적으로 다가왔다.

누군가 인도의 갠지스강에 가면 한쪽에는 시체가 떠다니고 다른 한쪽에서는 아이들이 수영한다고 했다. 전혀 어울리지 않는 삶과 죽음이 공존하는 곳이다. 인도에 가서 시체를 보고 싶은 마음은 전혀 없지만, 갠지스강에서 수영은 꼭 하고 싶다. 갠지스강을 따라 달리고도 싶다. 나무 타는 소리와 귀뚜라미 소리는 인도 여행에 대한 기대치를 한껏 높였다.

즐거웠던 순간을 떠올리는 사이 캠프장 정리가 마무리됐다. 24시간도 안 되는 짧은 1박 2일이었지만 세상 어떤 여행보다 강렬했다. 나중에 일어날 행복을 미리 그리던 순간이 좋았다. 절로 미소가 피어났다. 가장 행복한 날은 행복한 오늘이 아니라 행복한 내일을 품은 오늘이 아닐까?

달리기가 만든 영화

아뿔싸!

십수 년 만에 밤을 새고 잠깐 눈 붙이는 사이 시간이 훌쩍 지났다. 11시 KTX를 잡을 수 있을지 애매했다. 서둘러 떠날 준비를 마치고 총알같이 달렸다. 지하철을 타고 시간표를 확인하니 서울역 도착 예정 시각이 10시 55분이었다. 4호선 서울역에서 내려 11시 서울역 기차를 타는 건 도박이었다. 철도공사에서 예약했다면 다음 기차로 바꾸면 되지만 여행사를 통해 기차표와 셔틀버스를 패키지로 산 상태라 그럴 수 없었다. 혹시나 해서 여행사에 문의했더니, 역시나 당일 변경은 안 된다는 대답이 돌아왔다. 기차를 타지 못하면 기찻값을 날리는 거니 일단 최선을 다하기로 마음먹고 기차 출발 게이트를 확인했다. 서울역에 도착하자마자 이 악물고 달리기 시작했다. 쉬지 않고 달리는 와중에도 시간은 나를 전혀 고려하지 않았다. '5분, 4분, 3분, 2분, 1분.'

4호선 서울역에서 KTX 탑승대까지는 족히 5백 미터는 된다. 서울역 안에 들어서면서도 타느냐 놓치느냐의 가능성은 반반이었다. 기차가 보이는 순간 탈 가능성이 커졌다. 안도의 한숨을 쉬며 기차에 올랐다. 시계를 보니 10시 59분, 잠시 뒤 기차가 출발했다. 거친 호흡을 가다듬으며 러너라 다행이라 여겼다. 러너가 아니었다면 기차는 속절없이 떠났고 기찻값 53,500원은 허공에서 사라졌을 것이다. 영화가 아니고서야 어찌 이런 일이 가능할까? 현실을 영화로 바꾼 건 바로 달리기였다.

울산역에 1시 19분에 도착했는데, 영남알프스 웰컴센터로 가는 셔틀버스 출발시각이 1시 20분이었다. 뭔가 이상했다. 내가 아무리 빨리 달려도 1분 만에 셔틀버스를 타는 건 불가능하고 우사인 볼트도 장담할 수 없는 상황이었다. 이번에도 혹시나 해서 서둘러 내려갔으나 역시나 없었다. 다음 셔틀버스는 세 시였다. 다시 여행사에 메시지를 남겼다. "이건 아니잖아요. ㅠㅠ"

점심을 먹으며 메시지를 기다리기로 했다. 잠시 뒤 모르는 전화번호로 전화벨이 울렸다. "잠시만 기다려주세요. 태우러 갈게요."

진주 육회비빔밥을 뚝딱 해치우고 카페에서 커피를 한 잔 사는데 다시 전화가 왔다. "셔틀버스 타는 곳으로 오세요."

카니발이 대기하고 있었다. '식사 시간까지 고려하는 여행사의 센스라니!'

현실에선 버스를 한 시간 이상 기다려야 했으나 이미 나는 영화 속에 있었다. 이번에 현실을 영화로 만들어준 건 친절한 여행사였다.

대회에 참가하는 러너들과 이런저런 인사를 나누는 사이 카니발은 순식간에 목적지인 영남알프스 웰컴센터에 도착했다. 대회장에 도착한 감상에서 빠져나오기도 전에 전화벨이 울렸다. 대회에 같이 참가하기로 한 동갑내기 친구 도윤이었다.

"여보세요? 나야. 지금 웰컴센터에 있어."

"나도 바로 앞에 있어. 잠깐만 기다려."

예상치 못한 친구의 연락에 무엇을 할지 머리를 짰다. 가기 전에는 영화를 하나 보려고 했으나 굳이 혼자 시간을 보낼 이유가 없었다. 도윤이는 몇 달 전 여름에 처음 만나고 오늘이 두 번째다. 이번에 만나지 않았다면 서로의 인생에 단역으로 스쳐 지나갈 수 있는 사람이지만, 대회장에서 만난 순간부터 우린 오랜 친구처럼 여행을 시작했다.

대왕암에 가기로 했다. 얼마 전 대회에 함께 참가하기로 한 또 다른 친구 문호가 알려줬다. 그는 울주에서 가까운 울산에 사는데 울산의 최고 명소가 대왕암이라고 했다. 이 좋은 정보를 알려준 친구를 아직 한번도 본 적이 없다. 역시나 영화에서나 일어날 법한 일이다.

영남알프스 웰컴센터에서 한 시간 정도 달려 대왕암에 도착했다. 날이 너무나 멋졌다. 그야말로 기막힌 날이었다.

영화가 된 여행은 순조롭게 이어졌다. 친구와 함께 거니는 낯선 여행지가 설레었다. 아무렇게나 찍은 사진은 화보가 되어 가슴에 박혔다. 여행은 점점 무르익었고 브로맨스의 농도도 점점 짙어졌다. 이번에 여행을 영화로 바꾼 건 친구와 날씨였다.

대왕암을 한 바퀴 걷고 나오자 저녁 식사 시간이 됐다. 우리는 마음이 끌리는 식당으로 갔다. 영화가 되려니 고갈비까지 나섰다. 사십 평생 밥도둑은 간장게장으로 알고 있었는데, 알고 보니 진정한 밥도둑은 고갈비였다. 고갈비는 친구에게서 밥 세 그릇, 나에게서 두 그릇을 순식간에 훔쳐갔다. 아무도 알아차리지 못할 만큼 빨리. 고갈비는 당장이라도 밥도둑 타이틀을 걸고 간장게장과 한판 대결을 펼치고 싶은 눈치였다.

내가 머물 숙소는 영남알프스 웰컴센터 등억골에 있었고 친구의 숙소는 울산 시내에 있었다. 친구는 친절하게 나를 등억골에 태워주었다.

숙소에 도착하고 한 시간 뒤 또 다른 친구 동기의 전화가 왔다. "나 지금 너 숙소 앞에 도착했어. 밖에서 보자."

그는 내게 붕대와 소독약이 든 응급키트를 주기 위해 왔다. 얼마 전 트레일 러닝 대회는 처음인 내가 주최측의 대회 준비물 목록을 보고 친구들에게 물었다. "응급키트가 뭐냐?" 그때 그가 대답했다. "그거? 걱정 말어. 내가 하나 갖다줄게."

친구가 사라지며 영화 같은 트레일 러닝 여행의 1일 차도 마무리되고 있었다. 대회 장비를 하나씩 점검하고 널찍한 욕조에서 몸을 풀며 수면을 재촉했다. 온몸이 나른해졌을 때 침대에 누웠다. '하나, 둘, 셋' 그대로 잠들었다.

알람 소리에 눈을 떴다. 세상의 모든 설렘이 내 주위에서 뛰었다. 서둘러 대회 준비를 마치고 커피로 몸을 튜닝했다. 다섯 시가 되자 함께 이동할 친구의 전화벨이 울렸다. 대회장까지 1km, 조금이라도 에너지를 아낄 생각으로 자동차로 이동했다.

김해에 사는 친구 선중이는 울주까지 응원하러 왔다. 새벽 다섯
시에 초면인 친구를 만나러 다른 도시까지 오는 친구를 어떻게 해석
해야 할까? 영화라면 가능할 것이다. 그것도 연인을 만나는 상황에
선. 남자가 새로 사귄 여자를 만나는데 시간과 장소는 전혀 중요하
지 않으니까. 시커먼 사내가 시커먼 사내를 만나러 새벽 네 시에 집
을 나서는 건 분명 영화보다 더한 상황이다. 선중이가 외쳤다. "친구
들, 파이팅!" 잠시 뒤 그는 사람들과 어둠 속으로 사라졌다.
　새벽 여섯 시가 되자 앞쪽 선수부터 출발했다. 선중이와 헤어진
우리도 뒤따랐다. 말띠 친구 넷이서 함께 달릴 계획이었다. 하지만,
영화는 계획대로 되지 않고 고난으로 빠져야 정상이다. 헤드 랜턴을
켰지만, 앞사람이 누군지 구분할 수가 없었고 어둠 속 고부랑길은
우리가 함께 가는 걸 허락지 않았다. 출발하자마자 문호를 놓쳤다.
　길을 아는 유일한 친구는 사라지고 길을 모르는 덤앤더머 셋이 남
았다. 고난의 길이 활짝 펼쳐지고 있었다. 어둠 속 달리기에 허우적
대는 사이 도윤이가 사라졌지만, 닥쳐올 위기를 감지하진 못했다.
여유로운 마음으로 일출 사진을 찍고 영남알프스의 억새 풍경에 감
탄했다. 1CP(체크 포인트)에서 나는 동기와 보충식을 사이좋게 먹
으며 서로의 몸 상태를 확인했다. "우리는 절대 헤어지면 안 되는겨,
알겠지?"
　경상도 '덤'과 전라도 '더머'는 끝까지 손잡고 함께 가기로 약속했
다. 길을 잃지 않을까 하는 우려는 길까지 알려주는 동기의 고성능

시계가 붙들어맸다. 덤앤더머의 약속은 1km도 가지 못했다. 에너지가 가득 차오른 다리는 점점 가벼워졌고 평지를 만난 순간 날개가 되어 무아지경 속에서 달렸다. 퍼뜩 정신을 차렸지만, 친구는 보이지 않았다. '어이쿠.'

"동기야, 동기야, 야, 동기야!"

멈춰 친구를 불렀으나 돌아오는 건 아무것도 없었다. 그가 나보다 먼저 갔는지 뒤따라오는지 알 길도 없었다. 앞사람이 있을 때는 문제가 없었지만, 사람이 보이지 않을 때는 걱정이 안개처럼 자욱했다.

꾸역꾸역 길을 따라 천황산에 도달했을 때 나보다 앞선 낯선 사람이 나를 아는 사람 대하듯 말했다. "저기 한번 서봐요. 사진 찍어줄게요."

얼떨결에 고맙다고 했다. 그는 사진을 찍고선 한마디 덧붙였다. "어, 아까 그 사람이 아니네."

나를 다른 사람으로 착각한 그와의 동행이 시작됐다. 이 코스를 네 번째 달린다는 그는 트레일 러닝 베테랑이었다. 초보 트레일 러너인 나는 기록에 대한 감이 전혀 없었다. 무엇이든 자연스러운 그가 모든 게 궁금한 내게 말했다. "이 속도로 가면 8시간 반이나 9시간쯤 걸릴 겁니다."

다행히 속도를 맞추기는 어렵지 않았다. 끝까지 그랬다면 좋았겠지만, 그건 영화가 아니었을 것이다.

첫 위기가 찾아왔다. 기어 올라가야 겨우 오를 수 있다는 함박등에서 쥐가 양쪽 허벅지를 공격했다. 양쪽 장딴지는 진작에 사투를 벌였다. 전선은 계속 후퇴하고 있었다. 길에 버려진 작대기를 방패 삼아 쥐와 대혈전을 펼쳤다. 막 쓰러지기 직전에 그의 지원이 본격적으로 시작됐다. "이거 식염 포도당인데 한번 먹어봐요."

쥐의 공격은 무자비했지만, 그의 지원 덕분에 가까스로 방어하며 로마의 병사처럼 걸어 올랐다(사실은 기다시피 했다). 한 시간 뒤 쥐와의 사투는 함박등을 넘는 순간 승리가 됐다. 그것이 끝일 줄 알았는데, 영축산을 지나며 또 다른 위기가 찾아왔다. 물이 떨어지며 탈수가 시작됐다. 이번에도 위기에서 나를 구한 사람은 그였다. 고마움이 나를 덮었다. 구세주로 바뀐 그를 알고 싶었다. 나의 호구조사에 대답을 마친 그도 똑같은 질문을 했다. "올해 몇 살입니까?"

"78년 말띠입니다."

"선중이랑 갑장이네요."

그의 입에서 반가운 이름이 튀어나오는 순간 내 눈도 튀어나올 뻔했다. 새벽 다섯 시에 우리를 만나러 온 그 친구의 이름이었다. 지금까지 친구의 지인과 함께 달렸던 것이다. 그때부터 우리는 달리기 친구가 됐다.

내가 막 친구의 지인을 만났을 즈음 제일 먼저 우리와 헤어진 문호는 함박등에 도착했다. 그도 매복 중인 쥐의 습격을 피하진 못했다. 대회에 참가한 또 다른 러너가 그에게 화력을 보탰다. 그는 쥐약을 갖고 있었고 문호에게 도움을 건넨 것이다. 쥐약은 문호의 다리에 긴급 처방을 했다. 덕분에 그는 문제없이 완주할 수 있었다.

친구의 지인과 급격히 가까워진 나는 달리기에 대해 더 많은 이야기를 나눴다. 그의 달리기 경력과 실력은 예상보다 훨씬 뛰어났고, 트레일 러닝에도 해박했다. 나는 트레일 러닝 단기 속성반에 있는 느낌이었다.

마침내 마지막 CP에 도착했다. 콜라 한 캔과 물 하나를 마시고 남은 거리를 달렸다. 내리막을 만나는 순간 공기도 가벼워졌다. 탈수에서 벗어나자 맥주, 막걸리, 아이스 아메리카노가 머리 위에 떠다녔다. 시간이 지날수록 더 많이 찾아왔고, 점점 더 마시고 싶어졌다. 도착만 하면 바로 그들과 어울릴 준비가 되어 있었다.

내리막에 유독 강한 그는 나를 앞질러 마지막 스퍼트를 했고, 여전히 영남알프스가 낯선 나는 등산객과 돌을 피해 조심스럽게 달렸다. 내가 막 골인 지점에 도착했을 때 예상치 않은 팔이 나를 감쌌다. 낯선 여인은 카메라로 우리를 찍고 있었다. 여인의 옆에는 먼저 도착한 친구 문호가 사진을 찍고 있었다. 나를 감싼 건 여섯 시간 가까이 나와 함께 달린 구세주였고 우리의 사진을 찍은 여인은 그분의 동호회 친구 같았다.

위기에 빠진 나를 건진 그와 포옹하며 완주의 기쁨을 나누었다. 다음에도 꼭 만나자고 했다. 헤어지며 그는 한마디 덧붙였다. "실력을 보니 다음엔 탑텐에 도전할 수 있겠어요." 내 입은 곧 찢어질 것 같았다.

내가 완주의 기쁨에서 헤어나지 못하는 동안 제일 뒤에서 쫓아오던 동기는 영축산에서 탈수와 사투를 벌이고 있었다. 그를 위기에서 건져준 건 이름 모를 등산객이었다. 이미 시작된 탈수는 아무리 물을 먹어도 쉽게 가시지 않는다. 새 물통조차 선뜻 내준 등산객의 도움과 응원 덕에 그는 포기하지 않고 꾸역꾸역 달리기를 이어갔다.

여전히 들뜬 마음에서 벗어나지 못하고 있는데 문호가 다가왔다.

"메달부터 받아."

완주 기념품 패키지를 받아 퍼질러 앉았다. 큼지막한 물티슈로 더러워진 몸부터 닦았다. 일단 어디론가 가려면 사람의 몰골을 해야 했다. 내가 무엇을 하는지 보던 문호가 말했다. "맥주부터 안 마시고 뭐해?"

"어? 무슨 맥주?"

역시 난 덤앤더머의 덤을 벗어나지 못했다. 형광등처럼 깜빡이다가 무슨 소리인지 깨달았다. 완주 기념품 보자기를 풀자 우리 밀 맥주가 방긋 웃고 있었다. 원샷 때렸다. 그때 나보다 먼저 완주한 도윤이가 다가왔다. 아메리카노를 찾을 차례였다. 마치 내 마음을 꿰뚫어 봤다는 듯이 두 친구가 커피를 마시러 가자고 했다. 사람의 몰골을 되찾은 나는 벌떡 일어났다. 우리는 바로 옆 카페에 가서 아이스 아메리카노를 마셨다.

그때부터 두 시간이 지났을 때 전화벨이 울렸다. 그러고도 30분이 지나서 동기가 결승선에 들어왔다. 넷이서 나란히 완주 사진을 찍으며 웃음을 마구마구 뿌렸다. 우리는 모두 위기에 빠졌지만, 함께 달린 러너와 등산객이 우리를 위기에서 구해냈다. 영화 한 편은 완벽한 해피엔딩으로 치달았다. 언양으로 이동해 언양불고기와 막걸리를 먹으며 해피엔딩에 정점을 찍었다.

208

처음 만난 친구와 마음을 터놓고 영화를 찍을 수 있었던 건 달리기라는 가장 정직하고 성실한 운동 덕분이다. 달리기 영화가 끝난 지 며칠 지났지만, 여전히 다리가 불편했다. 아내가 물었다. "그거 또 할 거야?"

"어, 해야지" 대답하는 데 0.1초도 걸리지 않았다.

'영화는 계속되어야 하거든.'

달리기 모임(크루, 동호회)

4050에게는 마라톤 동호회나 달리기 동호회가 익숙하고 2030에게는 러닝크루가 익숙할 것이다. 세대에 따라 더 익숙한 이름이 있을 뿐 뜻은 같다. 이 모든 용어를 우리말로 바꾸면 '달리는 모임'이다.

오프라인 모임은 지역 모임, 온라인 모임은 전국 모임인 경우가 많다. 나는 2011년 오프라인 지역 모임인 '해피러닝'에 가입했고 2019년 온라인 전국 모임인 '78 말띠 마라톤'에 가입했다. 어쩌다 보니 두 모임 모두에서 운영진으로 활동했다.

온라인 커뮤니티(네이버 카페, 밴드, 다음 카페, 인스타그램)를 통해 확인 가능한 모임만 해도 100개 이상으로 추정하는데, 확인할 수 없는 소모임까지 합하면 훨씬 더 많은 모임이 있을 것이다. 모임에 가입하는 방법은 어렵지 않다. 인스타그램에서 #러닝크루모집이나 #달리기동호회모집을 검색하면 바로 이해될 것이다. 인스타그램을 하지 않는다면 네이버 카페나 다음 카페 또는 네이버 밴드에서 '달리기 동호회'를 검색하면 된다. 대부분 특별한 절차 없이 몇 회 이상 출석하는 것만으로 가입할 수 있다. 직접 나가야 그 모임의 정체(?)를 알 수 있지만, 달리는 사람은 대체로 성실하고 거짓 없는 사람이라 부담 없이 나가길 권한다. 쑥스럽다면 친구와 함께 또는 친구가 있는 모임에 가보자.

모임의 최대 장점은 함께한다는 것이다. 혼자 달리기가 외롭거나 힘들다고 느껴질 때 달리기 모임은 최고의 힘이 된다. '함께의 가치'나 '함께 가면 멀리 간다' 라는 문구가 그냥 나온 말이 아니다. 서로 응원하고 격려하며 달리는 순간 당신은 바람처럼 달리는 러너가 되어 있을 것이다. 왜냐? 그곳에는 자칭타칭 달리기 고수도 즐비하기 때문이다. 하지만, '선무당이 사람 잡는다' 라는 속담도 기억하자. 선수 출신과 달리기를 제대로 배운 사람도 있지만, 아마추어가 대부분이다. 그들의 조언이 100% 맞는 건 아니기 때문이다.

어떤 모임이든 목적에 충실해야 오래 간다. 달리기 모임은 달리기에 충실할 때 오래 유지된다. 달리기보다 술이나 연애나 뒤풀이가 우선이라면 그 모임의 앞날은 그다지 밝지 않다. 꼭 명심하고 달리기 모임을 판단하면 좋겠다.

당신이 진짜 기대하는 것은 '나이키 러닝크루' 같은 한정판 모임일 수도 있다. 그런 모임은 모집인원은 적고 희망하는 사람은 많아 가입하기 어렵다. 하지만 남의 레드카펫보다 내가 가는 평범한 길이 의미 있듯이, 그런 곳만 고집하지는 않길 바란다. 어떤 모임이든 당신이 있는 모임이 최고다. 그곳에 당신을 응원할 친구가 있다. 당신이 가는 곳이 꽃길임을 잊지 않길 바란다.

모든 러너가 달리기 모임에 적합하지는 않을 것이다. 혼자서 시간을 보내며 힘을 얻는 사람이라면 더욱더 실망할 수도 있다. 사람이 많이 모이면 나와 맞지 않는 사람도 있고 달리기 자체보다는 놀기와 먹기에 집중하는 단점도 있다. 나만 두고 자기들끼리 빨리 달리면 어쩌나 하는 걱정도 들 것이다. 하지만, '하지 않고 후회하는 것보다 해보고 후회하는 것이 좋다' 라는 말을 믿어보자. 의외로 세상에는 좋은 사람이 많다. 나에게 힘을 주는 사람 말이다.

PART 5

달리다

유럽에서

느린 달리기가 만드는 작은 기적

친구가 마음에 심은 버킷리스트를 추수하기로 했다. 방문할 도시를 먼저 정하고 항공권을 예약했다. 여행자들은 입출국 도시를 정하는 데 꽤 오래 고민한다고 했는데, 러너인 나는 의외로 쉬웠다. 유럽여행 첫 번째 주말에 런던 마라톤이 열릴 예정이었고 그것은 러너에게 빼놓을 수 없는 대형 이벤트였다. 대회 신청을 못해 달리지는 못하지만, 응원과 관람만으로도 멋진 경험이 될 게 뻔했다.

런던 마라톤 대신 하이드파크에서 열리는 동네 마라톤 대회를 신청했다. 대회 당일 일찌감치 공원에 가서 아이들과 축구를 하기로 했다. 축구공은 공원 근처에서 살 생각이었는데 머피의 법칙은 때와 장소를 가리지 않았다. 여덟 개의 눈이 이쪽저쪽 사방팔방을 뒤졌으나 상점을 찾지 못했다. 하이드파크는 축구공이 없는 우리의 상황을 아랑곳하지 않았다. 한때 영국 왕실이었던 하이드파크는 축구를 즐기기에 최상의 조건이었다. 버스에서 내리면서부터 축구공을 부르

짖던 아들의 목소리는 작아질 기미가 전혀 없었다.

푸르디푸른 잔디밭을 밟는 순간 번뜩이는 아이디어가 생각났다.
"애들아, 물통으로 축구 하자."
도대체 무슨 소리를 하냐는 표정으로 쳐다보는 아이들 앞에서 물
통을 힘껏 찼다. 높이 솟구친 물통은 내 머리 뒤로 날아갔다. 바람에
물통이 제멋대로 날아간 것이다. 아이들의 웃음보가 터져 그칠 줄
몰랐다. "아하하하하하."
돼지 오줌통으로 축구를 하며 즐거웠던 어린 시절이 떠올랐다. 물
통과 오줌통의 공통점은 차는 방향과 전혀 다르게 날아간다는 것이
다. 곧 대회 출전을 앞둔 나는 달리기도 전에 나가떨어졌지만, 아이
들은 지친 기미조차 보이지 않았다. 몇 번이나 그만하자고 졸라대다
방법을 바꾸었다. "애들아, 배고프지? 저기 앞에 있는 식당에 가서
맛있는 거 먹자."
서둘러 식당으로 가는 아이들을 뒤따르며 흐뭇해졌다. 공원 안에
있는 서펜타인 카페에서 피자와 피쉬앤칩스를 주문했다. 호기심으
로 주문한 음식을 가족 모두가 좋아했다. 누군가는 피쉬앤칩스가 맛
없다고 했지만, 음식은 내 입맛에만 맞으면 된다.

카페에서 유니폼을 입은 러너를 보며 런던에서 열리는 마라톤 대
회를 찾느라 끙끙대던 내 모습이 떠올랐다. 유럽 여행을 3개월 앞둔
어느 날, 런던 마라톤이 생각났다. 바로 홈페이지에 접속했지만, 대
회 신청 기간은 끝난 뒤였다. 혹시나 하는 마음으로 마라톤 대회 전

문 여행사에 연락했다. 그들의 대답도 마찬가지였다. 런던에도 서울처럼 유명하지는 않더라도 매주 열리는 마라톤 대회가 있지 않을까? 그렇게 찾아낸 홈페이지가 〈www.runthrough.co.uk〉다. 영어를 잘했다면 좀 더 쉽게 대회를 찾았겠지만, 이 홈페이지를 발견하는 데도 꽤 많은 시간과 노력이 필요했고 운도 따랐다.

화장실에서 쫄쫄이 타이즈를 입고 나오자 아내가 한마디 했다. "꼭 런던까지 와서 그런 민망한 타이즈를 입어야 해?"

당연하다는 말을 웃음으로 대신했다. 보기에는 민망한 타이즈지만, 입어보면 기능성을 포기할 수 없다. 허벅지 쓸림이 심한 나는 더 그렇다. 대회 시각까지 여유가 있었다. 어떻게 달릴지 머릿속에 그렸다. 가끔 대회 당일조차 어떻게 달릴지 결심하지 못하는 때가 있는데 오늘이 그날이다. 빨리 달리자는 이성과 천천히 달리자는 감성이 줄다리기했다. 한 치의 양보도 없던 승부는 조금씩 감성으로 기울었다. 빨리 달리는 것보다 하이드파크의 풍경과 함께 달리는 러너를 보기로 했다. 출발시각을 20분쯤 남기고 아내에게 말했다. "잘 달리고 올게. 30분 정도 걸릴 거야."

대회장에는 수백 명의 사람이 모여 그럴듯한 대회 분위기를 냈다. 대회 참가자들 모두 나와 비슷한 옷차림이었는데 유독 나만 추위에 떨고 있었다. 한겨울에도 수영하는 외국인이 있다. 그때마다 나는 그들의 체온이 나보다 10도는 낮은 외계인은 아닌가 하는 생각을 한다. 하이드파크에서도 그랬다.

한국에서 10km 종목을 신청했는데 현장에서 5km로 바꿨다. 현장에서 종목을 변경하는 건 작은 대회의 장점이다. 주최 측의 융통성과 배려가 있어야 가능하지만.

출발 총성이 울리자마자 러너들이 앞다투어 튀어나갔다. 나는 그들 무리에서 벗어나 적당한 속도로 시작했다. 5백 미터쯤 지났을 때 나는 거의 꼴찌에서 달렸다. 유일한 한국인인 내게 국가대표의 자존심이 일어났다. 천천히 달리겠다는 초심은 온데간데없이 사라졌다. 급격히 가속하며 앞서가는 선수들을 무더기로 따라잡았다. 어느 순간부터 내 앞에 무리 지어 달리는 사람들은 없었다. 백 미터를 달려 한 명, 다시 2백 미터를 뛰어 한 명, 숨넘어가게 달려야 한 명씩 따라잡을 수 있었다. 나를 추월하는 사람은 한 명도 없었다. 동네 대회라서 그랬겠지만, 호랑이가 나를 쫓아오는 것처럼 죽을 둥 살 둥 달린 이유가 더 컸다. 3km 정도 달렸을 때 내 앞에 달리는 사람은 손에 꼽을 정도였다. 입상에 대한 욕심이 스멀스멀 올라왔다. 머리를 질끈 묶고 달리는 여성 러너가 눈에 들어왔다. 그녀와 나 사이의 거리는 30미터, 좁혀지는가 싶더니 다시 벌어지는 상황이 몇 번 반복됐다. 남자의 자존심이 발동했다. '으랏차차차, 으랏차차차.'

그녀를 추월했다. 내심 기분이 좋았으나 여자를 이긴 거라 마냥 기뻐할 수는 없었다. 내 뒤에 몇 명이나 따라오나 보는 척 돌아봤다. 20대 초반밖에 안 돼 보였다. 강인한 얼굴에서 대성할 재능이 보였다. 골인 지점까지는 1km도 남지 않았다. 심장이 터진다고 아우성쳤지만, 더 펌프질하라고 했다. 내 앞에 세 명밖에 남지 않았다. 젖먹는 힘까지 짰지만, 순위를 바꿀 수는 없었다. 나중에 알게 됐지만 이미 결승선에 들어온 사람이 다섯 명은 더 있었다.

아내와 아이들부터 찾았지만 보이지 않았다. 결승선에 있었다면 아들이 먼저 튀어나왔을 것이다. 아쉬운 생각에 투덜댔다. '에잇, 여태껏 뭐하는 거야. 좀 미리 나오지….'

대회 관계자가 'Hyde Park'라고 새겨진 완주 메달을 목에 걸어주었다. 축하 인사와 웃음에 기분이 풀렸다. 런던 마라톤은 아니지만, 런던에서 열린 대회에서 완주했다는 보람을 느꼈다. 최선을 다한 뿌듯함도 느꼈다. 아내와 아이들이 기다리는 카페로 걸었다. 가족들이 보였다. 아들은 힘차게 달려왔고 아내와 딸은 천천히 뒤따랐다. 아들을 안아들고 뒤이어 아내와 딸을 만났다. 아내는 놀란 눈으로 물었다. "벌써 들어왔어? 몇 분 만에 들어온 거야? 이렇게 빨리 들어올 줄 몰랐어."

전역한 사람에게 벌써 전역했냐고 물어보는 것 같았다. '달리는 나는 얼마나 길게 느껴졌는데 벌써라니?'라고 볼멘소리를 하고 싶었지만, 나는 여행의 평화를 지켜야 하는 사람이다. "미리 좀 나와 기다리지, 들어온 지가 언젠데…."

표정을 바꾸었다. 완주 메달을 목에 건 채 아이들을 양쪽에 안고 환하게 웃었다. 빨리 달리지 않고 천천히 달렸다면 어떤 기분이었을까? 빨리 달리며 성취감과 뿌듯함을 느꼈지만, 여유를 누리지는 못했다. 성취감과 여유를 동시에 가질 수 있다면 좋겠지만 그건 과한 욕심이다. 얻는 게 있으면 잃는 것도 있다. 유럽에서 달리는 동안은 여유를 선택하기로 했다. 이국적인 풍경을 즐기거나 현지인 러너와 함께 교감하는 달리기 말이다.

여행하다 보면 처음 만난 현지인과 수시로 함께 달린다. 낯설지만 러너를 보는 순간 동료의식이 생기며 마음이 무장해제돼서 그렇다.

몇 년 전, 샌프란시스코와 LA 중간쯤에 있는 산 루이스 오비스포에서 하루 머물렀다. 설레는 마음으로 아침 일찍 일어났다. 러닝복으로 갈아입고 호텔 근처에 있는 '라구나 레이크파크'로 향했다. 갈림길에서 어디로 가야 할지 망설였다. 마침 턱수염을 기른 채 두건을 쓴 미국 산적이 내 앞을 지났다. 무식해서 용감한 나는 이런저런 생각도 하지 않고 불쑥 말을 걸었다. "Sir, laguna lake park?"

그 와중에 검은색 송아지가 나를 가로질러 그의 옆에 앉았다. 다시 보니 입마개도 하지 않은 셰퍼드였다. 괜히 물어봤다는 후회가 밀려올 즈음, 산적이 생긴 것과 달리 상냥한 말투로 물었다.

"Are you running?"

좋은 소식이 기대돼 힘주어 대답했다. "Yes!"

산적은 순식간에 달리기 친구가 됐고 셰퍼드는 호위견이 됐다. 피부색이 다른 사람 두 명과 개 한 마리는 인종 차별 없는 세상을 꿈꾸는 듯 나란히 달렸다. 그는 달리기에 딱 좋은 트레일 러닝 코스로 나를 안내했다. 얼마나 많은 러너가 오르내렸는지 광이 날 것 같았다. 호흡이 편해지자 말이 많아졌다. 그는 아침마다 달린다고 했다. 본인은 달리기를 좋아하고 개는 운동이 필요하다고 했다. 말문을 연 나는 한국인, 특히 아저씨라면 빠뜨리지 않을 질문부터 했다. 그러지 말아야 한다고 다짐하고 또 다짐하는데도 새로운 사람을 만나면 여지없이 호구조사부터 한다. "How old are you?"

"35."

설마 하는 생각으로 그의 얼굴을 뚫어져라 쳐다봤다. 처음 그를 만났을 때는 내 또래라 생각했는데 실제로는 나보다 다섯 살이나 어렸다. 다시 보니 제 나이로 보이고 귀엽기도 했다. 그는 어땠을까? 한국 사람은 보통 내 나이를 다섯 살쯤 많게 보는데 그는 내 나이보다 한 살 어리게 봤다. 내 얼굴에 미소가 일었다. 어릴 때는 한 살이라도 많아 보이려고 노력했는데 지금은 고작 한 살 어리게 봤다고 기분이 좋아지는 걸 보면 나도 이제 나이가 들었나 보다.

한 시간쯤 달렸을 때 그는 출근해야 한다고 했다. 그제야 오늘이 평일이고 내가 여행자라는 현실을 깨달았다. 그는 마지막 배려를 잊지 않고 호수로 내려가는 길을 알려주었다. 누가 먼저랄 것 없이 핸드폰을 꺼내 사진을 찍었다. 나는 어느새 셰퍼드와도 정이 들어 목덜미를 쓰다듬었다. 다시 만날 일은 없겠지만 서로의 삶에 행운이 가득하길 바랐다.

여행을 마친 훗날 누군가 물었다. "그가 진짜 산적이었다면, 셰퍼드가 물기라도 했으면 어쩌려고 따라갔냐?"

러너에 대한 믿음이 강한 나는 말했다. "우리 둘 다 티셔츠에 러닝 팬티만 입고 있어 그럴 리는 애초에 없었어. 다시 그런 상황이 오더라도 내 선택에는 변함이 없을 거야."

그로부터 꽤 시간이 흐른 지금도 러너에 대한 믿음은 변함없지만, 개에 관한 생각은 완전히 바뀌었다. 개는 입마개를 해야 한다. 우리 개는 애완견이라 물지 않지만, 남에게는 남의 개이고 남의 개는 언제든 물 수 있으니까. 어쩌면 나도 큰일 날 뻔했다.

그제 아침에는 영화 〈보헤미안 랩소디〉에서 프레디 머큐리를 열연한 라미 말렉을 닮은 청년과 함께 달렸다. 그는 내가 리젠트 파크에 도착했을 때 제일 먼저 나타난 사람이다. 달리고 있는 그를 따라가 러닝 코스를 하나 추천해달라고 했다. 얼마나 뛸 거냐고 묻기에 10km 정도 뛸 거라고 했다. 자기는 5km 정도 달릴 건데 같이 뛰겠냐고 물었다.

"Of course."

그와 함께 아름다운 리젠트 파크를 달리기 시작했다. 약간 왜소한 체격인 그는 100km 울트라마라톤 완주 이야기를 하며 나를 놀라게 했다. 달리기 9년 차인 나는 시도조차 하지 못했는데, 고작 3년 차인 그가 그걸 해냈다니 놀랄 수밖에 없었다. 인도 출신인 그는 10년 전에 영국으로 유학 와 런던 경영대학원을 졸업하고 지금은 금융회사에서 일한다고 했다. 질문은 질문으로 돌아왔다. 런던에는 어떻게 왔냐는 그의 질문에 나는 가족과 함께 유럽 여행 중이라고 했다. 아직 결혼하지 않았다는 그도 결혼해서 아빠가 되고 싶어 했다. 브리튼 드림을 이룬 인도 청년은 중국과 일본에는 가봤지만, 한국에는 가보지 않았다고 했다. 언제든 한국에 오면 연락하라고 했다. 그가 나를 빤히 쳐다봤다. 눈에는 '어떻게 연락해?' 라고 쓰여 있었다. 달리는 속도를 늦추며 물었다. "facebook?"

그의 표정이 환해졌다.

함께 30분 정도 달린 후 그는 작별을 고했다. 서로의 핸드폰을 꺼내 페이스북 친구 맺기를 하고 사진도 한 장씩 찍었다. 인도에서 꿈을 찾아 런던으로 온 그가 성공하기를 진심으로 바랐다. 그를 만난

지 일 년이 지난 지금도 페이스북에 그의 글이 뜨면 좋아요를 누르거나 인사말을 남긴다.

누군가와 함께 달리면 급격히 친해진다. 굵은 호흡을 쏟으며 함께 달리면 마음의 벽이 얼음 녹듯 사라진다. 논리적으로 설명할 수 없다. 전적으로 나의 경험이다. 나는 이것을 달리기가 만드는 작은 기적이라 생각한다. 작은 기적은 천천히 달릴 때만 누릴 수 있다. 빨리 달릴 때는 나에게 집중하니 주위를 돌아볼 여력이 없다.

산 루이스 오비스포와 런던에서 외국인 청년들과 달리며 멋진 추억을 남길 수 있었던 건 천천히 달린 덕분이다.

풀코스 달리기는 빨리 달릴 수 없어 여유가 생기고 그만큼 작은 기적을 누릴 확률이 높아진다. 러너가 장거리 달리기를 즐기는 이유이기도 하다. 이런 생각은 런던 마라톤을 참가하지 못하는 아쉬움을 더 키웠다. 그래 봤자 소용없지만, 어쩔 수 없었다.

런던

응원이
주는 힘

런던 마라톤은 매년 4월 넷째 주 일요일에 열린다. 선수들은 그리니치 공원을 출발해 템스강을 따라 타워브리지, 웨스트민스터 사원 등 런던의 주요 관광 명소를 거쳐 여왕이 있는 버킹엄궁에 골인한다. 마라토너라면 누구나 달리고 싶은 대회다. 대회에 참가하고 싶은 마음은 간절했지만 달릴 수 없던 나는 당연한 듯 응원을 하기로 했다.

마라톤에 입문한 다음 해 춘천마라톤 대회를 앞둔 어느 날이었다. 러닝 동호회에서 응원단을 모집했고, 달릴 계획이 없던 나는 알 수 없는 호기심으로 응원단에 합류했다. 그때만 해도 나는 한 해에 42.195km를 두 번 이상 달리면 큰일이라도 나는 줄 알았다. 무지로 선택한 응원은 예상치 못한 즐거움과 보람을 선사했다. 그 후 1년에 한 번은 응원단으로 마라톤 대회에 참가했다. 런던에서도 응원을 통한 의미 있는 경험을 누리고 싶었다.

런던 마라톤 대회가 열리기 전날 아침 서둘러 무료 전망대로 유명한 스카이가든으로 향했다. 스카이가든은 런던 경치에 더해 런던 마라톤의 코스를 미리 볼 수 있는 곳이라 한국에서 예약했다. 무료였던 까닭에 별로면 어쩌나 하는 걱정은 그곳에 도착하자마자 훨훨 날아갔다.

화창하던 런던 날씨는 본색을 드러냈다. 숙소를 나설 때만 해도 해가 떠 있었는데 스카이가든에 도착하자 비가 내리고 있었다. 비를 피해 들어간 근처 초밥집에서 이른 점심을 먹고 예약 시각에 맞춰 줄을 섰다. 족히 백 명은 넘는 사람을 보고 한숨이 나왔다. 앞에 선 배불뚝이 영국 남자가 싱긋 웃으며 나에게 말을 걸었다. "Hi, where are you from?"

"South Korea." 대답을 마친 나는 그와 그의 가족을 재빨리 훑어보았다. 그의 아내는 모델급 미모와 8등신의 몸매를 자랑했다. 그들의 외형은 딱 미녀와 야수였다. 영국 남자는 굉장한 수다쟁이였다. 영국 날씨부터 시작해서 축구로, 한국의 삼성 스마트폰과 현대차를 거쳐 자신의 여행 계획까지 끊임없이 이야기를 쏟아냈다. 내가 알아듣고 못 알아듣고는 그의 관심사가 아니었다. 영국 사람은 원래 이렇게 말이 많을까? 그는 사람들로 꽉 찬 엘리베이터에서 잠시 말을 멈췄지만, 엘리베이터에서 내리자마자 다시 말을 이었다. 그와 같이 있다가는 반밖에 이해할 수 없는 이야기를 듣느라 관광도 반밖에 못할 것 같았다. 얼른 고맙다는 인사를 하고 그가 가는 반대 방향으로 돌아섰다. 원형 전망대의 특성상 30분쯤 후 우리는 다시 만나게 됐는데, 그는 나를 보자마자 다시 웃으며 다가왔다. 역시나 반밖에 알아들을 수 없는 영어를 시작했다. 마치 광고 후 방송이 이어지는 느낌이었다. 동양에서 온 낯선 이방인에게 정답게 이야기한 그가 고맙긴 했지만, 나는 여행이 더 중요했다. 그가 말을 멈추기를 기다렸다가 재빨리 고맙다고 하고 헤어졌다.

템스강 언저리에 있는 스카이가든은 155m 높이에서 런던을 360도로 조망할 수 있는 전망대다. 내부 창에는 런던의 주요 관광지가 표시되어 있다. BTS가 런던 웸블리 공연을 앞두고 있던 때라 웸블리 구장부터 찾았다. 딸이 BTS의 열렬한 팬 '아미'였기 때문이다.

한국에서 웸블리는 런던 국가대표팀의 홈구장보다는 Queen이 참가한 공연 '라이브 에이드'가 열렸던 곳으로 더 유명하다. 천만 관객을 돌파한 영화 〈보헤미안 랩소디〉의 영향이다. 비틀스와 퀸을 낳은 런던에서, 더군다나 영국의 상징인 웸블리에서 공연하는 BTS가 자랑스러웠다. 그런 멋진 젊은이들이 있어 한국의 앞날은 밝을 것이라는, 한국에서라면 절대 하지 않을 애국적인 생각을 했다. 그때부터 딸은 런던에서 머문 일주일 동안 BTS와 웸블리를 번갈아 말했다. "BTS, 웸블리, BTS, 웸블리…."

딸의 소원을 애써 못 들은 척하며 런던 마라톤 코스도 잊지 않고 찾아보았다. 출발지와 도착지인 그리니치 천문대 공원과 버킹엄 궁전은 물론 우리가 응원할 지점인 타워브리지와 빅벤도 빼먹지 않았다. 코스를 찾아보는 동안 직접 선수로 달리면 더 좋을 거라는 아쉬움은 어쩔 도리가 없었다.

런던 마라톤 대회 날이 밝았다. 내가 선택한 응원 장소는 36km 타워브리지와 41km 빅벤이다. 마라토너에게 36km 지점은 가장 힘든 곳이고 41km 지점은 마지막 힘을 내는 곳이다. 다른 어느 곳보다 응원이 절실하다.

오후 두 시에 타워브리지에 도착하기 위해 이른 아침부터 서둘렀다. 세인트폴 대성당을 시작으로 밀레니엄 브리지를 건너 테이트 모던에 도착했다. 세인트폴 대성당은 영국의 역사를 대표하는 성당으로 영국의 영웅 윈스턴 처칠의 장례식과 다이애나 왕세자 비의 결혼식이 거행된 곳이다. 테이트 모던은 방치된 발전소를 최고의 현대미술관으로 바꾼, 도시 재생의 모범 사례다. 세인트폴 대성당과 현대 미술관인 테이트 모던 사이에는 영국이 밀레니엄을 기념해 만든 밀레니엄 브리지가 있다. 이름은 웅장하지만, 겉보기에는 작고 평범해 거대한 아우라를 뿜어내는 타워브리지와 비교하면 초라하다.

어느 책에서 밀레니엄 브리지의 진가를 알게 됐다. 밀레니엄 브리지는 관광지와 여행자를 잇는 온전한 보행자 전용 다리이면서 영국의 역사인 세인트폴 대성당과 영국의 오늘인 테이트 모던을 잇는 상징적 역할을 했다. 이 사실을 알고 나니 그제야 밀레니엄 브리지가 제대로 보였다.

한강이 떠올랐다. 한강에는 사람만을 위한 다리가 없다. 한강에도 자동차를 위한 다리가 아닌 온전히 사람만을 위한 다리가 하나쯤 있으면 좋겠다. 계절마다 다른 옷을 입고 유모차와 노인들을 맞이하는 곳, 사랑하는 연인들과 젊은 청년들이 미래를 이야기하는 한강 다리를 상상했다. 그런 다리가 생기면 제일 먼저 그 다리를 달리는 러너가 되고 싶다.

테이트 모던 전망대에서 사진을 찍는데 템스강을 줄지어 달리는 선수들이 보였다. 마음이 급해졌다. 서둘러 타워브리지로 향했다. 계획보다 한 시간 이상 늦게 타워브리지에 도착했다. 세인트폴 대성당, 밀레니엄 브리지, 테이트 모던. 이 세 관광지를 제대로 보려면 종일로도 모자란다. 그것을 반나절에 다 보려고 계획했으니 애초에 잘못된 계산이다.

대회가 시작된 지 다섯 시간이 지났다. 런던의 주로는 서울과 완전히 달랐다. 선수들의 주로가 질서 정연하게 통제되고 있었다. 한국의 주요 마라톤 대회는 제한 시간을 다섯 시간으로 정하고 그 이후에는 교통통제를 푼다. 주자들은 울며 겨자 먹기로 인도에서 달린다.

주자보다 훨씬 많은 사람이 응원하고 있는 것도 놀라웠다. 그중에는 나처럼 관광객도 있었을 테지만 진짜 이유는 따로 있었다. 한국에서는 주로 주자들만 대회장으로 이동하지만 런던에서는 가족이나 친구들과 함께 대회장으로 이동한 러너들이 많았다. 성인 남자가 선수라면 그의 부모와 아내, 두 아이가 함께 대회 주로에서 응원하는 식이다. 선수들은 가장 힘겨운 구간에서 본인과 끊임없는 싸움을 하며 정신력으로 버텨내고 있었다. 한 여성 러너가 달리기를 걷기로 바꾸고 자원봉사자에게 다가갔다. 내가 들을 수 없는 작은 목소리로 몇 차례 말을 나눴다. 고개를 몇 차례 끄덕인 선수는 자원봉사자가 건넨 물을 마시고 자원봉사자는 그녀의 어깨를 두드려주었다. 짐작하건대, 그녀는 "더는 달리기 힘들다"라고 말했을 것이고 자원봉사자는 "당신은 지금까지 잘 해왔다. 조금만 더 힘을 내면 완주를 할 수 있다"라고 응원했을 것이다.

몇 년 전 춘천마라톤에서 응원하던 내 모습이 떠올랐다. 그때 나는 피에로 복장을 하고 신매대교를 지난 38km 지점에 있었다. 나는 나를 지나치는 거의 모든 사람과 하이파이브를 했다. 그들의 등에 새겨진 이름 또는 소속을 부르며 파이팅을 외쳤다. 어느 여성 러너가 눈물을 흘리며 내게 다가와 말했다. "내가 너무 힘들어서 그러는데 저 좀 안아주시면 안 될까요?"

같은 러너로서 그녀의 마음이 충분히 이해돼 안아주었다. 그녀는 울음을 멈추고 말했다. "고마워요, 다시 끝까지 달릴 거예요."

사람이 힘겨워할 때는 아무 말 없이 어깨를 어루만져주는 것만으로도 큰 힘이 된다는 것을 그때 처음 깨달았다.

다시 정신이 현장으로 돌아왔을 때 힘겹게 달리던 어느 남자가 나를 향해 달려왔다. 정말 나를 향해 오는가 싶어 놀라는 순간 내 옆에 있던 어린아이 곁으로 가서 활짝 웃었다. 힘겨운 숨을 몰아쉬면서도 펜스를 사이에 두고 아이와 대화를 나누는 그는 더없이 밝았다. 아이가 들고 있는 긴 깃대에는 녹색 인형이 꽂혀 있었다. 아마도 아빠가 멀리서도 알아볼 수 있게 만든 표식이었을 것이다. 아이 옆에는 그의 아내와 유모차에 앉아 있는 또 다른 아이가 있었다. 세상 누가 그 모습을 보며 행복한 미소를 짓지 않을 수 있겠는가? 그가 완전히 사라질 때까지 나는 흐뭇하게 웃으며 그와 그의 가족들을 번갈아 보았다. 그의 완주와 가족의 행복을 빌며.

작년 봄 서울국제마라톤 때였다. 2년 만에 다시 서브 3에 도전했다. 충분한 훈련을 하지 않아 마라톤의 벽을 극복하지 못했다. 38km

에서 서브 3를 포기했다. 러너들과 풍경을 바라보며 여유롭게 달렸다. 잠실 종합운동장을 2백 미터쯤 앞둔 지점에서 나를 부르는 아들의 목소리가 들렸다. 놀라고 감격했다. 마라톤을 시작한 후 처음으로, 그것도 예고 없이 아내와 아들이 응원 온 것이다. 펜스를 사이에 두고 아들과 볼을 비비고 머리를 쓰다듬었다. 이전에 없던 에너지가 온몸 가득 차올랐다. 서브 3를 포기한 상태였지만, 가득 솟아오른 에너지를 주체하지 못했다. 전력으로 결승선에 들어갔다. 며칠 후 근처에 있던 지인이 아들과 나의 애정 행각이 담긴 사진을 보내주었다. 그렇게 행복은 영원히 남겨졌다.

옛날 생각에 잠긴 동안 아내와 아이들은 선수들을 응원하기도 하고 템스강 주변을 둘러보기도 했다. 간혹 특이한 복장을 한 사람을 본 아들은 아빠도 같이 봐야 한다며 나를 불렀다. 우리는 알지도 못하는 누군가를 응원했고 그들을 위해 박수쳤다. 무엇이든 최선을 다해 본인의 길을 가는 자는 충분히 응원받을 자격이 있으니까.

지하철을 타고 빅벤으로 갔다. 역은 마라톤 복장을 한 사람과 그들을 응원하는 사람들로 인산인해였다. 옴짝달싹하지 못할 상황이었으나 경찰의 안내 덕분에 별 탈 없이 밖으로 나왔다. 역 바로 앞에 주로가 펼쳐졌고 여전히 많은 선수가 달리고 있었다. 경기 시작 후 여섯 시간이 막 지나고 있었다.

모든 러너는 마지막 1km 팻말을 보는 순간 어디서 나오는지 모를 힘을 얻는다. 선수들은 고통을 잊고 감격스러운 골인 장면을 떠올린다. 온몸에 다시 힘을 모으고 달리기에 몰입하는 선수들에게 더 큰 박수를 보냈다.

십자가를 짊어지고 예수의 모습을 한 채 달려가는 주자를 본 순간 내 눈은 그를 어루만졌다. 마라톤 대회에서 여장한 남자나 어벤저스 같은 캐릭터 복장을 한 사람은 자주 봤지만, 십자가를 짊어진 러너는 처음이었다. 플라스틱이나 솜 같은 가벼운 재료로 만든 십자가일 것이 분명했지만, 누더기를 걸친 채 맨발로 풀코스를 뛰는 모습은 상상을 초월했다. 왜 이런 복장으로 달릴까? 종교적 의미가 분명히 있었을 것이다. 단지 사람들의 시선을 끌려고 했다면 달리기에 불편하지 않고 좀 더 화려한 복장을 선택했을 테니까. 예수의 복장을 한 채로 달린 그 사람은 사람들에게 사랑의 메시지를 전하고 싶었던 것은 아닐까? 스스로 고통을 당하면서 누군가를 위해 무엇인가를 했던 일이 한번도 없는 나는 그가 존경스러웠다.

런던에 처음 방문했지만 마치 서울 국제마라톤을 응원하는 것처럼 모든 상황이 자연스러웠다. 그건 세인트폴 대성당 앞 관광안내소에서 만났던 친절한 직원 덕분이다. 그녀는 밝은 미소와 친절한 태도로 말했다. "오늘 런던 마라톤이 있으니 관광하기엔 불편할 수도 있어요."

런던 마라톤을 보며 응원할 계획이라고 하자 런던 마라톤 코스 안내도를 주면서 응원하기 좋은 위치를 몇 개 알려줬다. 한국에서 왔다는 내게 그녀는 K팝을 너무 좋아하고 언젠가는 꼭 서울을 방문하고 싶다며 우리 가족의 자부심까지 높여주었다. 그녀의 조언과 코스 지도를 활용해 최적의 응원 동선을 짰고, 관광과 마라톤 응원이라는 두 마리 토끼를 모두 잡았다. 런더너는 콧대가 높다고 했는데 그녀는 얼굴의 콧대만 높았다.

한국에서 풀코스 마라톤 대회를 달리다 보면 자원봉사자나 경찰에게 욕을 하는 사람을 꼭 만난다. 이유는 각양각색이다. 횡단보도를 통제한다고, 자동차를 막는다고, 때로는 아무 이유 없이 입에서 나오는 대로 욕을 뱉는다. "왜 마라톤 대회를 하고 지랄이냐, 여기 왜 막고 지랄이냐?" 라며 주로 지랄을 찾는다. 런던에서 마라톤 대회를 두 시간 이상 지켜보면서 한번도 그런 상황을 본 적이 없다. 웃음과 응원 소리만 가득했다. 부러웠다.

대회를 달릴 때 욕을 하는 사람을 만나면 아쉽고 화도 난다. 대부분의 러너는 다른 사람들의 욕을 듣고 그러려니 하지만 가끔 같이 욕을 하는 러너도 있다. 길을 통제한다고 욕하는 사람과 달리면서 욕하는 사람 모두 각자의 사정이 있으니 그들을 무작정 비난할 수는 없다. 러너를 욕하는 사람은 대체로 그 도시의 주인이지만, 러너는 다른 지역이나 외국에서 온 손님도 많다. 주인이 손님을 향해 욕하지 않듯이 손님도 주인을 향해 욕하지 않는다. 그것은 상식적인 예의의 문제다.

런던 마라톤 응원 내내 나는 즐겁고 기운찼다. 달리고 싶은 대회를 달릴 수 없다면 다음에도 나의 선택은 응원일 것이다. 응원은 받는 러너뿐만 아니라 하는 나에게도 힘을 주니까.

춤과 달리기가
시합을 한다면

파리

러너로 살아가는 해가 쌓일수록 달리기를 편애했다. 혼자 즐길 때는 아무 문제가 없었지만, 운동에 대해 누군가와 이야기할 때면 마음이 불편했다. 자동차를 타고 터널에 들어서면 출구만 보고 주변은 살피지 못한다. 마찬가지로 나는 달리기만 보고 다른 운동은 폄훼했다.

달리기는 잘못이 없다. 다른 운동을 애써 무시한 내가 잘못이다. 누구나 생각의 틀을 깨기 쉽지 않은데 다행히 내게 계기가 찾아왔다. 그것도 파리에서.

샤요궁은 에펠탑을 바라보고 있다. 인생 사진을 남기려는 마음으로 각종 오두방정을 떨었다. 목적을 달성하고 에펠탑으로 향했다. 에펠탑 최상층 전망대에 오를 생각이었다. 가슴이 쿵쾅거렸다. 어느 곳에서 음악 소리가 들렸다. 멀리서 들리던 작은 소리는 점점 커지며 신나는 댄스곡이 됐다. 발걸음은 자연스럽게 거기로 향했다. 에펠탑이 정면으로 보이는 무대에서 댄스 버스킹이 펼쳐지고 있었다.

300여 명의 관광객이 박수치며 어깨를 들썩이고 있었다. 우리도 엉덩이를 하나씩 밀어 넣었다. 댄스 공연이 끝나자 공연팀의 리더는 관객들을 향해 어디서 왔는지 물어보기 시작했다. 세계 각국의 언어로 말하며 관객들의 참여를 끌어냈다. 유럽의 여러 나라를 돌아 아시아의 차례가 됐고 중국 다음으로 물었다. "Anyone from Korea?"

아이들이 없었다면 잠자코 있었을 텐데, 아빠인 나는 공기 중에 떠돌아다니는 용기를 끌어모았다. 손을 들지 않는다면 아이들은 왜 가만히 있냐고 물을 게 뻔했다. 한국에서 온 사람이 우리 가족만은 아니었는데 손을 든 사람은 우리 가족뿐이었다. 공연팀 리더가 말했다. "안녕하세요, 반갑습니다."

한국말을 하는 공연팀이 신기했고 우리나라의 위상도 느껴졌다. 리더가 나를 지목하더니 뭐라고 했다. 난데없는 우리말에 흐뭇해하느라 무슨 일이 일어나고 있는지 깨닫지 못했다. 세계 각국에서 온 관광객들의 시선을 느낀 순간 뭔가 심상찮은 일이 벌어졌다는 것을 느꼈다. 그제야 그들이 무슨 말을 했는지 알게 됐다. "Hey Korean, Come here please."

옆에 있던 아이들도 나를 빤히 쳐다보고 있었다. 심장은 조금씩 통제를 벗어났다. 아이들에게 늘 무엇이든 적극적으로 하라고 말하던 내 모습이 떠올랐다. 가만히 앉아 있을 수 없었다.

막 입사했을 무렵 박신양, 김정은, 이동건이 주연을 맡은 드라마 〈파리의 연인〉은 최고 57%, 평균 41%라는 거짓말 같은 시청률을 기록했다. 박신양과 이동건은 수많은 여심을 흘렸다. "저 남자가 내 사람이다! 저 남자가 내 애인이다! 왜 말을 못 하냐고!" "아기야, 가자!" "이 안에 너 있다" 같은 빛나는 어록도 만들었다. 박신양이 연인 김정은에게 피아노를 치며 노래를 부르는 장면이 있었다. 남자인 나도 멋졌으니 여자들이야 오죽했으랴? 대한민국 모든 여자가 박신양에게 빠졌다고 해도 과언이 아니다. 박신양은 엘지패션의 브랜드 '마에스트로' 광고 모델이었다. 그가 입은 옷을 입으면 나도 멋질 거라는 기대로 그 옷을 샀다. 30~40대 브랜드를 선호하는 희한한 20대 청년이었다. 마흔이 넘은 요즘은 다시 마음이 바뀌어 10대나 20대가 선호하는 브랜드를 산다. 희한한 40대 중년이다. 그때나 지금이나 기대는 한결같이 빗나간다. 그때는 멋지지 않았고 지금은 젊지 않다.

어쨌거나 〈파리의 연인〉은 파리에 대한 동경을 심었다. 그때부터 에펠탑은 반드시 봐야 할 곳이 됐고 달리기를 시작한 후 센강은 꼭 달려야 할 곳이 됐다. 드라마가 끝나고 15년이 지나서야 파리를 만났다. 무엇이든 마음에서 놓지만 않으면 목적지에 도달한다는 것이 입증됐다. 파리와 센강 달리기처럼!

파리에 있는 동안 일어나면 어김없이 달리기부터 했다. 첫날 아침 숙소에서 나와 퐁피두 센터와 파리 시청사를 지났다. 바리케이드 앞에 선 경찰이 나를 막았다. 그들은 일반인의 출입을 철저히 막고 있었다. 바리케이드 좌측에 노트르담 성당이 있었다. 노트르담 성당을 좀 더 가까이 보고 싶어 제법 돌아 센강을 건넜다. 센강을 사이에 두고 노트르담 성당이 눈에 들어왔다. 파리에 오기 2주 전 노트르담 성당에 화재가 발생했다. 화재 소식은 한국에서도 실시간 방송됐다. 안타까웠다. 남대문 화재가 떠올랐다. 국보라고 화재의 가능성이 없는 것은 아니지만 국보 1호의 화재는 충격이었다. 화재 원인은 토지 보상에 불만을 가진 사람의 방화였고 남대문은 너무나 쉽게 불탔다. 화재를 일으킨 사람의 뇌 구조가 궁금했다. 죄의 중함으로는 평생 감옥에서 사죄하는 마음으로 살아야 한다. 그래도 국민은 상실감을 보상받지 못한다. 국가는 아무 잘못이 없는 것일까? 국보 1호를 그렇게 쉽게 손댈 수 있게 만든 일차적인 책임은 국가에 있지 않을까? 제대로 된 나라라면 국가의 보물을 제대로 지켜야 하지 않을까? 국가가 역할과 책임을 못 할 때 피해와 자괴감은 고스란히 국민의 몫으로 돌아온다. 프랑스 국민이 느끼는 상실감은 우리 국민이 남대문 화재 때 받은 그것과 별 차이가 없을 것이다. 노트르담 성당에서 눈을 떼기가 어려웠다. 깊은 상실감을 느꼈다.

뮤지컬 〈노트르담 드 파리〉에서 꼽추 콰지모도가 죽은 에스메랄다를 껴안고 부르는 '춤을 춰요, 나의 에스메랄다'가 떠올랐다. 사랑하는 여인의 죽음에 슬퍼하던 콰지모도에게서 노트르담 성당을 잃은 파리 시민의 얼굴이 겹쳐졌다. 눈가가 뜨거워지며 젖었다. 낮이었다면 북적이는 여행자들 틈에서 느끼지 못했을 감정이다. 새벽의 고요가 노트르담 성당으로 상처 입은 파리 시민의 슬픔을 나에게 전했다.

루브르 박물관을 목적지로 정하고 센강을 따라 달렸다. 전날 저녁 디너 크루즈를 타며 즐거웠던 기억이 살아났다. 노트르담 성당으로 우울해진 마음이 조금씩 사라졌다. TV나 극장에서 영상으로만 봤던 루브르 박물관을 마주한 심장은 쿵쾅거렸다. 영화 〈다빈치 코드〉에서 본 피라미드가 나타났다. 피라미드는 단번에 나를 사로잡았고 그것을 배경으로 흔적을 남기고 싶었다.

여행을 떠나기 전 여행 계획을 세우면서 나만의 CF 영상을 만들면 어떨까 생각했다. 피라미드를 CF에 넣고 싶었다. 혼자 왔으니 촬영을 부탁할 사람이 없었다. 지형지물을 활용하기로 했다. 계단에 스마트폰을 거치하고 사진과 동영상을 촬영했다. 사진 속에 등장하는 모델은 특별하지 않았지만, 구도와 배경이 멋져 훌륭한 사진과 영상이 됐다. 열 번 넘게 피라미드를 뼁뼁이 한 결과다. 우리가 보는 백조는 우아하지만, 물속에 있는 발은 안쓰러울 정도로 물질한다. 나는 오리 그 이상이었다.

하지만, 촬영 후 내가 보는 건 무엇인가? 뼁뼁이가 아니라 멋진 사진과 영상뿐이다. 나의 각종 생쇼를 본 사람이나 그것을 기억하는 사람은 나밖에 없다. 이런 이유로 나는 여행 때마다 새벽에는 오리가 된다.

파리 시민들은 루브르의 피라미드 건설을 반대했다고 한다. 피라미드가 프랑스 고전 르네상스와 루브르 박물관의 역사와 맞지 않는다는 게 이유였다. 파리 박람회 기념으로 에펠탑을 만들 때 흉물스러운 고철 덩어리를 건립한다고 반대했던 것과 비슷하다. 이유 같지 않은 이유를 대는 그들의 조상은 혹시 투덜이 스머프?

인생 사진을 찍은 나는 흡족한 마음으로 다시 달렸다. 숙소에서 나올 때는 에펠탑까지 갈 생각이었으나 발걸음은 샹젤리제 거리에 있는 에투알 개선문으로 향했다.

센강 건너에는 기차역에서 미술관으로 바뀐 오르세 미술관이 있었다. 수많은 화가의 그림이 소장된 곳이다. 밀레, 마네, 모네 등 이름은 특이하지만, 그들이 그린 그림은 하나같이 세계인의 사랑을 독차지하고 있다. 카루젤 개선문(역사 시간에 배운 개선문은 에투알 개선문)을 통과하자 탁 트인 튈르리 정원이 나타났다. 공원이라기엔 아기자기하고 섬세했다. 정원이라는 이름에 걸맞은 풍경이었다. 초록 잔디를 지나자 발길을 멈추게 하는 연못이 나타났고 주위에는 여행자를 위한 의자가 연출처럼 놓여 있었다. 군데군데 설치된 조각상들은 이곳이 예술의 도시 파리임을 일깨웠고 마로니에와 플라타너스 가로수길은 달리기를 푸르게 했다. 튈르리 정원은 유서 깊은 콩코르드 광장과 이어진다. 1770년 루이 16세와 마리 앙투아네트는 콩코르드 광장에서 결혼했는데, 23년 뒤 같은 장소에서 형장의 이슬로 사라졌다. 죽음 앞에서 그들은 무슨 생각을 했을까?

역사는 유유히 흘러 피의 흔적은 온데간데없이 사라졌다. 그곳에는 테니스 세계 4대 메이저 대회인 롤랑가로스(프랑스오픈) 홍보관이 설치되어 있었다. 예나 지금이나 콩코르드 광장은 여전히 의미 있는 장소로 존재감을 뽐냈다. 여행 기간에 프랑스오픈이 열렸다면 한 경기쯤은 관람했을 테지만, 대회는 여행이 끝난 뒤에 열릴 계획이었다. 롤랑가로스 관람에 대한 미련을 버리지 못해 콩코르드 광장을 몇 바퀴 돌았다. 축구를 좋아하는 누군가의 버킷리스트가 챔피언스리그나 월드컵 관람인 것처럼 테니스를 좋아하는 누군가의 버킷리스트는 롤랑가로스 관람일 수 있다. 우리나라의 정현 선수나 권순우 선수가 롤랑가로스에서 우승하는 날이 오길 바랐다.

샹젤리제 거리를 지나 개선문까지 달리는 건 다음 날로 미뤘다. 대신 가족들과 저녁에 갈 재즈 바 'Caveau de la Huchette'의 위치를 확인하기로 했다. 'Caveau de la Huchette'는 영화 〈라라랜드〉에 잠깐 등장해 라라랜드 재즈 바로 불린다. 구글맵으로 확인했지만 찾기가 쉽지 않았다. 길을 찾는 가장 쉬운 방법은 현지인에게 묻는 것이다. 내 앞을 지나가는 파리지앵을 멈춰 세웠다. 인사를 하고 구글맵이 켜진 스마트폰을 내밀자 알아들을 수 없는 불어로 설명했다. 어깨를 으쓱했더니 알아듣기 어려운 영어가 돌아왔다. 여전히 난감한 표정을 짓자 "Follow me" 라고 말했다. 그건 귀에 쏙 들어왔다. 길을 가면서도 여전히 알아듣기 어려운 영어를 했고 반은 알아듣고 반은 못 알아듣는 나는 'yes'와 'no'를 반씩 섞어 대답했다. 그는 몇십 보 걷기도 전에 재즈 바 앞에 멈췄다. 프랑스인은 영어를 알아도 모른 체한다는 편견이 순식간에 녹았다. 그는 자상한 옆집 아저씨 같은 웃음을 남기고 사라졌다. 진심으로 고마웠다.

친절한 파리지앵을 한 명 더 소개하고 싶다. 우박이 쏟아지던 날 파리 생제르맹과 니스의 축구 경기를 관람하러 갔다. 티켓을 출력해 가지 않아 경기장 앞에서 만난 구단 관계자에게 상황을 설명하고 도움을 청했다. 그는 옅은 미소를 품은 채 우리 가족을 티켓 교환소로 안내하고 우리가 티켓을 교환할 때까지 기다렸다. 그게 끝이 아니었다. 좌석이 있는 곳으로 들어가는 출입구까지 우리를 안내했다. 재미있게 보라는 말도 빼먹지 않았다. 그가 보여준 친절은 어느 나라 누구보다 친절했고 나는 프랑스인의 친절에 만점을 줄 수밖에 없었다. 우리가 가진 모든 편견은 이미 사라졌어야 할 고대의 유물일지도 모른다. 오늘 하루의 변화는 과거 1백 년간 이루어진 변화보다 더 빠르다는 어느 학자의 말이 떠올랐다.

사람의 인연이란 참 묘하다. 경기가 끝나고 나오는 길에 그를 다시 만났다. 나는 서울에서 출발하기 전, 고마움을 전해야 할 사람에게 줄 작은 선물을 준비했다. 그를 다시 보자마자 불러 세웠고 우리나라의 전통 문양이 들어간 손톱깎이를 건넸다. 그는 자신의 친절에 비하면 보잘것없는 선물에 활짝 웃었다. 나는 덩달아 기분이 좋아졌다.

다시 댄스 버스킹 이야기다. 거기 있는 세계인들은 내가 한국인이라는 것을 알았고 우리 아이들도 지켜보고 있었다. 코리안은 용기 없는 사람이라는 편견을 심어주기 싫었다. 꼭 그럴 때만 없던 애국심이 튀어나온다. 맥박은 수치를 급격히 높여 달릴 때 최고 수준인 180bpm을 넘었다. 무대에 오르는 동안 다리는 떨리고 심장은 날뛰었다. 리더는 몇 마디 인사말과 간단한 질문을 했다. 그리고 결정타를 날렸다. "Shall we dance?"

300명은 훨씬 넘어 보이는 사람 앞에서 러너의 심장과 다리는 아무짝에도 소용없었다. 환장할 노릇이었다. 찰나의 순간, 막춤밖에 모르는 나 대신 방송 댄스와 줌바 댄스를 배우는 아내가 나왔다면 더 나았을 거라는 생각이 들었다. 앞이 캄캄해지고 머리가 하얘지는 순간 싸이의 '강남스타일'이 흘렀고 그들은 춤을 추기 시작했다. 암흑 속에서 한 줄기 빛이 들어오는 느낌이었다. 익숙한 노래였고 자주 따라했던 춤이다. 그냥 말처럼 흔들었다. 음악이 끝나자 박수가 터져나왔고 나는 가슴을 쓸어내렸다. 어디론가 떠났던 맥박도 조금씩 제자리를 찾았다. 한번도 해보지 않은 춤이었다면 어땠을까? 생각만 해도 아찔했다. 대중 앞에서 달리기는 익숙하지만, 댄스는 낯선 나는 일생일대의 큰일을 치렀다. 달리기는 힘들고 재미없다고 말하며 줌바 댄스와 방송 댄스를 즐기는 아내를 바라봤다. 문득 나와 반대인 사람도 있겠다는 생각이 들었다.

춤이 운동이 될 거라는 건 상상조차 하지 못했다. 대중 앞에서 직접 춤을 춰보니 춤은 달리기보다 더 심장이 뛰었고 다리도 풀렸다. 마흔이 넘어서야 춤도 운동이 된다는 것을 알게 됐다. 그때까지 이해하지 못했던 달리기에 관한 아내의 말과 태도도 이해됐다. 내가 춤이 썩 내키지 않듯이 아내가 달리기에 빠지지 않는 건 당연했다.
이젠 아내에게 달리기를 고집하지 않는다. 나는 달리고 아내는 춤춘다. 아내가 달리지 않는다는 불편함이 사라졌다. 각자의 취향에 맞는 운동이면 그걸로 충분하다. 진작 알았다면 더 좋았겠으나 지금이라도 알게 돼서 얼마나 다행인가.

두 발 여행자를 닮은 선물

람블라 거리를 지나 호스텔로 가는 동안 발길 닿는 거리 곳곳에서 노란 리본을 발견했다. 스페인 사람들이 어떻게 세월호를 알게 됐는지 궁금하고 고마웠다. 몇 시간 뒤, 여행자의 마음마저 꿰뚫어보는 야경 투어 가이드가 호기심을 풀어주었다. "바르셀로나에서 노란 리본을 많이 보실 텐데요, 여기서 보는 노란 리본은 세월호 아이들의 무사 귀환을 바라는 그 노란 리본은 아닙니다. 카탈루냐의 독립을 기원하는 상징입니다."

이번에는 카탈루냐가 궁금했다. 그럴 줄 알았다는 듯 가이드가 말을 이었다. "바르셀로나를 주도로 하는 카탈루냐는 1714년에 스페인에 병합됐지만, 여전히 독립을 요구하고 있어요. 카탈루냐가 2017년 독립을 선언하자 스페인 중앙정부는 이를 불법으로 규정했어요. 주도한 사람을 반역죄로 체포했고요. 바르셀로나 사람들은 체포된 사람들의 무사 귀환을 바라며 노란 리본 달기 캠페인을 벌이고 있습니다."

그제야 모든 궁금증이 사라졌다.

건물 여기저기에 걸린 노란 리본은 이른 새벽부터 나를 반겼다. 눈은 노란 리본의 숫자를 세고 다리는 바르셀로네타 해변을 향했다. 백 미터를 지나는 동안 노란 리본을 열 개나 보았다. 스페인에 병합된 지 3백 년이 더 지났는데도 여전히 독립을 포기하지 않는 카탈루냐가 대단했다.

남북통일이 생각났다. "대한민국은 통일을 지향하며, 자유민주적 기본질서에 입각한 평화적 통일 정책을 수립하고 이를 추진한다" 라는 대한민국 헌법 4조에 따라 어릴 때부터 받은 충실한 통일 교육과 귀에 딱지가 앉을 정도로 부르고 들었던 동요 〈우리의 소원은 통일〉 덕분에 남북통일은 대한민국의 당연한 과업이라 여겼다. 하지만 30여 년이 지난 지금도 통일은 오리무중이다. 이제는 많은 사람이 묻는다. "꼭 통일해야 해?"

통일 교육을 철저히 받은 나는 통일이 분단보다 낫다고 생각하지만, 통일로 인해 생길 문제도 눈에 아른거린다. 통일이 된다고 해도 만만찮은 어려움이 생길 것이다. 통일 이후에 별문제 없이, 오히려 더 굳건히 잘 사는 나라 독일이 떠올랐다. 통일될지 모르지만, 만약 된다면 독일처럼 강대국이 되면 좋겠다는 생각을 끝으로 두 다리에 힘을 주었다.

람블라 거리는 카탈루냐 광장에서 시작해 바르셀로네타 해변으로 이어진다. 바르셀로나에서 가장 역동적이다. 우리나라로 치면 명동 같다. 보케리아 시장, 구엘 저택, 콜롬비아 동상 같은 관광 명소도 이곳에 있다. 행위예술가들은 관광객의 이목을 집중시킨다. 낮에 이 길에 들어서면 사람에 밀려다닌다.

아무리 유명한 관광지라도 새벽의 풍경은 한결같다. 휑하다. 하지만, 잠시만 지나면 수많은 기념품 가게가 람블라 거리를 매력 넘치게 만든다. 가게 사이에 보이는 빈자리도 노점상으로 채워진다.

바르셀로나는 가우디와 FC 바르셀로나를 빼놓고 설명할 수 없다. 모든 기념품에는 당연한 듯 가우디와 바르셀로나와 관련된 문양이 새겨져 있다. 이 거리에서 쇼핑 욕망을 이겨내기란 참새가 방앗간을 지나치기만큼 어렵다.

해외여행을 할 때마다 기념품을 사는 편이다. 병따개, 작은 컵, 컵받침대 같은 소품은 특별한 추억이 되면서도 부담스럽지 않다. 하지만, 이런 작은 기념품을 누군가에게 선물하기에는 조금 아쉽다. 마음이 담기지 않은 느낌이 들어서다. 그래서 정말 소중한 사람에게는 정성을 담은 선물을 따로 준비한다.

몇 년 전 꽤 괜찮은 선물을 알게 됐다. 어느 여행지에 갔더니 느린 우체통이 있었다. 엽서를 써서 우체통에 넣으면 1년 뒤에 배송되는 방식이었다. 호기심으로 엽서를 써 우체통에 넣었다. 까맣게 잊고 있었는데, 1년 뒤 엽서가 왔다. 엽서가 특별히 예쁘지 않았는데도 대단한 선물을 받은 것처럼 기분이 좋았다. 그때부터 엽서를 특별한 선물로 정했다. 해외여행을 하면서 엽서를 보내면 배보다 배꼽이 크다. 우편료가 엽서보다 비싼 웃지 못할 촌극이 펼쳐져서 그렇다. 대신 한 나라의 상징을 담은 우표와 소인은 가격을 따질 수 있는 성질이 아니다. 엽서를 좀 더 멋지고 가치 있게 만든다.

 어제 람블라 거리를 구경하다 호객행위를 하는 검은색 청년이 유
난히 눈에 띄었다. 그는 FC 바르셀로나 유니폼을 판매하고 있었고
축구와 메시를 좋아하는 아들은 메시 유니폼 앞에서 비석이 됐다.
아들에게 선물해주고 싶은 마음이 생겨 물었다. "Kids size?"
 신이 난 그는 리듬을 탔다. 내가 지갑을 꺼내는 찰나의 순간 알 수
없는 긴장감이 느껴졌다. 청년은 서둘러 좌판을 접으면서 나를 흘끗
흘끗 쳐다봤다. 몇 마디 중얼거리더니 자리를 떴다. 영문도 모른 채
사라지는 그를 바라보았다. 그가 눈앞에서 사라질 즈음 경찰이 나타
났다. 그제야 긴장감의 정체와 그가 사라진 이유를 알게 됐다. 노점
상은 당연히 불법이고 그는 불법 이민자였을 것이다. 우리나라에는
불법 이민자가 거의 없지만 유럽에는 어느 나라나 흔했다.
 바르셀로나에도 많았지만, 파리의 관광지는 그들이 점령한 듯했
다. 불량스럽게 느껴졌지만 사실 그들은 전혀 나쁜 사람이 아니다.
오히려 기념품을 팔아 생계를 이어가는 건실한 청년들이다. 메시 유
니폼은 잠시 제쳐두고 옆에 있는 기념품점에 들렀다. 집에 두면 기
념품, 누군가에게 보내면 소중한 선물이 되는 엽서를 골랐다. 하나
같이 가우디의 작품이 사진이나 그림으로 들어가 있었다.
 카페에 갔다. 먼저 나에게 쓰는 엽서를 썼다. 신해철의 〈나에게 쓰
는 편지〉를 좋아하는 사람이라 나에게 쓰는 엽서가 낯설지 않았다.
미래를 생각하면 가장 먼저 연상되는 단어가 희망이다. 나에게 쓰는
엽서에는 희망이 담겼다. 달리기 친구들에게도 썼다. 오래 함께 달리

며 우정을 쌓자고 했다. 엽서는 긴 시간 세계를 유람하다 어느 날 친구들 앞에 짠하며 나타난다. 어떤 값비싼 선물보다 훨씬 가치 있고 멋진 선물이 되지 않을까? 두 발로 흔적을 남기는 여행자와 누군가의 마음에 흔적을 남기는 엽서는 잘 어울리는 한 쌍이다. 디지털 시대를 살아가는 우리에게 어린 시절 향수를 불러일으키는 건 덤이다.

세 시간 후, 만날 수 없을 것 같던 검은색 청년을 바르셀로네타 해변에서 다시 만났다. 아이들과 물놀이를 하러 가는 중이었다. 그는 람블라 거리에서 자리를 옮겨 1km 남짓 떨어진 해변에 좌판을 깐 것이다. 피부색이 다른 외국인을 쉽게 알아보기는 어렵지만, 우리는 눈이 마주치자마자 서로를 알아봤다. 건장한 청년은 메시의 발재간을 흉내 내기도 하고 아들의 상체에 옷을 갖다 대며 엄지를 치켜세우기도 했다. 검은 피부에 드러난 하얀 이빨은 건장한 청년을 귀여운 청소년으로 바꾸었다. 메시 유니폼을 사지 않을 수 없었다. 내가 산 유니폼이 정품은 아니었지만, 물건을 흥정하고 저렴한 가격에 사는 재미가 있었다.

축구 경기를 보면 흑인들은 대체로 실제보다 나이가 들어 보인다. 이 친구도 그런지 시험 삼아 물어봤다. "27?"

그가 흰 이빨을 드러내며 웃었다. "19."

역시나 그도 노안이었다.

검은색 청년과 헤어진 뒤에는 가족들과 해변에서 신나는 시간을 보냈다. 6년 전 바르셀로네타 해변에서 수영한 경험으로 해변에서 수영하기는 여행 계획을 짤 때부터 반드시 해야 할 코스였다. 하지만, 바르셀로나에 도착했을 때 예상치 못한 이상저온이 이어졌다. 해변에 가기로 한 날 날씨는 생각보다 훨씬 싸늘했고 빗방울마저 내렸다. 바다에 들어갈 수 있을지조차 불투명했다. 그냥 단념할 수는 없었다. 정오가 막 지난 시간, 오후에 날씨가 갠다는 예보만 믿고 바다로 향했다. 해변에 도착했을 때 예상보다 훨씬 많은 사람이 놀고 있었다. 그곳에서도 외국인은 외계인이었다. 바다에 뛰어드는 게 엄두가 나지 않았는데, 외계인들은 날씨에 아랑곳하지 않고 바다 안에서 놀고 있었다.

아이들과 모래사장에서 술래잡기 놀이를 했다. 그러는 동안 구름이 걷히고 그 사이로 태양이 드러났다. 태양이 떠오른 순간, 사람들이 왜 바르셀로나를 태양의 도시라 부르는지 깨달았다. 조금 전까지 쌀쌀하던 날씨는 온데간데없고 뜨거운 태양이 땀샘을 자극했다. 수영복 밖에 입고 있던 옷을 벗어 던지고 바다로 뛰어들었다. 차가운 물에 몸이 움츠러들었지만 적응하는 데는 10초도 걸리지 않았다.

지중해는 시간을 순식간에 잡아먹었다. 아들의 입술이 파랗게 됐을 때 물 밖으로 나왔다. 아들을 눕혀놓고 모래를 이불 삼아 덮어주었다. 까르르 웃음을 터트리는 아들을 보며 따라 웃었다. 우리 옆에서는 스페인 가족 삼대가 모여 놀고 있었다. 그들과의 거리는 고작 몇 미터밖에 되지 않았다. 우리의 웃음은 곁에 있던 그들에게 전파됐다. 그들은 비치발리볼을 멈추고 따라 웃었다. 그들에게 호감을 느낀 우리는 비치발리볼 경기의 관객이 됐다. 삼대가 한데 어울려 노는 모습이 지중해만큼이나 멋졌다.

어제의 추억을 떠올리는 사이 어느새 람블라 거리의 끝에 다다랐다. 콜럼버스 기념탑을 만났다. 콜럼버스는 스페인 사람이 아닌데도 바르셀로나의 요지에 우뚝 서 있다. 그가 왜 그 자리에 있는지 참을 수 없는 호기심이 일었다.

그의 말로 표현하면 이렇다.

"나는 이탈리아 제노바의 평민 출신이야. 자란 곳은 세계를 향한 선박으로 넘쳤고 동양에서 온 진귀한 물건도 많았지. 언젠가는 동양으로 가는 꿈을 꿨어. 지도 제작자로 명성을 얻어 포르투갈의 부유한 귀족을 아내로 맞았지. 덕분에 일하지 않아도 먹고살 수 있게 됐어. 하지만 내겐 동양을 향한 꿈이 있었어. 꿈을 위해 포르투갈은 물론 프랑스 같은 강대국을 찾아다니며 후원을 요청했지. 번번이 퇴짜를 맞았지만, 오뚝이처럼 다시 일어섰어. 결국 이곳 스페인의 이사벨 여왕에게 후원 약속을 받아냈지. 우여곡절 끝에 1492년 신대륙을 발견하며 꿈을 실현했어. 나는 죽을 때까지 그곳이 인도인 줄 알았지. 웃기지만 그곳이 아메리카 대륙이라 더 유명해졌어. 내가 그곳을 발견한 이후에 아메리카가 유럽에 알려졌거든. 인생은 새옹지마라고 하잖아? 아, 정작 내가 왜 여기에 있는지를 말하지 않았군. 내가 신대륙을 발견한 후 많은 스페인 사람들이 신대륙으로 넘어갔고 스페인어는 지금 세계에서 두 번째로 많은 사람이 쓰는 언어가 됐어. 내가 결정적 기여를 했지. 여담으로 1등은 중국이야. 워낙 인구가 많으니까. 정작 1등일 것 같은 영어는 3위라고. 이제 내가 이곳에 서 있는 이유를 알겠지?"

한국에 세종대왕 같은 영웅이 있다면 스페인에는 자기 같은 영웅이 있다고 콜럼버스 동상이 말하는 것 같았다.

바르셀로네타 해변이 드러났다.

6년 전 바르셀로나에 처음 왔을 때였다. TV나 책에서 지중해를 봤을 때 늘 궁금하고 신비로웠다. 지중해에서 수영하기는 오래전부터 하고 싶었던 소망이었다. 지중해가 나를 불렀고 나는 망설이지 않았다. 무작정 바르셀로네타 해변으로 달렸다. 그때는 오늘처럼 여유롭게 달리지 못했다. 오후라 요리조리 사람을 피하며 달렸다.

해변 모래사장에는 몸짱 청년들이 수영복만 입고 열심히 운동하고 있었다. 그들을 바라보자 한 청년이 나를 향해 엄지를 치켜세우며 외쳤다. "닛폰 가이!"

속으로 '네 뿡이다'라고 했지만, 겉으로는 손을 들어 고마움을 표했다. '코리안 가이'라고 외쳤으면 더 기분이 좋았겠지만, 그 청년은 내가 진짜 일본인이라 생각했을 것이다. 6년 지난 지금 그 상황이었다면 이렇게 외치지 않았을까? "K-pop 코리안."

그때 열정적인 근육 청년의 응원에 힘입어 나는 무중력 상태로 달렸다. 달리기에 몰입해 얼마나 빨리 달렸는지조차 알 수 없었다. W 호텔이 보이는 어느 곳에서 지중해에 풍덩 안겼다. 소망 하나가 이뤄진 순간이었다.

W 바르셀로나 호텔에서 잠시 멈춰 드넓게 펼쳐진 바르셀로네타 해변을 바라보았다. 6년 전 이곳에 온 것처럼 6년 뒤에도 다시 이곳에 올 수 있을지 궁금했다. 6년 뒤에도 나는 여전히 러너로 살아가고

있을지도 궁금했다. 다시 이곳을 찾아 달리고 싶다.

거칠어진 호흡이 가라앉았을 때 다시 숙소로 향했다. 바닷가에서 옛날 추억을 돌아보느라 거북이가 됐다. 다시 속도를 높여 토끼가 되자 발걸음 소리가 경쾌해지며 호흡도 반 박자 빨라졌다. 그제야 진짜 달리는 느낌이 났다.

엽서를 부쳤던 바르셀로나 중앙우체국이 보였다. 엽서 생각에 괜히 기분이 좋아지고 웃음이 났다. 그곳에서부터 호스텔까지는 한껏 부풀어 오른 마음으로 달렸다. 우편엽서를 받을 미래의 나와 친구를 하나하나 떠올리며.

일주일 뒤 유럽 여행을 끝내고 돌아온 뒤에도 나는 여전히 설레었다. 친구들에게 보낸 편지, 나와 가족들에게 보낸 편지는 여전히 세계여행 중이었고 언제 올지 예측할 수도 없었다. 언제쯤 오려나 싶은 생각에 하루하루가 기다림의 연속이었다. 유럽 여행이 여전히 계속되는 느낌도 들었다.

친구들에게 보낸 편지가 먼저 도착했다. 친구들이 엽서 잘 받았다고 고맙다고 했을 때 마음이 풍선처럼 부풀었다. 며칠 뒤 나에게 보낸 편지도 왔다. 과거의 내가 현재의 나에게 보낸 응원과 희망의 메시지였다. 그 엽서를 보고 있으니 좀 더 힘차게 하루를 보내야겠다는 생각이 들었다. 마지막으로 가족들에게 보낸 깜짝 엽서가 왔다. 언제 엽서를 보냈냐며 묻는 아내를 보면서 흐뭇하게 웃었다. '새벽 달리기가 취향인 나에게 남는 건 시간이야.'

달리기 친구가
사람이 아니라고?

피렌체에 도착한 당일 저녁, 가족들과 함께 야경을 보러 미켈란젤로 광장에 갔다. 광장에서 내려다본 노을은 감탄사를 자아냈다. 구름 뒤에 숨은 태양은 하늘을 붉게 물들였고 노을은 다시 물감이 되어 아르노강을 따라 흘러내렸다. 붉은빛 강물은 7백여 년의 역사를 자랑하는 베키오 다리를 지나며 아름다운 피렌체에 신비로움을 더했다.

아르노강 너머에 우뚝 솟은 지붕은 하나같이 붉은색 옷으로 단장하고, 누가 제일 아름다운지 경연을 펼치고 있었다. 그 중에서 베키오 궁전, 피렌체 두오모, 산타크로체 성당은 특히 두드러졌다. 여행을 주제로 한 예능 프로그램에 비유하면 BGM이 반드시 나오는 경치였다.

미켈란젤로 광장 가운데는 미켈란젤로가 만든 다비드상이 있다. 진품은 아카데미아 미술관에 있지만, 전문가가 봐도 진품인지 모조

품인지 구분하기 쉽지 않으니 나에겐 그냥 미켈란젤로의 다비드상이
었다. 다비드상은 미켈란젤로가 만들었다는 사실 자체만으로 대단
히 빛났다. 평소에 조각상에 관심이 없는 사람도 이 대단한 예술품을
보고서는 가만히 있기 어렵다. 가족들과 함께 360도를 돌며 샅샅이
살펴보고 다양한 각도로 사진을 찍었다. 러너인 나는 학교 운동장처
럼 평평한 타원형 광장을 한 바퀴 달리고 나서야 광장을 떠났다.

　이성은 '한 번 왔으면 됐다. 언제 다시 피렌체에 올지 모르는데 다
른 곳에도 가야지' 라고 속삭였지만, 나는 틈날 때마다 미켈란젤로
광장으로 향했다. 연인이 생겼을 때 자신을 통제하지 못하는 것처럼
이성으로 어찌할 수 있는 일이 아니었다. 다시 피렌체를 방문하는
날이 오면 그때도 제일 먼저 찾을 곳은 미켈란젤로 광장일 것이다.
　사람의 습관은 대단하다. 새벽 러닝이 습관인 나는 언제 어디에서
나 새벽이면 자동으로 눈을 뜬다. 여행지에선 더하면 더했지 절대
덜하지 않다. 혼자 여행하는 동안은 새벽에도 이것저것 할 게 많지
만, 가족과 함께 여행할 때는 새벽에 할 수 있는 선택은 다양하지 않
다. 가족의 잠을 방해할 수 없으니 대체로 밖으로 나가 달린다. 여행
에서 새벽 달리기는 나와 가족의 시차를 메우는 방법이기도 하다.
내가 달리기를 마치고 돌아올 즈음 가족들은 기가 막히게 슬슬 기지
개를 켠다.
　달리기를 즐기지 않는 사람은 혼자 달리면 지루하고 심심하지 않
냐고 묻기도 한다. 실제로 그런 경우는 드물다. 혼자 있는 시간이 무
작정 외롭지만은 않은 인생과 다르지 않다. 그래도 가끔은 누군가와

함께 달리고 싶은 날이 있는데, 그런 날의 문제는 함께 달릴 누군가
가 없다는 것이다.

새벽에 어김없이 눈은 자동으로 떠졌다. 여유가 되면 읽을 책 한
권을 작은 여행용 크로스백에 넣었다. 전날 흐린 날씨로 못 본 일출
을 반드시 보겠다는 심정으로 다시 미켈란젤로 광장으로 향했다. 좁
은 골목을 따라 시뇨리아 광장을 향해 달렸다. 붉은색 돔이 상징인
피렌체 두오모를 지나 시뇨리아 광장에 들어섰다. 광장을 크게 한
바퀴 달리는 동안 예쁜 카페와 웅장한 조각상이 유난히 눈에 띄었
다. 이탈리아 사람들의 커피에 대한 자부심은 유난히 대단해서 아이
스 아메리카노를 사려면 여기저기 수소문해야 할 지경이었다. 뒤돌
아선 나를 두고 "감히 커피에 얼음을 넣다니, *부끄러운 줄 알아야지*"
라고 말하는 것처럼 뒤통수가 따갑다. 광장 이곳저곳에 놓인 조각상
은 누군가에게는 분명히 감탄사를 토해내는 예술품이다. 그냥 지나
치면 훗날 후회할 날이 올 것 같았다. 미켈란젤로 광장을 가다 말고
다시 돌아 조각상을 하나하나 감상했다. 낮이 되면 시뇨리아 광장은
사람으로 미어터져 사진 하나 제대로 찍으려면 꽤 기다려야 한다.
다행히 광장에서 내 눈에 띈 사람이 열 명도 채 되지 않았다. 새벽의
법칙 덕분이었다. 낮과 밤을 더 사랑하는 여행자들에게 하고 싶은
말이 떠올랐다. "여행자 여러분, 가끔은 새벽에 관광 명소를 찾으세
요."

미켈란젤로 광장으로 향했다. 미켈란젤로 광장으로 가려면 피렌

체를 가로지르는 아르노강을 건너야 한다. 피렌체에서 가장 오래됐고 낮으면 관광객에게 떠밀려 겨우 이동할 수 있는 베키오 다리를 건넜다. 역시나 새벽이라 인적이 드물었고 달리는 동안 겨우 두 사람을 보았다.

아르노강을 따라 달리며 강을 바라보았다. 달리면서 바라보는 아르노강은 서울의 중랑천보다 좁은 평범한 강이다. 어릴 때 물놀이하던 하천도 이보다는 넓었다. 이때가 처음 아르노강을 본 순간이었다면 하찮게 여겼겠지만, 내 마음엔 이미 미켈란젤로 광장에서 내려다본 황홀할 만큼 아름다운 아르노강이 깊이 자리하고 있었다. 아르노강을 따라 달리는 그 자체만으로도 뿌듯했다.

사람도 시간과 장소에 따라 달리 보인다. 달릴 때 나와 달리지 않을 때 내가 다를 수 있다. 러너는 언제 더 멋질까? 누구보다 러너 스스로 잘 알 것이다. 강변을 벗어나 미켈란젤로 광장으로 향하는 언덕을 올랐다. 내 앞에는 긴 생머리를 찰랑거리며 달리는 여성 러너가 있었다. 저 여인은 관광객일까 현지인일까? 말을 걸어볼까 망설이다 그냥 지나쳤다. 아저씨가 되어 달리기를 시작해서일까? 결혼하기 전에 달렸다면 한 번 정도는 말을 걸어보지 않았을까? 이런저런 생각을 하는 사이 그녀를 추월했다. 계단을 제법 올랐을 때 뒤를 돌아봤다. 여성 러너의 얼굴을 보고 싶어서 그런 건 아니고 그쯤에서 피렌체의 풍경을 한번 보고 싶다는 핑계를 대면서. 그녀는 힘들어서인지 걷고 있었다. 달릴 때 그녀와 걷고 있는 그녀는 같지 않았다. 달릴 때가 더 멋졌던 것이다.

정상 계단 끝을 한 번 바라보고 다시 달렸다. 심장이 터지지 않을 만큼의 속도로 미켈란젤로 광장에 도착했다. 심장은 마치 연인을 만나는 것처럼 쿵쾅거렸다.

"여행 가시면 사진만 찍지 말고 동영상도 꼭 찍으세요. 사진과는 또 다른 매력이 있고 나중에 여행을 추억하는 또 하나의 방법이 될 거예요." 여행이 취미라는 어느 기자가 가족들과 한 달 유럽 여행을 간다는 말에 해준 조언이다.

"여행을 마치고 돌아와서 동영상을 보면 다시 그곳에 있는 느낌을 받아요. 엄마와 또 여행을 떠나고 싶네요." 그녀는 어머니와 다녀온 유럽 여행을 이야기하며 얼굴이 환해졌다.

그녀가 한 말이 생각났다. 가쁜 숨을 몰아쉬면서도 서둘러 스마트폰을 꺼냈다. 내가 이곳에 있다는 것을 영원히 남기고 싶었다. 내가 이곳에서 건강하게 달릴 수 있어 고맙다는 말을 쉬지 않고 쏟아냈다. 딱히 누군가에게 한 말이 아니다. 그냥 그 순간이 감사했다. 신을 믿지 않지만, 이 순간 누군가 내 말을 듣고 있을 것만 같았다. 나는 행복한 해설자였고 영상은 가슴 뛰는 다큐멘터리가 됐다.

아르노강이 흐르는 피렌체를 넋 놓고 바라보았다. 붉은색이 만들어내는 아름다움은 새벽이나 저녁이나 한결같았다. 피렌체가 '꽃(fiore)'이라는 어원을 가진 도시라는 것을 실감했다. 피렌체의 아름다움에 취해 하늘에 가득한 구름을 뒤늦게 보았다. 혼잣말로 중얼거렸다. "오늘 일출을 볼 수 있을까…."

큼지막한 카메라를 설치해놓고 일출을 기다리는 사람들에게 일출을 확신하는지 물어보고 싶었지만, 그들은 말 걸기 어려울 만큼 진지했다. 그냥 기다리며 피렌체 풍경을 더 감상하기로 했다. 스마트폰으로 날씨를 검색하면 됐을 텐데, 그때는 그 쉬운 방법조차 떠올리지 못했다.

미켈란젤로의 다비드상으로 걸었다. 우피치 미술관 가이드 투어가 한 말이 생각났다. "다비드가 다윗과 골리앗의 그 다윗이라는 사실 알고 계시죠? 의외로 모르시는 분들도 계시더라고요."

마치 나를 두고 하는 말 같았다. 똑같은 다비드지만 정체를 알기 전과 후의 모습은 차원이 달랐다. 다비드의 정체를 알기 전에는 미켈란젤로의 혼이 깃든 거대하고 늠름한 예술품이었지만, 정체를 알게 된 후에는 가장 용감한 소년이 되었다. 거인에 맞서 싸운 그의 용기는 어디서 나왔을까?

그즈음 나는 더 멀리 그리고 더 빨리 달리고 싶은 마음이 살아나고 있었지만, 좀처럼 용기를 내지 못했다. 피렌체에서 우연히 만난 말 없는 다윗은 꿈쩍 않던 나의 용기를 깨우기에 충분했다. 거인에 맞서 싸운 다윗에 비하면 새로운 도전은 손바닥 뒤집기만큼 쉬운 일이다. 열정만 있다면 시간은 러너의 편이라는 오랜 믿음을 다시 되살리며 한 걸음 더 나가기로 했다. 아직 태양이 떠오를 시간이 되지 않았다. 지난밤 아내와 버스킹을 보며 맥주를 마셨던 계단에 앉았다. 초등학생 두 남매는 이국적이고 아름다운 피렌체에 들떠 있었다. 내 뒤에 앉은 대학생쯤 돼 보이는 여학생이 유난히 아들을 보며 웃었다. 동양에서 온 아이가 귀여웠던 걸까? 저만한 동생이 있으면 좋겠다고 생각하는 걸까? 그것도 아니면 벌써 아기를 갖고 싶은 걸까? 그녀는 우리에게 사진을 찍어주겠다는 호의를 보였고 우리 가족의 행복한 순간을 영원히 남겨주었다. 어딜 가나 친절한 외국인으로 가득했다. 호의를 보여준 그녀에게 진심을 담아 말했다. "Thank you. God bless you."

가방에 넣어둔 책이 떠올랐다. 구본형 작가의 《나는 이렇게 될 것이다》를 꺼냈다. '시처럼 아름답게 살고 싶다'라는 표지 문구에 눈길이 머물렀다. 책은 구본형 작가 사후에 제자들이 스승의 글을 모아 엮었다고 한다.

한 제자와 구본형 작가의 일화가 따뜻하게 살아났다. "구본형 연구소에 지원했으나 떨어졌어요. 얼마 후 스승님의 연락을 받았어요. 의아스러운 생각이 들었지만, 혹시나 하는 마음으로 만났어요. 스승님이 연락한 이유는 매생잇국을 사주기 위해서였어요. 팍팍한 살림살이로 매생잇국을 못 먹어봤다고 지원서에 썼거든요…."

그 일화를 본 순간 누군가의 아픔에 공감하는 구본형 작가의 인품에 탄복했다. 제자들은 그를 말과 글이 일치한 사람이라고 했다. 세상에 그런 사람이 있을까 싶었다.

피렌체를 배경으로 책을 들고 있는 내 모습을 사진으로 남기고 싶었지만, 주위에 부탁할 사람이 없었다. 피렌체를 배경으로 책 사진을 찍었다. 책이 주인공이 되고 풍경이 배경이 되어 멋진 사진이 됐다. 책을 읽다 고요를 깨는 요란한 소란에 고개를 들었다. 웨딩드레스와 예복을 입고 스냅사진을 찍는 커플이 있었다. 동양인인 그들은 내 눈에 영락없는 한국인이었다. 지인의 말이 떠올랐다. "요즘은 해외여행 다니며 스냅사진을 찍는 사람이 많아요."

책 읽기를 멈추고 그들을 바라봤다. 온 얼굴에 행복이 가득해 나도 흐뭇해졌다. 웨딩 촬영을 해외에서 하는 게 유행일까? 돈이 많아서 해외로 웨딩 촬영 온 걸까? 아니면 스냅사진의 콘셉트가 웨딩 촬영일까?

숙소로 돌아오는 동안 구본형 작가와 그의 책 생각에서 조금도 벗어나지 못했다. 마치 그가 나와 함께 달리거나 나를 지켜보는 느낌이 들었다. 그때 이후로 여행을 떠나면 습관적으로 책을 챙긴다. 멋진 풍경 아래 책을 읽고 그것을 배경으로 사진도 찍는다. 가끔은 책을 베개 삼아 벤치나 나무 그늘에 눕기도 하니 책은 여러모로 쓸모가 많다. 구본형 작가의 여행 캐리어 꾸리는 방법은 인상적이었다. 방법은 이렇다. 여행을 앞두고 필요할 것 같은 물건을 모조리 캐리어에 던져 놓는다. 그리고 여행 전날 꼭 필요한 것만 두고 나머지는 뺀다. 그렇게 반만 채워 여행을 떠나고 여행에서 돌아올 때는 그곳에서 산 크고 작은 기념품과 지인을 위한 선물로 가득 채운다.

책이 달리기 친구가 될 수도 있다는 것을 안 것은 좀 더 훗날이다. 유럽 여행을 다녀온 다음 해 본격적으로 트레일 러닝에 뛰어들었는데, 그때 서울 둘레길을 홀로 완주했다. 서울 둘레길은 서울 외곽 경계선을 따라 157km 길이로 이어진다. 숲길과 하천길로 이루어져 트레일 러닝을 위한 최적의 코스다.

배낭에 로마 전성기의 마지막 황제였던 마르쿠스 아우렐리우스가 쓴 《명상록》을 넣고 다녔다. 명상록은 누구에게 보여주기 위해 쓴 것이 아닌, 삶부터 죽음까지 인생에 관한 그의 다짐을 쓴 일기다. 지하철을 타는 동안 읽기도 하고 달리다 힘들면 휴식을 하며 읽기도 했다. 그는 나에게 대체로 용기를 가끔은 위로를 주었다. 아우렐리우스가 내 곁에 있는 착각이 들었다. 아우렐리우스는 나의 멘토이자 달리기 친구가 되었다.

시간이 흘러 코로나바이러스로 사람을 만날 수 없게 됐을 때는 사람 아닌 친구들, 그중에서 팟캐스트와 오디오북이 친구가 됐다. 둘 다 친구처럼 편안하다. 쌍방향 소통이 되지 않는 단점이 있지만, 꼭 내가 말을 해야 친구가 되는 건 아니다. 재미있는 이야기를 들을 때는 웃기는 친구에게 개그를 듣는 것처럼 킥킥대고 처음 듣는 지식을 들을 때는 똑똑한 친구에게 배우는 것처럼 고개를 끄덕인다.

피렌체는 나에게 많은 것을 선물했다. 다비드가 준 용기로 나는 개인 최고 기록에 도전했다. 그때까지 해봤으면서도 몰랐던 트레일 러닝에 뛰어들었고 서울 둘레길을 만났다. 서울 둘레길에서 운명처럼 선택한 명상록은 사람이 아닌 책도 친구가 될 수 있다는 것을 깨우쳤는데, 그 계기가 바로 피렌체에서 만난 《나는 이렇게 될 것이다》라는 책이었다. 명상록을 선택한 이유는 피렌체의 다음 여행지인 로마에서 마르쿠스 아우렐리우스를 알게 됐기 때문이다. 아주 작은 깨달음과 성과도 단 하나의 이유와 노력으로 이뤄지지 않는다는 것을 나는 여행과 달리기 같은 경험을 통해 알았다. 경험은 경험으로 배움은 배움으로 깨달음은 깨달음으로 이어진다. 그리고 서로 섞인다. '천재는 나면서부터 알고 수재는 배워서 알게 되지만, 나처럼 보통

사람은 경험해서 알게 된다. 좀 늦을 수 있지만, 결과는 같다. 긴 인
생을 봤을 때 조금 빠르고 늦는 건 어쩌면 아무 문제가 되지 않는다.'
중용에 나온 이 문구조차 나는 경험으로 알게 됐다.

우연이
주는 선물

로마

여행을 하기 전에는 크고 작은 계획을 한다. 숙소 정하기는 큰 계획에 속한다. 숙소를 정할 때 나는 주요 관광지와의 접근성과 주변에 달릴 공간이 있느냐를 중요하게 고려한다. 로마에 예약한 호텔은 만점 더하기 만점이었다. 호텔에서 1km 떨어진 곳에 달리기 좋은 보르게세 공원이 있고 도보 1분 거리에 트레비 분수가 있었다.

계획 없는 인생을 상상할 수 없듯이 계획 없는 여행과 달리기도 상상할 수 없다. 우리는 늘 계획하고 준비하며 살아가고 그것을 바탕으로 크고 작은 발자취를 남긴다. 하지만, 발자취만 있으면 무엇이든 단조롭다. 향기 없는 조화라는 느낌이 든다. 향기를 내는 건 따로 있다. 그것은 뜻밖에 찾아오는 우연이 아닐까?

트레비 분수는 호텔에서 몇 번 뒹굴면 갈 수 있을 만큼 가까웠다. 다른 관광지와 달리 그곳에선 이른 새벽부터 많은 사람이 사진을 찍고 있었다. 트레비 분수는 새벽의 법칙조차 거슬렀다. 사진을 찍으며 어떻게든 예뻐 보이려는 관광객들의 표정에 피식 웃음이 났다.

호텔에서 1km를 달려 핀초 언덕에 도착했다. 보르게세 공원의 시작이다. 이곳에서 포폴로 광장과 성 베드로 성당을 한 번에 조망할 수 있다.

어제는 가족과 함께 야경을 보러 이곳에 왔다. 이른 시각에 도착해 축구를 했다. 딸은 물론 아내도 동참했다. 어린 아들이 있는 엄마의 역할은 참으로 다양하다. 엄마가 되기 전에는 본인이 축구를 하리라고는 상상도 못 했을 것이다. 우리 옆에서 젊은 청춘 남녀들이 도시락을 까먹고 있었다. 우리로 치면 대학생들이 MT를 온 것 같았다. 축구를 시작하고 5분쯤 지났을 때다. 한 커플이 우리와 좀 더 가까운 곳에 자리를 잡았다. 그들은 한순간의 망설임도 없이 밀착해 하트를 날리기 시작했다. 어느 순간 자석처럼 붙어 그들 사이에는 공기가 들어갈 틈조차 없었다. 영화에서 이런 상황이 벌어지면 관객들은 기대감을 높이고 침을 꼴깍 삼킨다. 아이들과 함께 그 상황을 바라보며 침을 삼킬 순 없었다.

포폴로 광장과 성 베드로 성당이 내려다보이는 전망대로 갔다. 로마에서 멋진 풍경을 보니 영화 〈타이타닉〉에서 케이트 윈슬릿이 양팔을 벌리고 레오나르도 디카프리오가 허리를 감싸는 명장면이 떠올랐다. 그 상황을 재연하며 사진을 찍었다. 꼴값으로 나왔다. 위치를 바꿔가며 몇 번 더 찍었으나, 역시 꼴값이었다. 말없이 슬그머니 사진을 지웠다.

전망을 충분히 누린 후 포폴로 광장을 향해 내려갔다. 어둠이 내리기 시작한 그곳은 인적이 드물었다. 혼자라면 무섭겠다는 생각이 드는 찰나 아내와 나는 동시에 감탄사를 내뱉었다. "헉…."

좌측 45도 방향 십 미터 앞에서 한 커플이 사랑을 나누고 있었다. 진한 키스를 나누며 곧 19금에 진입할 태세였다. 그들에겐 사랑이지만 초등 두 아이와 함께 여행하는 우리에겐 매우 민망한 상황이었다. 서둘러 벗어나고 싶었다. "저기 앞 큰 나무까지 빨리 가는 사람에게 아빠가 선물 하나 사준다."

그렇게 우리는 여행지에서 100m 달리기를 하는 가족이 됐다.

여행을 계획하는 것처럼 달릴 때도 미리 코스를 정한다. 어제는 테베레강을 따라 달리다 베드로 성당을 찍고 다시 숙소로 돌아오는 계획대로 달렸다. 오늘은 달랐다. 보르게세 공원을 한 바퀴 달리고 돌아갈 계획을 바꿔 발길 닿는 대로 달리기로 했다. 길을 모르지만 전 세계 어디서든 구글맵만 있으면 문제 될 리 없다.

우연한 만남은 끊임없이 나를 멈추게 했다. 발길이 이끄는 대로 달리다 보르게세 미술관을 만났다. 베르니니의 조각과 카라바조의 그림이 있어 누군가에겐 필수 여행지이겠지만, 내게는 그냥 달리다 만나는 많은 공간 중 하나일 뿐이었다. 미술관을 빠져나와 《젊은 베르테르의 슬픔》을 쓴 위대한 작가 괴테의 석상을 만났다. 석상을 보며 《젊은 베르테르의 슬픔》을 당장 읽겠다고 마음먹었지만, 2년이 다 되어갈 때쯤에야 읽게 됐다. 나의 다짐은 이렇게 변화무쌍해서 때론 바위 같고 때론 깃털 같다.

조금만 뛰어도 독특한 건물과 멋진 조각상이 나타났다. 모든 건물은 로마의 유적이고 조각상을 만든 사람은 분명히 미켈란젤로일 것 같았다. 석상의 주인공은 반드시 역사책에서 한 번은 본 사람일 것 같은 생각이 들었다. 무엇이든 특이한 공간을 만나면 멈췄다. 구글 맵에 흔적을 남긴 수많은 지구인이 유적에 대해 상세히 알려줬다. 콜로세움으로 가다 엉뚱한 길로 들어서기도 했다. 그것은 뜻밖의 만남을 위한 작은 시행착오일 뿐이었다. 테르미니역 근처 레푸블리카 광장 분수에서는 조각상들이 나를 사로잡았다. 쏟아지는 물을 맞고 있는 전라의 여신이었다. 서울이라면 외설적이라는 이유로 아예 설치되지 못했거나 철거 시위로 몸살을 앓았을 것이다. 곧 콜로세움에 도착했다. 그곳을 반환점으로 삼아 숙소로 향했다. 보르게세 공원에서 3km를 달렸다. 평소대로 달렸다면 15분이면 충분할 텐데 40분이나 걸렸다. 계획하지 않은 우연한 만남 덕분이었다.

콜로세움은 로마를 배경으로 한 영화 〈글래디에이터〉에서 막시무스와 코모두스가 마지막 일전을 벌인 장소다. 워낙 좋아하는 영화라 한국에서부터 가이드 투어를 예약했다. 예약 당일 숙소에서 콜로세움까지 온 가족이 함께 달렸다. 처음부터 그럴 계획은 아니었다. 아이들에게 일찍 자야 한다고 누누이 말했건만, 역시나 말을 잘 들으면 아이가 아니다. 더 자고 싶은 아들을 안고 달렸다. 잠시 뒤 아들이 깼고 약속 시간에 맞추는 방법은 하나뿐이었다. "뛰자!"
정신 차린 아들이 힘차게 뛰기 시작했다. 길도 모르는 아이가 나를 앞질렀다. 아들을 불러 뒤에서 따라오라 했다. 나, 아들, 딸, 아내 순으로 달렸다. 우리 가족이 달리는 순서였다. 아들은 아빠 뒤에 꼭 붙어서 달렸지만, 아내와 딸은 조금씩 거리가 벌어졌다. 숨이 점점 차올랐지만, 눈앞에 나타난 콜로세움에 힘이 났다. 내 옆에 바짝 붙어 달리는 아들도 목적지를 보더니 신이 났다. 뒤로 돌아보니 딸과 아내는 반쯤 걷고 있었다. 잠시 멈춰 기다리다 함께 달렸다. 늦지 않게 도착했다. 약속 시간 2분 전. 고작 1.5km를 달렸지만 약속 시간을 지켰다는 생각에 기분이 좋아졌다. 아내와 아이들도 가쁜 숨을 몰아쉬면서도 뿌듯한 모습으로 웃었다. 우연한 달리기가 준 소소한 기쁨이었다.

우연한 달리기와 얽힌 추억은 또 있다. 구글 검색을 통해 알게 된 오렌지 공원을 찾았다. 공원에 가는 날 아내는 원피스를 입었다. 오월이었지만 이상 저온으로 여행 내내 한번도 입지 못한 원피스였다. 그날도 춥기는 마찬가지였지만, 다음날 서울로 돌아가야 하니 선택의 여지가 없었다. 숙소를 나오는데 하늘이 불안했다. 구름이 점점 많아지더니 버스에서 내릴 때쯤엔 비가 한 방울씩 내리기 시작했다. 비가 그치기를 바라며 오렌지 공원으로 걸었다. 방울은 곧 물줄기가 됐고 우리는 가져간 돗자리를 우산 삼아 어느 성당으로 달려 들어갔다. 비는 그칠 기미가 없었다. 식사부터 먼저 하기로 했다.

이탈리아 남부 투어 때 가이드가 알려준 식당으로 갔다. 누구나 알지는 못하지만, 알 만한 사람은 다 안다는 스테이크 레스토랑이었다. 우산이 없어 가는 동안에도 뛰어다녔다. 비에 흠딱 젖었지만 맛있는 스테이크를 먹으며 기분이 좋아졌다. 사람은 무엇이든 먹으면 기분이 좋아진다. 식사하는 동안 비가 그쳤고 우리는 다시 오렌지 공원으로 향했다. 젖었던 옷은 체온과 바람에 말랐고 빛나는 하늘 사이로 쏟아진 햇살로 발걸음은 나비가 됐다. 아내는 연신 싱글벙글했다. "하늘이 도왔네. 원피스를 입은 보람이 있어."

아이들과 장난치며 걷다 보니 어느새 오렌지 공원에 도착했다. 그곳은 전망대로도 손색없었다. 많은 사람이 전망 풍경을 즐기며 버스킹 공연을 듣고 있었다. 폴란드에서 왔다는 세 부부가 우리에게 말을 걸었다. 우리 부부보다 연장자처럼 보이는 세 부부와 가벼운 인사를 시작으로 폴란드와 한국, 로마와 여행에 대해 이런저런 이야기를 나누었다. 헤어질 때는 사진을 찍고 서로의 언어로 인사했다. "pa." "안녕."

내려갈 땐 탐험가의 자세로 올라왔던 반대 방향으로 향했다. 우연히 로즈가든을 만났다. 로즈가든을 만난 순간 라이언 고슬링과 엠마 스톤이 열연한 뮤지컬 영화 〈라라랜드〉가 떠올랐다. 두 사람이 열렬히 춤을 췄던 그리피스 천문대는 가슴에 콕 박혔고 언젠가는 아내와 함께 그곳에 가서 춤추리라 다짐했다. 비록 그리피스는 아니었지만, 아내와 춤추고 싶은 마음이 용솟음쳤다. 주저 없이 스마트폰으로 음악을 켜고 아내와 춤을 췄다. 관광객 몇 명이 마치 공연을 보듯 우리를 유심히 바라봤다. 파리에서 300명 이상 앞에서도 춤을 췄으니 고작 몇 명은 전혀 문제가 되지 않았다. 딸이 사진을 몇 장 찍었다. 사진을 보자마자 아내가 말했다. "여보, 이건 꼭 거실에 걸어야 해."

핀초 공원에서 찍었던 꼴값의 아쉬움을 완전히 털어냈다. 아내는 한 달 유럽 여행을 하며 원피스를 딱 한 번 입었는데 타이밍이 기가막혔다. 오전에는 돗자리를 쓰고 이리저리 뛰어다닐 만큼 우스꽝스러웠지만, 상황은 변했고 우연은 완벽한 순간을 만들어주었다.

　우연은 여행 마지막 날에도 찾아왔다. 체크아웃하고 호텔을 나서다 항공권에 문제가 없는지 확인했다. 그럴 리 없겠지만 간혹 항공편 출발 시간이 바뀌거나 문제가 생길 수도 있어서였다. 로마에서 파리행 경유 편이 취소됐다는 것을 확인한 순간 정신을 차릴 수 없었다. 나갔던 넋을 찾아 다시 호텔로 갔다. 프런트 매니저에게 내 항공권을 보여주며 손짓발짓했다. 그녀는 항공사에 전화했고 우리는 초조하게 그녀를 바라보았다. 통화를 하던 그녀의 얼굴에 미소가 찾아왔다. 수화기를 건네받은 내게 전해진 소식은 완벽했다. "경유 편 항공기에 문제가 생겼어요. 직항으로 바꿔줄게요."

　편안한 마음으로 비행기를 탔다. 책을 읽다 영화 〈아쿠아맨〉을 봤다. 주인공 아쿠아맨은 등대지기와 해저 도시 아틀란티스 여왕 사이에서 태어난 슈퍼 히어로다. 아쿠아맨이 진정한 왕이 되기 위해서는 삼지창을 찾아야 하는데 결정적 단서가 로물루스 석상이다. 로물루스는 테베레강에 버려졌으나 암늑대의 젖을 먹고 자란 로마를 세운 전설적인 건국 영웅이다. 왜 하필 '로물루스'가 등장하는 영화 〈아쿠아맨〉을 로마 여행에서 돌아오면서 보게 됐을까?

　로마 여행을 하는 내내 르네상스가 왜 그리스 로마 시대의 부흥을 표방했는지 알 것 같았다. 콜로세움이나 판테온 같은 거대한 건물을 볼 때마다 말도 안 되는 건축기술에 감탄했다. 로마가 대단했다는 것을 인정할 수밖에 없었다. 로마에 대한 끊임없는 호기심과 지적 욕구가 샘솟았다. 한국에 돌아가면 시오노 나나미의 《로마인 이야기》와 마르쿠스 아우렐리우스의 《명상록》을 읽겠다고 다짐했다. 로마인 이야기는 진작부터 알았지만, 명상록은 달리다 뜻밖에 만난 〈마르쿠스 아우렐리우스의 원주〉를 통해 알게 됐다.

아쿠아맨은 나에게 로마를 잊지 말라는 메시지를 준 것 같았다. 그것 때문이었을까? 여행에서 돌아온 지 한 해가 지난 지금도 여전히 로마와 로물루스를 잊지 못하고 영화 〈글래디에이터〉 속 막시무스가 결투했던 콜로세움을 떠올린다. 로마인 이야기와 명상록은 말할 것도 없이 꾸준히 찾는다.

런던, 파리, 바르셀로나, 피렌체, 로마에서 여행하고 달리면서 수많은 우연이 있었다. 도시마다 발 도장을 찍으며 흔적을 남겼고 그 흔적은 다시 내 머리와 가슴에 박혀 잊지 못할 여행이 됐다. 시간이 흐르면 여행의 순간들이 조금씩 잊히겠지만, 두 발로 꾹꾹 찍어가며 새긴 달리기 여행은 디지털 파일로 저장한 것처럼 영원할 것이다. 그중에서도 우선순위에 저장된 장면은 늘 우연과 연결됐다.

여행과 달리기는 움직이는 면적이 넓은 만큼 우연을 만날 확률도 높다. 그런 이유로 여행자와 러너는 그렇지 않은 사람보다 삶의 만족도가 더 높은 건 아닐까?

서울에 돌아온 후 나는 많이 걷고 달려준 두 발에게 작은 선물을 했다. 한 달 동안 묵묵히 내 몸을 지탱해준 발이 고마웠다. 아프거나 불평이라도 했다면 달리기는커녕 여행이 주는 작은 행복조차 만나지 못했을 것이다.

새 운동화 끈을 조여 매고 다시 일상 달리기를 시작했다. 여행지의 설레는 풍경은 사라졌지만, 달리기는 일상에 적응하는 데 도움이 됐다.

유럽 여행에서 돌아온 지 얼마 되지 않아 다시 어디론가 여행을 떠나고 싶었다. 그곳에서 달리고도 싶었다. 다리가 달리는 동안 머리는 다음 여행지를 찾아 상상 여행을 떠났다. 머리가 찾은 곳은 뉴욕이었다. 뉴욕 여행과 센트럴파크에서 달리는 모습을 상상했다. 코로나로 하늘길이 막힌다는 건 상상조차 하지 못한 채.

마라톤 대회와
여행 달리기 장소(코스)

마라톤 대회는 다양한 기준으로 구분된다. 어디서 열리느냐에 따라 국내대회와 해외대회로, 거리에 따라 5km 마라톤, 10km 마라톤, 하프코스 마라톤, 풀코스 마라톤, 울트라마라톤으로, 달리는 길에 따라 일반 대회와 트레일러닝 대회로 구분된다. 대부분의 국내대회는 마라톤온라인(www.marathon.pe.kr), 전마협(www.run1080.com), Sub-3(www.sub-3.com)에서, 해외마라톤은 에스앤비투어(www.snbtour.com)와 오픈케어투어(www.opencaretour.com)에서, 울트라마라톤 대회는 대한 울트라마라톤 연맹(kumf.kr)에서, 트레일러닝 대회는 대한 트레일러닝협회(www.facebook.com/koreatrailrunassociation)에서 확인할 수 있다.

2030세대가 특히 좋아할 만한 대회는 갑자기 또는 비정기적으로 개최되기 때문에 꾸준히 관심을 가져야 미리 알 수 있다. 이때 달리기 모임에 가입되어 있다면 큰 도움이 된다. 어디서 이런 정보를 알아왔을까 싶을 만큼 신박한 정보를 알려주는 친구가 한둘은 있다. SNS도 좋다. 특히, 인스타그램에서 달리기 대회를 해시태그하면 거의 모든 달리기 대회를 놓치지 않을 것이다. 이런 정보도 실력과 함께 쌓여갈 테니 천천히 알아가자.

전국 어느 곳이든 달릴 장소와 코스는 즐비하다. 지난 10여 년간 달리기 여행을 하면서 달리지 못할 여행지는 단 한 곳도 없었다. 준비하지 못하고 간 여행도 마찬가지였다. 하지만, 조금만 더 신경 쓰면 해변, 섬, 강변, 천변, 공원, 호수 같은 최고의 달리기 장소와 코스를 만날 수 있다. 산도 달리기 좋은 장소이나 그건 실력이 쌓인 뒤를 위해 아껴두자. 구체적인 달리기 코스와 장소를 소개하면 좋겠지만 그건 현실적으로 불가능하다. 여행 가서 달리기 좋은 곳을 찾는 방법과 달리기 좋은 여행지를 추천하는 것으로 대신한다.

바닷가나 섬으로 여행을 간다면 당신이 있는 그곳에서 바로 바닷가로 향하면 된다. 고민할 이유도 찾는 노력도 필요 없다. 한국인이 좋아하는 여행지인 제주도, 부산, 강릉, 여수 등을 떠올리면 금방 이해될 것이다. 조금 준비해야 하는 여행지는 서울, 전주, 경주 같은 내

류 도시다. 그런 곳에서는 강변, 천변, 공원, 호수 등을 찾으면 된다. 네이버 지도나 구글맵을 켰을 때 연두색은 산이나 공원이고 파란색은 강, 하천, 호수다. 서울을 예로 들면 숙소가 한강변이면 고민하지 말고 한강으로 가고 광화문이나 명동이라면 청계천이나 남산공원으로 달려가면 된다. 잠실이라면 올림픽공원이나 석촌호수공원, 여의도라면 여의도공원으로 가는 식이다.

좀 더 구체적인 정보를 원한다면 검색이 답이다. 유튜브나 네이버 검색창에 지역명과 달리기 코스를 조합해서 검색하면 된다. 서울 달리기 여행을 계획 중이라면 안정은 작가가 쓴《서울을 달리는 100가지 방법》을 추천한다. 서울 코스만 있다는 단점이 있지만, 여행을 마친 뒤 서울에 사는 달리기 친구에게 선물로 주면 좋아할 것이다.

여행 가서 달리는 것이 아니라 처음부터 달리기 여행을 계획한다면 바다, 강, 호수, 산이 있는 여행지를 추천한다. 그런 곳에는 평소에 만나지 못하는 먹을거리, 볼거리, 즐길 거리가 다양하여 오감 만족 달리기 여행이 가능하다.

마지막으로, 비법 하나 남긴다. 볼거리가 아무것도 없는 코스가 어떤 여행지보다 빛나는 곳이 되는 방법이 있다. 그건 바로 함께 웃고 떠들고 감탄할 달리기 친구와 함께 달리는 것이다. 서로 좋아하는 사람과 함께라면 그곳이 어디든 세상에서 가장 멋진 길이 될 테니까.

PART 6

바꾼다

—

나를

달리자
나답게!

오랜만에 가족들과 올림픽공원에 갔다. 처음 이곳에 왔을 때 나는 달리기에 흠뻑 취한 상태였다. 술에 취한 사람이 계속 술을 찾듯 틈만 나면 달리기를 찾았다.

어느 날 아내가 말했다. "올림픽공원에 〈디즈니 온 아이스〉 공연을 한다는데, 보러 갈래?"

공연은 한쪽 귀로 들어와 한쪽 귀로 나가고 지인의 말이 떠올랐다. "올림픽공원은 첫손가락에 꼽히는 달리기 성지야."

학창 시절 당구를 치지 않았던 나는 천장이 당구대로 보인다던 친구들을 이해할 수 없었다. 그런데 이즈음 내가 그 상태였다. 이십여 년간 풀지 못한 당구대의 의문이 눈 녹듯 사라졌다. 얼마 뒤 우리는 각자의 이유로 올림픽공원에 갔다. 공연을 보러 가는 아내와 아이들에게 손을 흔들며 말했다. "재미있게 잘 보고 와."

가족들이 공연장에 들어가자마자 나는 겨울바람을 가르며 로마

병사처럼 당당히 달렸다. 남들이 보면 미쳤다고 할 게 분명했지만, 스스로는 아무도 해내지 못하는 무엇인가를 해내는 대단한 사람이라고 여겼다. 추위를 가로지르며 달리는 순간 뿌듯한 마음이 온몸을 채웠다. 옷 위로 김이 솟아올랐다. 온몸을 가득 채운 기운이 몸을 뚫고 솟아오르는 것 같았다. 추위에 얼굴은 굳었지만, 흐뭇한 미소가 싹텄다. 공연이 끝날 때까지 달리기는 끝날 줄 몰랐다.

달리기에 빠져있으면서도 나를 닮은 달리기가 무엇일까에 대한 생각은 없었다. 마치 좋아하는 음식을 모른 채 골고루 먹으라는 부모님의 말씀을 잘 듣는 아이처럼, 그렇게 달려도 좋았다. 대신 시간은 조금씩 달리기의 모양을 바꾸는 힘이 있었다. 건강을 위해 달리기를 시작했지만, 어느 순간 기록을 위해 달렸고, 유대감이 좋아 달리다가 취미가 됐다. 때로는 여러 가지 요소가 뒤섞인 달리기를 했다. 다양한 달리기를 누리는 가운데서도 내가 제일 좋아하는 단 하나의 달리기가 무엇인지는 알지 못했다. 마치 성인이 되어도 나의 적성이나 특기를 모르는 사람처럼.
'달리자 나답게'라는 JTBC마라톤 슬로건을 보고 나서야 나를 닮은 달리기가 어떤 달리기인지 곰곰이 생각하게 됐다.

주차하고 나서도 과거에 빠져 멍하니 있는 나를 아내가 빤히 쳐다봤다. "주차했으면 내려야지, 무슨 생각을 하는 거야?"
가을이 정점을 향하는 10월 중순, 햇살이 따사로운 오후 두 시를 막 지나고 있었다. 주차장 왼쪽에는 미술관이 오른쪽에는 잔디밭이 펼쳐졌다. 배드민턴 라켓과 축구공을 챙겨 사람들이 있는 잔디밭으로 방향을 잡았다. 맥주를 마시며 흥겨운 대화를 나누는 청춘 남녀를 가로질렀다. 공원에서 술을 마시며 고성방가를 하면 비난받아야 하지만 맥주 한 캔 정도 마시는 모습은 공원을 좀 더 생기롭게 했다. 다양한 조각 미술품이 있는 공원에서 아이들과 어른들이 함께 웃고 즐기는 모습에 흐뭇해졌다. 한쪽에선 연인들이 달콤한 분위기를 자아냈다. 완벽한 공원이었다. 외국에서 이 정도 날씨와 햇살이면 분명히 반라의 태닝 족들이 있을 텐데 동방예의지국에는 한 명도 없었다. 이렇게 좋은 날씨에 태닝을 하지 않는 것은 예의가 아니다. 남에게 피해를 주지 않는 선에서 타인의 자유를 당연하게 받아들이는 것이 진정한 예의다. 물론 내 생각이다.

놀기도 전에 목마르다는 아들에게 엄마와 배드민턴을 하며 잠시만 기다리라고 하고 편의점을 찾아 나섰다. 많은 사람이 산책하고 있었고 중간중간 달리는 사람들이 나를 지나쳤다. 주위에는 제법 많은 조각이 있었다. 일 년에 한 번쯤 생기는 미술에 대한 호기심이 일어나는 찰나 공원 안내소가 보였다. 올림픽공원이 세계 5대 조각 공원이라는 사실을 알게 되자 공원이 더 멋스러워졌다.
정작 편의점은 보이지 않았다. 편의점 찾기를 포기하고 가까운 카페에 갔다. 카페마저도 나를 외면했다. 어린 아들이 먹을 음료수도 마땅치 않았다. 순간 도움의 손길이 다가왔다. 아르바이트 학생이 친절하게 말했다. "마실 물은 저쪽에 있어요."
얼굴에 낀 먹구름이 순식간에 사라졌다.

분명히 배드민턴을 하라고 했건만, 아내와 아들은 힘든 축구를 하고 있었다. 아내가 축구를 할 때마다 궁금하다. 본인이 어른이 되어 축구를 할지 상상이나 했을까? 절대 그럴 리 없다는 걸 알면서도 수시로 그런 생각이 드는 건 세상 모든 엄마가 대단하기 때문이다. 생각해보라. 고무줄놀이하는 아빠를 본 적이 있는가?

나를 발견한 아내는 구세주라도 만난 듯 외쳤다. "선수 교체!"

얼마나 열심히 아들과 공을 쫓아다녔는지 헉헉대며 갈팡질팡했다. "여보, 뭘 그리 열심히 하고 그래? 설렁설렁 하지?"

"대충하면 서준이가 재미없다고 해."

엄마가 주저앉자 반대쪽에 있던 아들이 어슬렁어슬렁 다가와 물을 마시고는 말했다. "엄마, 축구 그만할까?"

에너자이저 아들의 상태를 보니 아내가 쓰러지지 않는 게 다행이었다.

어느 해 광복절에 친구들과 달리기를 하러 이곳에 왔다. 올림픽공원 수영장 앞에서 출발해 발길이 향하는 대로 달렸다. 몸이 채 풀리기도 전에 올림픽공원의 정문, 평화의 광장에 도착했다. 평화의 광장에는 비둘기 날개 모양을 본뜬 '평화의 문'이 있다. 웅장한 크기의 평화의 문에는 오륜 마크가 떡하니 박혀 있고 주위에는 우뚝 솟은 만국기가 펄럭인다. 관광객이나 러너들이 인증 사진을 찍는 곳이다. 그곳을 반환점으로 방향을 틀어 다시 발길이 이끄는 대로 달렸다. 뉴욕을 달린 친구는 센트럴 파크와 비교해도 전혀 손색없다고 했고, 런던을 달린 나는 리젠트 파크보다 멋지다고 했다. 올림픽공원을 러너들의 성지라고 했던 지인의 말이 다시 떠올랐다.

올림픽공원은 뮌헨올림픽공원을 본떠 만들었다고 한다. 문득 뮌헨올림픽공원에서도 달리고 싶었다. 경험은 또 다른 경험으로 이어진다고 믿기에 언젠가 뮌헨올림픽공원을 달릴 나를 상상했다.

10여 년 전 올림픽공원에서 야외 결혼식을 한 선배가 있다. 댄스 동호회에서 만난 그 부부는 춤을 추면서 입장했다고 한다. 지금 그렇게 해도 멋질 텐데 그런 결혼식이 흔치 않던 그때는 어땠을까? 어느 가요의 노랫말처럼 '말해 뭐해' 아닐까?

요즘처럼 개성이 주목받는 시대에는 누구나 하는 대량생산 방식의 결혼식은 별로다. 그렇다고 누구나 하는 방식이 나쁘다는 말은 아니다. 이런 말도 있지 않은가. 클래식은 영원하다. 한 끗 차이는 화투에만 적용되는 것이 아니라 사람의 인연에도 적용된다. 지금이라면 만사를 제치고 결혼식에 참석하지만, 그때 나는 그 선배가 결혼한다는 사실조차 몰랐다. 같은 팀에서 근무하지 않았다면 올림픽공원에서 선배가 생각날 이유도 없다. 같은 팀이 되고 나서 선배가 마니아급 여행가라는 것을 알게 됐다. 나보다 연상인 그녀는 남동생에게 하는 것처럼 여행의 비결을 조곤조곤 알려주었다. 유럽 여행을 떠나는 나에게 존재 자체도 몰랐던 전기라면 포트를 빌려주었고 파리에서 공부할 때 자주 이용했다는 일본 라면집을 알려주었다. 선배는 여행을 떠나기 며칠 전 'Bon voyage(여행 잘 다녀오라)'라고 쓰인 봉투를 건넸다. 그 안에는 우리 가족이 두 끼 정도 든든하게 먹을 수 있는 돈이 들어 있었다.

파리에는 헤밍웨이가 즐겨 찾았고 영화 〈비포 선 셋〉에서 남녀 주인공이 재회한 장소로 유명한 서점 '셰익스피어 앤 컴퍼니'가 있다. 그곳에서 에코백을 본 순간 선배가 떠올랐다. 선물 고민이 훨훨 날아갔다. 두 발 여행자에게 어울리는 엽서도 썼다. 그녀가 준 호의에 비할 바는 아니지만, 다정하고 소탈한 그녀에게 딱 어울리는 선물이었다. 그녀의 취향을 몰랐다면 프랑스 유학 경력만 생각하고 향수나 와인을 샀을 것이다. 여행하는 동안 전기 라면 포트는 한국의 맛이 그리울 때마다 구세주가 됐다. 파리의 라면집은 맛을 넘어 감동을 주었다. 온 가족이 엄지를 치켜세웠고 지금도 생각나는 식당이 됐다.

올림픽공원에 얽힌 추억을 생각하는 사이 자동차는 전국체전이 열리는 잠실 종합운동장에 막 들어섰다. 대구시 장애인 탁구 코치로 전국체전에 참가한 처남을 만나러 가는 길이었다. 종합운동장은 두산과 엘지의 홈구장이라 야구팬이 가장 많이 찾는다. 그다음 많이 찾는 사람은 음악팬이다. 올림픽 주경기장과 실내체육관이 공연장으로 이용되기 때문이다. 나도 가끔 야구를 보거나 공연을 보기 위해 온다. 야구든 노래든 각자의 영역에서 최선을 다하는 사람은 이곳에서 응원의 박수를 받는다.

주차하고 탁구대회가 열리는 체육관에 가는 길에 국민에게 존경받는 손기정 선수의 동상을 우연히 발견했다. 열 번 이상 방문하면서도 처음이었다. 달리지 않았으면 그러지 않았겠지만, 러너인 나는 그의 곁에서 기념사진을 찍었다. 손 선수의 동상은 '올림픽 스타 스트리트'로 안내한다. 역대 우리나라 올림픽 영웅들을 기록한 비석이 대회 순으로 세워져 있다. 1936년 베를린 올림픽에서 동메달을 딴 남승룡 선수의 이름에서 눈을 떼지 못했다. 국민 100명 중 99명은 모르는 선수다.

예전 어느 글에서 우연히 그의 일화를 보았다. 그는 올림픽 금메달을 딴 손기정 선수를 부러워하며 이런 말을 남겼다고 한다. "금메달보다 히틀러가 준 화분이 더 부러웠다. 그걸로 일장기를 가릴 수 있었으니까."

그 글을 보는 순간 먹먹해졌다. 광복 후 1947년, 그는 당시 기준으로는 제법 늦은 서른여섯의 나이로 보스턴 마라톤에 출전했다. 그에겐 두 가지 목적이 있었다고 한다. 하나는 제자인 서윤복 선수의 페이스메이커 역할을 하는 것이었고 다른 하나는 태극기를 달고 보스턴 마라톤 대회를 완주하는 것이었다. 그 대회에서 서윤복 선수는 우승하고 본인은 완주하며 두 개의 목적을 모두 달성했다. 선수로는 늘 손기정 선수에게 밀렸지만, 지도자로는 누구보다 한국 육상 발전에 이바지했다. 모두가 2등을 기억할 필요는 없지만, 누군가는 남승룡 선수를 기억하길 바랐다. 그의 삶을 돌아보며 생각했다. 항상 최선을 다해 달릴 필요는 없지만 가끔은 최선을 다해 달리겠다고. 1등을 하지 못하더라도 말이다. 참, 이 멋진 이야기는 영화 〈마라톤〉으로 탄생했다. 러너라면 꼭 보길 권한다.

88올림픽은 어느 올림픽보다 강렬하다. 그때 달리기 종목의 최고 스타는 칼 루이스였다. 칼 루이스는 직전 올림픽에서 4관왕을 차지했던, 오늘날의 우사인 볼트와 같은 선수다. 많은 사람이 칼 루이스의 우승을 점쳤고 나도 어린 나이였지만 칼 루이스의 우승을 예상했다. 하지만 모두의 예상은 빗나갔고 경쟁자였던 벤 존슨이 마의 벽이라 불리던 9.8을 깨고 9.79의 기록으로 우승했다.

3일 뒤, 전 세계인을 충격에 빠뜨린 대반전이 일어났다. 약물 검사에서 벤 존슨의 약물 복용이 드러났고 금메달은 칼 루이스에게 돌아갔다. 선수에 대한 호불호를 떠나 정정당당한 사람이 승리해서 다행이었다. 스포츠 경기에서 수시로 터지는 약물 파동은 극한 경쟁이 불러온 폐해다. 다행히 마스터스 마라톤은 프로와 같은 심한 경쟁은 없다. 대부분의 러너는 순위와 관계없이 최선을 다하는 것으로 만족한다.

간혹 지나치게 순위와 기록에 집착하는 선수가 있긴 하다. 때로는 부정한 방법으로 기록을 만드는 사람도 있는데, 그런 사람은 러너라 불릴 자격이 없다. 러너다운 달리기는 처음부터 끝까지 오로지 자신의 힘으로 달려내는 것이다. 기록은 따라오는 결과일 뿐이다.

종합운동장은 우리나라 메이저 마라톤의 상징이기도 하다. 서울에서 열리는 양대 메이저 마라톤의 결승선은 종합운동장 안에 마련된다. 2011년부터 한 해에 한 번은 꼭 잠실 종합운동장에 마련된 결승선을 통과했다. 대체로 최선을 다해 달렸고 가끔은 페이스메이커 역할을 했다. 별 의미 없이 그냥 달릴 때도 있었다. 최선을 다해 달릴 때는 늘 종합운동장에 들어서면서부터 울컥했다. 감격스러운 기록에 울컥하는 것이 아니라 대회를 준비한 지난 과정과 묵직하고 막경련이 일어나려는 것을 참아내며 최선을 다해 달리는 내 모습이 장해 울컥한다. 주위에서 응원하는 사람들도 큰 몫을 한다. 응원의 힘은 굉장해서 더 최선을 다하게 되는데 그러면 자연스럽게 더 뜨거운 무엇인가가 올라온다.

마라톤 경험이 별로 없었던 시절에는 풀코스를 달리면 무조건 울컥하는 줄 알았다. 그건 아니었다. 달리기 열정이 조금 떨어진 어느 날, 별 의미 없는 완주를 했더니 하나도 울컥하지 않았다. "풀코스 달리기가 뭐 이래? 왜 이렇게 감흥이 없지?"

감흥이 없어도 힘들기는 매한가지였다. 딱 1% 정도 덜 힘들었다. 다음 해 최선을 다해 달린 어느 날, 울컥하는 나를 느꼈다. 결승선을 통과해 걸어 나오며 '나란 사람은 최선을 다할 때 행복한 러너구나, 나다운 달리기는 최선을 다하는 달리기구나' 라는 생각을 했다.

삶의 모든 영역에서 그런 건 아니지만, 최소한 달리기에서만큼은 최선을 다할 때 나는 더 뜨거워지고 감동했다. 그 이후 나는 모든 대회는 아니지만, 풀코스 대회만은 최선을 다해 달린다. 그게 나다운 달리기니까.

종합운동장을 빠져나오며 내년 봄 서울 국제마라톤에서도 나다운 달리기, 최선을 다하는 달리기를 하리라 다짐했다.

남을 의식하지 않는 달리기

누가 런던을 비 오는 우중충한 도시라고 했던가? 리젠트 파크에서 처음 만난 런던은 세상에 없는 다채로움이었다. 하늘, 나무, 잔디는 온통 푸르렀다. 푸르기만 하면 운치 없다는 듯 벚나무는 분홍빛을 뿌렸다. 공원 산책로에서 달리는 청년들, 잔디밭에서 피크닉을 즐기는 가족들, 축구를 하는 아이들, 벤치에서 담소를 나누는 어른들, 세상에 존재하는 모든 여유와 알록달록 무지개는 그곳에 있었다.

공원을 본 순간 달리고 싶은 마음이 죽순처럼 솟았다. 봄바람을 맞으며 천천히 달렸다. 내가 달리니 아들도 달렸다. 영국 날씨는 괴팍하다고 해서 옷을 두툼하게 입었는데 예상외로 따뜻한 날씨에 곧 땀이 났다. 외투를 벗으니 바람이 목덜미부터 온몸을 한 바퀴 돌며 상쾌하게 했다. 벤치에 앉아 쏟아지는 햇살을 온몸으로 받았다.

아들에게 말했다. "서준아, 달렸으니 시차 적응에 도움이 될 거야."

"진짜?" 의문에 가득한 목소리였다.

"그럼, 여기 시간에 금방 적응할 거야." 다른 건 몰라도 플라세보 효과는 확실히 있을 터라 자신 있게 말했다.

이곳이 정말 런던인가? 초등학교 때 읽은 소설 《셜록 홈스》 속 런던은 늘 우중충했다. 비가 오거나 안개가 가득한, 그래서 트렌치코트가 어울리는 도시라는 말이 이해됐다. 직접 만난 런던은 전혀 달랐다(다음날부터 변화무쌍하긴 했지만). 런던 여행의 설렘과 이국적 풍경이 온몸을 감싸서 그랬겠지만, 한국에서도 쉽게 만날 수 없는 화창한 날이었다. 마흔이 넘어 처음 만난 런던은 그렇게 반전 있는 도시로 다가왔다.

공원 산책로를 걸으며 백조와 이름 모를 새들을 만났다. 나이 지긋한 런던 아주머니가 새들에게 먹이를 주었고 새들은 태연자약하게 먹이를 먹거나 사람들을 따라다녔다. 개구쟁이 아들이 소리치며 새들을 쫓았지만, 새들은 거들떠보지도 않았다. 몇 번 더 소리치던 아들은 이내 포기하고 호숫가를 따라 무작정 달리기 시작했다. 나도 아들을 따라 달리며 넓은 호수와 페달 보트를 타는 사람들의 여유로운 모습을 바라보았다. 달리던 아들이 멈추고 돌아봤다. "아빠, 우리도 저거 타자."

셜록 홈스 박물관은 리젠트 파크 근처에 있다. 런던 여행을 결정했을 때 셜록 홈스 박물관은 당연히 가야 할 코스였다. 베이커가, 셜록 홈스, 왓슨 박사를 만나고 싶어서였다. 어린 시절 셜록 홈스는 나의 영웅이었고 탐정은 장래 희망으로 자리 잡았다. 탐정과는 완전히 다른 삶을 살고 있지만, 셜록 홈스를 그냥 지나칠 수 없었다. 어른이 될 때까지 많은 꿈을 꾸었지만 실현된 꿈은 거의 없다. 거창한 꿈일수록 그렇다. 그래도 달리기 여행을 하며 살아가는 오늘에 만족한다. 꼭 꿈을 실현하지 않아도 행복하게 살 수 있다고 믿는 이유는 주위의 많은 여행자와 러너가 살아 있는 증인이기 때문이다.

셜록 홈스 박물관에는 소설 속에 나왔던 소품들이 많았다. 현실과 판타지가 공존했다. 셜록 홈스는 실존 인물이고 나는 역사 속 위인의 흔적을 찾아온 사람 같았다. 일상에서는 일어나지 않을 일들이 여행에선 현실이 된다. 그래서 여행은 판타지를 현실로 만들 기회다. 홈스라는 판타지에 빠진 나를 현실로 끌어낸 건 아이들이었다.

"아빠, 어서 보트 타러 가자."

다음 날부터 리젠트 파크는 가족처럼 나와 아침을 공유했다.

일상 달리기든 대회 달리기든 러너라면 누구나 계획대로 완주하길 바라지만, 항상 그렇게 되지는 않는다. 크게는 갑작스러운 부상, 작게는 생리현상, 때로는 이유 같지 않은 이유로 멈추거나 포기할 수밖에 없는 상황이 찾아온다. 이런 상황이 생길 때 러너는 어떻게 해야 할까? 하필 런던에서 나는 그런 상황에 직면했다.

여느 날과 마찬가지로 일어나자마자 리젠트 파크로 향했다. 리젠트 파크는 공원 바깥쪽과 안쪽에 하나씩 두 개의 산책로가 있다. 외부 산책로는 4km가 넘고 내부 산책로는 1km다. 두 산책로 모두 많은 사람이 걷고 달린다. 내부 산책로 안에는 영국에서 가장 큰 장미정원인 메리 여왕의 정원이 있다. 오늘은 지난 며칠간 한번도 달리지 않았던 내부 산책로를 달릴 생각이었다. 출발할 때는 화장실에 가고 싶은 마음이 없었는데, 2km쯤 달렸을 때 몸에서 신호가 왔다. 드넓은 공원에서 화장실을 찾기는 쉽지 않아 보였다. 참을 수 있을 줄 알고 그냥 달렸지만, 한 치 앞을 내다보지 못했다. 십 리는커녕 일 리도 못 가 사달이 났다. 익숙한 공간이나 도심이었다면 카페나 공 공기관 같은 다양한 해결책이 있지만, 공원이나 강변 같은 곳에서는 공공화장실 외에는 대안이 없다. 온몸이 굳어졌다. 화장실을 찾을 때까지 참을 수 있을지조차 알 수 없었다. 식은땀이 흘렀다. 머릿속 에선 온갖 생각이 난리를 쳤지만, 좋은 방법은 도무지 떠오르지 않 았다. 아무리 급해도 런던의 공원 구석 어딘가에 똥을 싸는 참사는 있을 수 없었다.

식은땀이 한 방울 더 흐르는 찰나 거대한 철문을 여는 남자를 발 견했다. 건물 안에 화장실이 있을 거라는 기대가 솟았다. "Hey sir, where is toilet?"

나를 힐끗 쳐다본 그는 말없이 손가락을 오른쪽으로 가리켰다. "에잇, 염병" 그를 붙잡고 다툴 수는 없었다. 1초라도 빨리 화장실에 가는 게 급했다. 괄약근에 온 힘을 주었다. 삼십여 미터쯤 달렸을 때 공원 안내도가 나타났다. 그 순간에도 못 참겠다는 본능과 무조건 참아야 한다는 이성이 대혈전을 펼쳤다. 다행히 화장실은 바로 근처 에 있었다. 신이 나에게 던진 밧줄이었다. 이순신 장군이 쏜 화살도 나보다 빠르지 않을 것이다. 총알처럼 달려 화장실에 도착했다. 유 료 안내판이 나를 가로막았고 수중에는 한푼도 없었다. "환장하겠 네."

그러거나 말거나 한 치의 망설임도 없이 문을 밀쳤다. 부수고라도 들어가야 할 판이었다. 다행히 신은 나를 외면하지 않았다. 엉거주춤 뛰어 변기에 앉는 동시에 바지를 내렸다. 바지를 내리는 순간 문제의 똥도 쏟아졌다.

볼일을 끝내고 세수를 했다. 달려오면서 흘린 땀이 운동으로 난 땀인지 초조함으로 난 식은땀인지 구분하기조차 어려웠다. 초조함은 가시고 여유가 찾아왔다. 도저히 참을 수 없을 것 같은 상황을 어떻게 버텨냈는지 나조차 신기했다. 어쩌면 나도 모르는 사이 온몸이 배수의 진을 쳤을 수도 있다. 사람의 정신력과 인내력의 한계가 어디까지일까? 오늘 달리기가 일상이 아닌 대회였다면 나는 어떻게 했을까? 상상하기 싫지만, 누군가는 그런 상황을 맞을 수 있다. 실제 대회에서 똥을 싼 남자 '미카엘 에크발'이 생각났다. 그는 2008년 19세의 나이로 스웨덴 예테보리 하프 마라톤에서 데뷔했다. 대회 출발 후 얼마 지나지 않아 설사를 시작했지만, 멈추지 않고 끝까지 달려 완주했다. 설사에도 불구하고 4만여 명 중 21위라는 대단한 성적을 거뒀다. 처음 그 이야기를 들었을 때 내 입에서 튀어나온 말은 "와, 세상에 그런 미친놈이 있나요?"였다. 지금은 그 말을 했다는 사실이 부끄럽지만, 그땐 그랬다. 달리기 초보였던 나는 그를 도저히 이해할 수 없었다. 아무리 입상 욕심이 나도 그렇지, 어떻게 수많은 사람이 지켜보는데 똥을 싸면서 완주할 생각을 했을까 싶었다. 나라면 당장 기권했을 것으로 생각했다.
시간이 지나면서 생각이 변했다. 어느 순간 그가 그럴 수 있다고 여겼다. 그는 대회를 준비하느라 최소 6개월 이상, 어쩌면 1년 이상 먹고 싶은 음식을 참으며 훈련에 매진했을 것이다. 그런 혼신의 노력이 있었으니 부끄러움을 감수하고 완주했을 것이다.

다시 시간이 흐른 지금은 완전히 생각이 바뀌었다. 나는 그를 존경한다. 열심히 준비한 그는 최악의 여건에서 최선을 다해 달렸다. 남이 바라는 대로가 아닌, 본인이 바라는 대로 달렸다. 그래도 이런 의문은 여전히 남는다. 나는 그처럼 할 수 있을까?

화장실을 나와 푸른 공원을 만나자 다시 달리고 싶은 마음이 찾아왔다. 장미정원 대신 광고 촬영장으로도 손색없는 프림로즈힐로 향했다. 잔디를 밟고 달리며 종종 우뚝 솟은 나무 사이를 가로질렀다. 말 한 마리가 푸른 초원을 뛰어다니는 장면이 머리를 스쳤다. 전생에 말이었을 수도 있겠다는 생각을 가끔 한다. 내가 말띠인 것과 전생에 말이었을 수도 있다는 것은 아무 상관이 없지만, 그런 생각이 드는 건 피할 수 없다.

프림로즈힐로 가는 풍경은 잘 가꿔진 잔디와 군데군데 솟아난 푸른 나무숲이 어울려 자연에 그린 거대한 그림이 됐다. 때마침 불어온 바람이 나에게 묻는 것 같았다. '내일 다시 올 거지?'

굳이 대답할 이유가 없어 웃음으로 대신했다. 프림로즈힐 정상으로 조금 더 속도를 높였다. 언덕이 막 시작할 때 나타난 가로수는 언덕으로 오를수록 좁아져 마치 결승선을 달리는 듯했다. 솟아난 힘으로 두 발을 언덕 바닥을 탁탁 찍어내리며 앞으로 나갔다. 프림로즈힐 정상은 런던을 대표하는 건물들을 한눈에 조망할 수 있었다. 모든 도시 전망이 그렇듯 이곳에서 런던 야경을 보면 더 아름답고 낭만적일 것 같았다. 혼자 떠난 여행이라면 저녁에 달려서라도 갔을 테지만, 가족과 함께 하는 여행에서 모든 일정을 내 뜻대로 할 수는 없다. 때로는 아내 때로는 아이들에게 맞춰야 한다. 그래야 가족여행의 티격태격을 이길 수 있다.

내려갈 때는 오를 때와 정반대의 풍경이었다. 언덕 아래로 내려갈수록 가로수의 폭은 넓어지고 평지에서 가로수는 완전히 흩어졌다. 양팔을 벌리고 하늘을 나는 듯 달렸다. 시야에는 오롯이 푸른 초원만 남았다. CF 속 하늘을 나는 백마처럼 나르시시즘에 빠졌다.

공원 화장실을 지나는 순간 화장실과 얽힌 과거가 떠올랐다. 42.195km 풀코스 마라톤 대회에서 어쩔 수 없이 화장실에 가야 할 상황이 종종 생겼다. 일반인들이 보기엔 민망하지만, 남자들은 대체로 숲속이나 아무도 보지 않는 사각지대에서 해결한다. 주위에 공공화장실이나 주유소같이 누구나 이용할 수 있는 화장실이 있으면 좋겠지만 화장실 찾기는 낙타가 바늘구멍 들어가기만큼 어렵다.

대회 준비를 철저히 할 때는 42.195km를 달려도 화장실에 가고 싶은 마음이 들지 않는다. 설령 중간에 가고 싶어도 충분히 참을만하다. 실제로 나는 풀코스 대회 준비를 철저히 했을 때는 화장실에 간 적이 한번도 없다. 특별한 목표 없이 대회를 설렁설렁 준비했을 때만 화장실을 찾았다. 얼렁뚱땅 대회에 임하니까 몸도 대충이가 됐다. 이런 이유로 나는 정신이 육체보다 앞선다는 위인들의 말을 인정한다. 여자라고 예외일 수는 없다. 달리기에 관한 한 여자는 남자보다 신체적으로 불편하다. 마라톤 대회 주최 측이 여자들을 위해 세심한 배려를 하면 좋겠지만 그렇지 않다. 다행히 노상 방뇨하는 여성들은 거의 없다. 여자의 참을성은 대체로 남자보다 좋고 그렇게 진화했다고 여길 수밖에 없다.

안타깝지만 예외는 있었다. 한 번은 새벽에 동네 당현천을 달리는데 길가 구석에서 어떤 사람이 엉덩이를 내리고 있었다. 쉽게 상상할 수 있는 상황이 아니라 뻔히 보면서도 무슨 일이 일어나고 있는지 이해하지 못했다. 문제의 장면과 점점 가까워졌다. 안타깝게도 여인이었다. 남자보다 우월하게 진화한 여자들도 도저히 참을 수 없을 때가 있다는 것을 알게 됐다. 눈을 돌리고 그녀를 지나쳤다. 주위 사람들 모두 그녀를 못 본 체하며 각자의 길을 가거나 하던 운동을 했다. 그녀가 얼마나 급했을지 충분히 이해됐다. 신체적으로 남자보다 불편한 여자가 달리기 대회에서 더 배려받아야 하는 이유를 알게 됐다.

막 공원을 벗어나고 있을 때 떠났던 미카엘 에크발이 다시 찾아왔다. 그는 다음 해 열린 예테보리 하프 마라톤 대회에서 9위로 스웨덴 국가대표가 되고 2014년에는 스웨덴 신기록을 수립했다. 똥 싼 남자인 그는 결국 스웨덴 최고의 마라톤 선수가 된 것이다. 그가 만약 똥을 싸면서 완주하지 않고 포기했다면 스웨덴 최고의 선수가 될 수 있었을까? 나는 그렇게 생각하지 않는다. 그런 의지가 있었기에 그는 결국 최고가 된 것이다.

달리기를 하다 보면 이런저런 이유로 포기하는 사람들이 있다. 아이러니하게도 그들은 매번 다른 이유로 대회를 포기하거나 자신과 타협한다. 반대로 본인의 길을 꾸준히 완주하는 사람은 중간에 문제가 생겨도 결국 해낸다. 자신과 타협하지 않고 자신의 길을 간다.

　나도 미카엘 에크발처럼 할 수 있을까? 자신은 없지만, 그렇게 해야 한다고 생각한다. 모든 힘을 다해 준비했으니 대회 당일 컨디션이 최악이라도 오롯이 나의 달리기를 하는 건 어쩌면 당연하다. 누구도 나의 레이스를 대신해주지도 않으니까. 그런데도 나는 그렇게 할 수 있을지 확신이 서지 않는다. 그래서 미카엘 에크발이 더 존경스럽다.
　숙소에 도착할 즈음에 시계를 보니 아침 식사를 할 시간이었다. 천천히 가면 늦을 것 같아 속도를 높였다. 미카엘 에크발이 여전히 선수 생활을 하고 있는지 알 수 없지만, 행운이 있기를 바라며 그를 보냈다. 그는 정말 훌륭한 사람이지만 똥과 밥은 서로 어울리지 않으니까.

마라톤 영웅의 자격

바르셀로나

1936년 8월 9일, 독일 베를린에서 올림픽 마라톤 경기가 열렸다. 이날 결승선에 가장 먼저 들어온 사람은 독일인도 유럽인도 미국인도 아니었다. 그는 관중들에겐 너무나 낯선 동양인이었다. 2시간 29분 19초, 당시 마라톤의 벽이라 불리던 2시간 30분을 깬 세계 신기록으로 우승한 그는 우리의 마라톤 영웅 손기정 선수였다.

운동장을 가득 메운 관중들은 그를 환호하며 박수를 보냈다. 하지만, 어찌 된 일인지 가장 기뻐해야 할 금메달리스트는 무표정했다. 시상대에 선 모습은 오히려 슬퍼 보였다. 대회가 끝나고 그는 친구에게 엽서를 보냈다. 엽서에는 세 글자와 그의 복잡한 심경을 나타내는 기호만 있었다. "슬푸다!!?"

1992년 8월 9일, 56년 전 올림픽 우승자였던 손기정은 백발의 노인이 되어 몬주익 올림픽 경기장 관중석에 앉았다. 56년 전의 상황이 떠올랐다. 금메달을 땄지만 웃을 수 없었다. 메달 수여식 때 월계수로 일장기를 슬그머니 가렸다. 그는 나라 없는 나라의 국민이었고 경기장에는 애국가가 아닌 일본 국가가 연주됐다.

그때 상황이 고스란히 다시 살아나 눈시울이 뜨거워졌다. 오십 년도 훌쩍 지났는데 여전히 설움이 북받친다. 눈가에 흐르는 눈물을 닦고 두 손을 모았다. '이번이 올림픽 금메달을 딸 절호의 기회다. 어쩌면 살아 있는 동안 오늘이 마지막 기회일지도 모른다. 오늘은 베를린 올림픽에서 금메달을 딴 지 정확히 56년째 되는 날이다. 행운의 기운이 느껴진다. 이번에는 어떤 일이 있더라도 후배들이 내 한을 풀어주면 좋겠다. 그러면 내일 당장 죽는다고 해도 여한이 없다.'

손기정 옹의 소원은 한국인이 올림픽 마라톤에서 금메달을 따는 것이었다. IOC가 줄곧 손 선수의 국적을 일본으로 표기하고 있어 그 마음은 더 간절했다. 손기정 옹의 국적을 바꾸기 위한 끊임없는 노력에도 불구하고 IOC는 여전히 요지부동이다. 대신 그에 관한 미담은 여전히 이어지고 있고 국민 영웅으로 칭송받고 있다. 국민이 그를 영웅으로 대우하는 이유가 단지 금메달 때문만은 아니다. 살아 있는 동안 그가 국민에게 보여준 무엇인가가 그를 영웅으로 만들었을 것이다.

같은 시각, 시차가 여덟 시간인 한국의 작은 시골 마을에 이제 갓 어린이 티를 벗은 중학생이 새벽을 깨고 TV를 켰다. 그도 황영조 선수의 금메달을 기대했다. 학교에서 배운 투철한 정신교육으로 애국심이 하늘을 찔렀고 중등부 1,500m 육상 선수로서 마라톤 대회에 관한 관심도 남달랐다. 이른 새벽에 일어났지만, 새벽잠을 극복하기란 여간 어려운 일이 아니다. 어느 순간 꾸벅꾸벅 졸기 시작한 그를 깨운 사람이 있었으니, 그는 바로 TV 해설자였다.

그로부터 27년이 지난 2019년 5월, 나는 바르셀로나에 있었다. 27년 전 새벽에 깬 것처럼 이날도 새벽에 일어났다. 바르셀로나에 오기로 한 그때부터 몬주익 언덕과 몬주익 올림픽 경기장은 반드시 가야 할 코스였다. 콜럼버스 동상을 한 바퀴 돌아 몬주익 언덕으로 방향을 잡았다. 27년 전 황영조 선수와 일본의 모리시타 선수가 앞서거니 뒤서거니 달렸던 곳이다. 내가 황영조 선수가 된 마냥 백 미터를 힘껏 달렸다. 그래봤자 겨우 황영조 선수의 풀코스 페이스였다. 황영조 선수는 대로를 따라 스페인 광장으로 달렸지만, 나는 조금이라도 더 빨리 몬주익 경기장을 보고 싶어 언덕을 올랐다. 숨이 턱 끝까지 차오른 순간 평지가 나타났다. 몬주익 경기장까지 2.9km 남았다는 표지판이 나를 반겼다. 곧장 몬주익 언덕으로 뛰어가고 싶었지만, 심장이 터질 것 같았다.

걸었다.

뒤를 돌아 달려왔던 언덕 아래를 내려다봤다. 바르셀로나의 도시 풍경과 해변 뒤로 펼쳐진 새벽녘 어스름이 몽환적이었다. 언덕을 오르지 않고 황영조 선수가 갔던 길을 달렸으면 만나지 못했을 아름다움이었다. 역시나 예상치 못한 곳에서 만난 우연은 여행을 더 빛나게 한다. 심장은 평정을 되찾고 말했다. '이제 달려도 괜찮아.'

좁은 산책길을 빠져나오자 푸른 가로수가 양쪽으로 우뚝 솟은 대로를 만났다. 올림픽 선수가 된 것처럼 자세를 바로잡고 힘차게 달렸다. 낯익은 광고가 보였다. 버스정류장 벽면에 붙은 갤럭시 S10+ 광고다. 흐뭇한 미소가 일었다. 요즘은 세계 어느 나라에서든 한국 광고를 쉽게 볼 수 있다. 1936년 나라 없는 나라의 청년 손기정은 상상도 못 했을 것이다. 우뚝 솟은 올림픽 성화대가 먼저 보였다. 바르셀로나 올림픽 때는 패럴림픽 양궁선수가 불화살을 쏘아 성화를 점화했다. 대단히 멋졌고 두고두고 입에 오르내렸다. 문득 27년 전 그 양궁선수가 진짜 성화를 맞췄을지 쇼를 위한 속임수가 있었을지 궁금해졌다.

몬주익 경기장 전체가 드러나는 순간 나는 선수처럼 마지막 스퍼트를 했다. 문이 덜커덕 잠겨 있었다. '헉, 이건 아닌데….'

닫혀 있는 철창문을 흔들어보았지만 꿈적하지 않았다. 1992년 바르셀로나 올림픽 마라톤 결승전을 떠올리며 아쉬움을 달랬다.

23세 청년 황영조 선수는 경기 후반까지 일본의 희망 모리시타 선수와 엎치락뒤치락하며 우승 경쟁을 했다. 결승선 4km 지점인 스페인 광장을 지나면서부터 승부의 추가 황영조 선수에게로 조금씩 기울고 있었다. 하지만 몬주익 언덕에 접어들어서도 두 사람 사이의 거리는 서로의 키 정도밖에 차이 나지 않았다. 가파른 언덕을 지나 내리막이 나타났을 때 황영조 선수는 온 힘을 쏟아냈다. 얼굴에는 고통이 역력했지만 팔과 다리는 그 어느 때보다 힘찼다. 그때였다. TV 볼륨을 올리지도 않았는데 해설자의 목소리가 한 옥타브 올라갔고 꾸벅꾸벅 졸던 나는 정신이 번쩍 들었다. 모리시타는 곧 TV 화면에서 사라졌다. 황영조 선수는 독주하며 금메달을 확신케 했다. 올림픽 스타디움으로 들어서는 순간 박수와 함성이 몬주익을 가득 채웠고 그는 관중을 향해 승리의 키스를 날렸다. 두 팔을 치켜들며 결승선을 통과했다.

나는 감격에 울컥하며 두 손에 힘을 불끈 주었다. 관중석에서 그 광경을 바라본 백발의 노인은 눈물을 흘리며 웃고 있었다. 56년 전의 설움이 살아나 울었고 황영조의 금메달이 기뻐서 웃었다. '이젠 내일 당장 죽는다고 해도 여한이 없다. 영조가 너무나 자랑스럽구나.'

황영조 선수는 바닥에 쓰러져 움직이지 않았고 잠시 뒤 들것에 실려 나갔다. 최선을 다한 마라톤 선수들에게 종종 일어나는 상황이지만 백발이 된 그는 황 선수가 걱정돼 서둘러 운동장으로 갔다. 황 선수는 웃고 있었다. 노인이 된 영웅 손기정은 소원을 풀어준 청년 황영조를 힘껏 안았다. "장하다. 장하다. 고맙구나."

꽉 닫힌 철창문을 벗어나며 뜨거워졌던 심장이 제 온도를 찾았다. 반대편 황영조 선수 기념비가 있는 곳으로 갔다. 바르셀로나를 방문한 수많은 한국인이 찾았을 곳이다. 황영조 선수 비석을 배경으로 사진을 찍고 싶었다. 마침 스페인 러너 커플이 내 곁으로 달려왔다. "사진 좀 찍어주세요."

무표정하고 어색한 자세로 서 있는 나에게 그들은 이구동성으로 말했다. "기념비 속 선수와 같은 자세를 따라해 보세요."

바르셀로나에서 만난 러너들도 친절하긴 마찬가지였다. 마음에 드는 사진이 나올 때까지 찍을 작정인지 다양한 자세를 계속 요구했다. 그들 덕분에 웃었고, 멋스러운 사진도 얻었다. 밝게 웃는 모습으로 사진을 건네는 그들에게 잘하지도 못하는 영어로 비석에 관해 굳이 설명했다. "이 비석에 있는 사람은 1992년 바르셀로나 마라톤에서 금메달을 딴 황영조 선수다. 그는 한국인이고 나도 한국인이다. 나도 너희들처럼 러너다."

아차, 그들에게 세계사 강의를 하고 있었다. 그들은 많아야 스물다섯이 되지 않았고 1992년은 그들이 태어나기도 전이었다. 그들은 고개를 끄덕이며 들었지만, 진작에 그만뒀어야 했다. "Thank you." 나란히 대화하며 달려가는 그들은 잘 어울리는 한 쌍이었다.

구글맵을 작동해 숙소를 검색했다. 갈 때는 왔던 길이 아닌 황영조 선수가 달렸던 대로로 가기로 했다. 미로 미술관 옆에 있는 공원 사이 지름길로 갔다. 스페인 광장에 가는 사이 카탈루냐 미술관, 스페인 마법의 분수를 만났다. 몬주익 언덕은 거대한 관광 공원이었다. 가족들과 함께 다시 오고 싶었다. 스페인 광장에서 황영조 선수가 달린 길을 역으로 뛰어 람블라 거리에 들어섰다. 람블라 거리는 제법 많은 행인과 상인들로 부산했다.

보케리아 시장에 갔다. 바르셀로나에서 가장 유명한 시장이다. 이른 시간에도 상인과 관광객이 어울려 활기찼다. 시원한 딸기 망고 주스를 마셨다. 발끝까지 갈증이 해소됐다. 보케리아 시장의 명물은 하몽이다. 상점마다 걸려있는 돼지 뒷다리는 이곳이 스페인임을 일깨웠다.

　오후에 가족과 함께 다시 몬주익 언덕을 향했다. 파랄렐 역에서 푸니쿨라를 탔다. 푸니쿨라에서 내리니 케이블카가 나왔다. 천천히 달리자 딸이 뒤에서 중얼거렸다. "그냥 케이블카 타고 가자."
　딸을 보며 말했다. "날씨가 너무 좋잖아. 걷자, 응?"
　바르셀로나의 날씨 덕에 딸은 군말 없이 걸었다. 아내와 아들은 진작부터 따라왔다. 달리기도 하고 걷기도 하며 몬주익 언덕을 올랐다. 몬주익성 둘레길에는 연인, 가족, 친구들이 한데 어우러져 5월의 멋진 날을 즐기고 있었다. 몬주익성은 우리의 남산 같은 느낌이었지만 남산과 달리 바다를 볼 수 있었다. 그곳에서 바라본 지중해는 하늘과 맞닿았다. 선착장에 머문 크루즈는 풍경을 더 낭만적으로 만들었다. 몬주익성 둘레길을 걷고 달리며 한 바퀴 돌았다. 걸을 땐 걸어서 달릴 땐 달려서 쉴 땐 쉬어서 좋았다.
　둘레길을 돌면서는 퀴즈 놀이를 했다. 문제를 내는 사람은 엄마 아빠였고 정답을 맞히는 사람은 딸과 아들이었다. 문제와 정답은 쉬웠다. 아이들은 서로 맞추려고 안달했다. 그렇게 각자 여행을 마음에 새겼다. 행복했다. 사랑하는 가족이 함께 있어서. 날씨가 너무 좋아서. 언덕에서 바라본 바다가 너무 아름다워서.

　다시 몬주익 경기장으로 향했다. 아이들에게 꼭 보여주고 싶었다. 이번에는 뛰지 않고 버스로 갔다. 금방 몬주익 경기장에 도착했다. 아이들에게 황영조 선수 이야기를 했다. "1992년 바르셀로나 올림픽 마라톤에서 황영조 선수가 저 경기장에 1등으로 들어왔어. 우리나라 애국가가 올림픽 스타디움에서 울려 퍼진 건 그때가 처음이었지. 더군다나 그 금메달은 올림픽의 마지막 금메달이었어. 그래서 더 의미 있었단다. 아, 바르셀로나 올림픽 첫 금메달의 주인공도 한국인이야. 당시 고등학생이던 여갑순 선수가 사격에서 땄어."

"아빠! 진짜야?" 아이들이 놀라워했다. 아침에 만난 바르셀로나 청년 커플에겐 의미 없는 이야기였지만 아이들에겐 우리의 멋진 역사였다.

돌아가는 버스에서 황영조 선수에 대해 생각했다. 사람들은 황영조 선수를 두고 운이 따랐을 뿐이라고 폄훼한다. 마라톤이 운으로 가능한 운동이 아니라는 것을 잘 아는 러너조차도 그렇게 말한다. 42.195km를 달리는 마라톤에서 운으로 올림픽 금메달을 딸 수 있을까? 어림 반 푼어치도 없다. 한 달만 달리기를 멈춰도 완주하기 벅찬 운동이 마라톤이다. 그런 종목에서 천재라서 운으로 금메달을 딴다? 천재 할아버지가 와도 안 될 말이다. 그는 올림픽 금메달을 따고 2년 뒤 히로시마 아시안게임에서도 금메달을 땄다. 올림픽 금메달이 운이 아니었다는 것을 스스로 증명했다. 그는 누구보다 최선을 다해 달린 몬주익의 영웅이 확실하다. 손기정 선수가 일본 국적이었으니 대한민국 국적으로 올림픽 마라톤 금메달을 딴 유일한 선수이기도 하다.

또 한 명의 마라토너가 떠올랐다. 한국인이 가장 좋아하는 마라토너 이봉주 선수다. 그 순간 왜 사람들이 올림픽에서 금메달을 딴 황영조 선수보다 이봉주 선수를 더 좋아하는지 추측할 수 있었다. 사람들은 마라토너에게 재능보다는 인성과 자기 관리를 기대한다. 황영조 선수가 실제로 어떤지 알 수 없지만, 대중에게 비친 모습에서 그는 인성과 자기 관리와는 거리가 멀다.

황영조 선수를 향한 아쉬움은 새로운 영웅에 대한 기대로 이어졌다. 손기정 옹이 그랬던 것처럼 나도 살아가는 동안 올림픽 마라톤에서 한국인이 금메달을 따는 장면을 한 번 더 보고 싶다. 손기정 선수가 첫 금메달을 따고 황영조 선수가 두 번째 금메달을 따는 데는 56년이라는 긴 시간이 걸렸지만, 세 번째 금메달을 따는 데는 그보다 짧기를 바랐다. 할아버지가 됐을지라도 어린 시절보다 더 열렬히 응원하고 환호할 생각이다. 그때 금메달을 따는 사람은 제2의 손기정, 국민 영웅이 되길 바랐다.

두 아이가 떠드는 소리에 눈을 뜨니 저 멀리 태양이 강렬하게 나를 비췄다. 마치 나의 바람을 들어줄 거라는 듯이.

속초

36.5도
달리기

강원도는 제주도 다음으로 한국인이 좋아하는 여행지다. 그중에서 산과 바다가 함께 있는 속초는 내 마음속 여행 1번지다. 가을이 만개한 10월 중순 설렘을 머리끝까지 채우고 속초로 떠났다. 러너는 어디를 가나 달리기를 찾는데 아쉽게도 여행 동반자 여덟 명 중 달리기를 하는 사람은 내가 유일했다.

하루를 보낸 다음 날 이른 아침 나 홀로 달리러 나갔다. 나와 비슷한 시간에 나온 어느 커플은 곧 한 사람은 달리고 한 사람은 걸었다. 고개를 갸웃했다. '같이 나와서 왜 굳이 따로 걷고 달릴까?' 잠시 생각하니 어렴풋이 답이 떠올랐다. 함께 달리는 동반자의 실력이 비슷하면 좋겠지만, 대체로 서로의 실력은 생김새만큼이나 다르다. 그들 커플도 각자의 페이스가 있으니 각자 달리거나 걸을 것이다.

간혹 이런 생각이 든다. 실력이 다른 사람들과 함께 달리기 여행을 할 땐 어떻게 달려야 할까?

시원한 바람을 맞으며 천천히 걷다 오백 미터쯤 떨어진 외옹치항 둘레길을 향해 달리기 시작했다. 외옹치항 둘레길의 별칭은 '바다향 기로'다. 1970년에 폐쇄됐다가 2018년 4월에 개방됐다. 오랫동안 사람의 손을 타지 않아 더 멋스러웠다. 나무 데크로 단장된 길을 탁탁 탁 소리 내며 달리니 길이 살아있는 느낌이었다.

해안 경계초소가 보였다. 대한민국 남자라면 누구라도 군대 시절이 생각났을 것이다. 신병교육대를 떠나 자대에 배치된 후 얼마 지나지 않았을 때다. 경기도 일대에 쏟아진 폭우로 심각한 수해를 입었다. 부대원들은 수해복구를 하느라 훈련보다 삽질이 먼저였다. 하루 일정은 삽질로 시작해 삽질로 끝났다. 시골 출신인 나는 초등학교 입학 전부터 삽질을 시작하여 입대할 때까지 삽질 경력만 10년 이상인 베테랑 삽질러였다. 누구도 넘볼 수 없는 압도적인 실력으로 즉시 A급 병사로 분류됐다. 어깨에 뽕 들어간 기간은 길지 않았다. 수해복구가 끝난 뒤 총질을 시작하면서 평범한 병사로 전락했다. 총질은 누구나 처음이라 대체로 재능에 의해 판가름 난다. 나의 재능은 누구보다 평범했다.

공병에 갔으면 영원히 A급 병사였을까? 그 순간 고개를 절래절래 흔들었다. 너무 오래 군대 생각에 발목 잡혔던 탓이다. 몸에 날파리가 묻은 것처럼 군대 생각을 털어냈다.

외옹치항 둘레길은 속초 해수욕장을 안내했다. 지난여름의 가족 여행이 떠올랐다. 타임머신을 타고 몇 달 전으로 간 나는 아이들과 피자 보트를 타고 있었다. 피자 보트는 어른들을 아이로 만들 만큼 재미있었다. 정신없이 놀다가 초강력 파도를 피하지 못했다. 파도는 나를 패대기쳤다. 허리가 거꾸로 폴더가 될 뻔했다. 허리가 뻐근했고 뭔가 허전했다. 선글라스가 어디론가 사라졌다. 부러진 플라스틱 하나만 물 위에 떠 있었고 나머지는 흔적도 없었다.

몇 달 전 바르셀로나에서 산 선글라스였다. 아이들과 행복했던 바르셀로나 여행이 주마등처럼 떠올랐다. 바르셀로나 추억 덕분에 상한 기분은 조금씩 옅어졌다. 허리가 아닌 선글라스가 부러져 천만다행이었다. 허리를 다쳤다면 달리기는커녕 움직이지도 못하는 사람이 됐을 것이다. 타임머신을 타고 현재로 돌아와 멀쩡한 허리를 만지며 안도했다.

세계 주요 도시까지 거리가 표시된 화살표 기둥 아래 'SOKCHO' 라는 팻말이 보였다. 요즘 많은 지자체가 여행 명소의 아름다운 풍경을 배경으로 지자체 명을 새긴 팻말을 설치한다. 사람들은 그곳에서 사진을 찍고 자신의 SNS에 여행을 인증한다. 누이 좋고 매부 좋은 현상이다.

팻말을 반환점으로 숙소로 향했다. 돌아오는 길 오른쪽에는 소나무 길이 조성되어 있었다. 더운 나라에 가면 야자수가 있는데 우리나라 해변에는 주로 소나무가 있다. 우리는 소나무가 익숙해서 특별하지 않지만 더운 나라에 사는 외국인이 한국에 오면 굉장히 이국적인 해변으로 느낄 것이다.

내가 아는 최고의 솔숲 해변은 강릉에 있다. 강문해변에서 송정해변을 지나 안목해변에 이르는 3km 해송 길은 끝없이 펼쳐진 망망대해, 여름을 즐기는 사람들로 가득한 모래사장, 솔향 가득한 자연의 길이 조화롭게 펼쳐진 곳이다.

8월의 어느 날, 그곳을 친구들과 함께 달렸다. 한여름이었지만 우뚝 솟은 소나무는 그늘을 만들어주었고 바닷바람은 소나무 숲을 지나며 피톤치드가 되어 머리부터 발끝까지 나를 정화했다.

경포호수를 한 바퀴 돌아 강문해변을 찍고 송정해변을 지나 안목해변에 이르니 강릉의 명물 카페거리가 나타났다. 안목해변 끄트머리에 있는 그리스 산토리니 풍의 카페를 보면서 그리스 산토리니에 가고 싶은 마음이 굴뚝처럼 솟았다.

커피 맛은 잘 모르지만, 달리기할 때 커피 생각은 늘 간절하다. 몇 년 전 서울 국제마라톤 결승전 1.5km를 앞두고 내 우측에 있던 스타벅스를 보는 순간 참을 수 없는 커피 갈증에 빠졌다. 아이스 아메리카노 한 잔이면 없던 힘도 솟아날 것 같았다.

1초라도 빨리 아이스 아메리카노를 마시겠다는 심정으로 최선을 다해 달렸고 물품보관소에서 빠져나오자마자 카페로 달려갔다. 얼음 가득한 아이스 아메리카노는 사막의 오아시스였다.

막 바다향기로를 빠져나오는 순간 전화벨이 울렸다. "식당으로 바로 오세요."

달리지 않는 사람들과 여행할 때 달리기를 하고 왔다고 하면 대체로 영혼 없는 말을 한다. "대단하다."

겉으로는 웃지만, 속으로 나는 이렇게 중얼거린다. '영혼 없는 감탄 대신 진짜 달리기를 강력히 권합니다.'

달리기를 전혀 하지 않는 또 다른 사람들과 고성에 있는 어느 리조트에 머물 때였다. '울산에서 금강산으로 가다가 눌러앉았다'라는 말도 안 되는 전설 속의 울산바위가 있는 곳이다. 리조트에서 울산바위가 병풍처럼 펼쳐진 설악산을 보니 가까이 가고 싶었다. 달리고 싶은 생각이 슬금슬금 올라와 지도 앱을 실행했다. 근처에 저수지가 있었다. 전국의 저수지는 대체로 훌륭한 둘레길로 꾸며져 있다. 멋진 러닝 코스가 될 거라는 기대는 도착하자마자 조각났다. 길은 없고 저수지만 덜렁 있었다.

　돌아오는 발걸음은 저수지 가득한 물만큼 무거웠다. 숙소에 들어가자 살면서 한번도 달려본 적 없을 것 같은 룸메이트가 드라마 〈응답하라 1988〉을 보고 있었다. 덕선(혜리)이가 엄마한테 운동화를 선물 받는 장면이었다. 덕선이는 나도 잘 모르는 타이거 운동화를 받고 엄마에게 온몸으로 행복을 표현했다.

　드라마를 보고 있으니 어린 시절이 생각났다. 1988년, 덕선이가 고3일 때 나는 초등학교 4학년이었고 그즈음 역전마라톤(구간 마라톤) 군 대표 선수로 선발됐다. 나를 지도하던 육상부 선생님은 우리 앞집 할머니 집에서 하숙했는데, 어느 날 나에게 러닝화를 사 주셨다. 지금은 사라진 코오롱스포츠의 '액티브'로 기억한다.

　나도 덕선이만큼 좋았다. 지금 생각해도 마음이 따뜻해진다. 하지만, 나는 고마운 마음을 제대로 표현하지 못했다. 아버지를 아버지로 불러야 하듯이 고마움은 고마움으로 표현해야 했다. 덕선이처럼.

　감상을 깨는 전화벨 소리가 울렸다. "울산바위를 배경으로 단체 사진 찍고 설악산으로 가시죠."

사진을 찍고 달리기가 낯선 지인들과 설악산으로 향했다. 세 시간이면 충분한 소공원에서 토왕성폭포 전망대까지 오르는 코스를 골랐다. 단풍이 끝난 시기, 그것도 월요일이라 그랬을까? 남한 최고의 명산이라 부르기 민망할 정도로 사람이 드물었다. 뻥 뚫린 길을 만나니 달리고 싶은 마음이 슬금슬금 찾아왔다. 일행이 러너였다면 당연히 달렸을 길이었다.

춘천마라톤을 달릴 때였다. 특별한 목표가 없어 세월아 네월아 달렸다. 35km를 막 지났을 때 뒤에서 누군가 큰 소리를 질렀다. 마라톤의 벽을 지나는 시점이라 남의 말 따위에 신경 쓸 겨를이 없었다. 몇 번 더 듣고 나서야 뒤돌아봤다. 누군가 휠체어를 밀며 달리고 있었다. 아차 싶어 서둘러 길을 내주었다. 휠체어를 미는 사람은 달리기를 통해 컴패션 활동을 하는 가수 선이었고 소리를 치는 사람은 선과 함께 하는 자원봉사자들이었다.

풀코스 마라톤은 혼자 달리기에도 벅차다. 누군가를 휠체어에 태우고 달리는 선이 대단해 보였다. 그제야 나는 혼자 달리지 못하는 누군가와 함께 달리는 것이 얼마나 따뜻한 달리기인지 알게 됐다. 가수 선과 함께 달리는 봉사자들은 길을 내려고 부단히 노력했지만, 역부족이었다. 가끔 러너들이 길을 내지 않을 때는 나도 큰소리로 힘을 보탰다. "비켜주세요. 휠체어가 지나가요."

예전에도 시각 장애인과 함께 달리는 러너들을 본 적이 있다. 하지만, 나는 그들을 눈으로만 보고 마음으로 보지는 못했다. 대회 때는 늘 나의 달리기에 집중하는 편이기에 그들을 볼 여유조차 없었다. 세월아 네월아 달린 그 날에야 나는 나 아닌 다른 사람을 보았다.

설악산에선 달리고 싶은 마음을 꾹꾹 눌렀다. 함께 가는 일행에게
는 등산도 힘겨운 운동이기 때문이었다. 속도를 늦추기는 쉽지만,
속도를 내는 건 어렵다. 여러 사람이 동행할 때는 빠른 사람이 느린
사람에게 맞추는 것이 상식이다.

육담폭포를 지나 비룡폭포를 오르는 길에 출렁다리를 만났다. 용
감한 어린아이는 스릴을 느끼고 내숭 떠는 여인은 무서운 척하며 애
교를 부리기에 안성맞춤이었다. 출렁다리에서 로맨스를 느꼈을 것
같은 20대 중반 커플을 비룡폭포에서 만났다. 선남선녀였다. 나는
연애 시절 왜 저들처럼 커플 여행을 하지 않았을까? 곰곰이 생각하
니 웃음이 났다. 연애할 때는 그냥 바라보기만 해도 좋으니 굳이 멀
리까지 갈 이유가 없었다.

비룡폭포에서 토왕성폭포까지의 거리는 400m밖에 안 되지만, 계
단이 900개나 되는 만만치 않은 코스다. 꾸준히 달리는 나는 헉헉대
며 올랐고 운동을 전혀 좋아하지 않는 지인은 곧 쓰러질 것 같았다.
일행 한 명이 거의 고꾸라질 즈음 벤치가 구세주로 나타났다. 우리
보다 먼저 토왕성폭포로 향했던 커플도 쉬고 있었다. 벤치에 앉아
물을 마셨다. 함께 간 후배가 물이 없어 보이는 커플에게 물을 건네
자 주위의 온도가 몇 도는 올라간 듯 따뜻해졌다. 커플은 후배에게
고맙다고 말했고 모두의 얼굴엔 미소가 내렸다.

다시 계단을 오르다 외국인 커플을 만났다. 여자가 먼저 내려오다
우리 앞에 멈춰 섰다. 질문이 있는 듯 머뭇거렸다. 내가 먼저 어디서
왔냐며 말을 걸자 질문과 대답이 폭포수가 되어 돌아왔다. 네덜란드
에서 온 커플은 우리에게 어디서 왔냐고 물었다. 우리나라에서 외국

인에게 어디서 왔냐는 질문을 받으니 신기했다.

설악산에서 한국인보다 외국인을 더 많이 만났다. 놀라운 경험이었다. 평일이라 그랬겠지만, 설악산이 제법 세계적인 명산이란 느낌이 들었다.

드디어 토왕성폭포 전망대에 올랐다. 아, 어찌 된 일인가? 기대했던 웅장한 폭포는 어디에도 없었다. 이리저리 한참을 찾다가 쪼르르 흐르는 아주 약한 물줄기 하나를 발견했다. 어느 남자의 고장 난 물건에서 나오는 물줄기도 그것보다는 셀 것이다. "저게 뭐야? 내가 왜 부끄럽지?"

폭포를 제외한 풍경은 최고였다. 깎아내린 거대한 절벽, 그사이에 솟아난 소나무, 푸른 속초 바다, 청명한 하늘이 환상적으로 어울려 겸재 정선의 진경산수화가 떠올랐다. 옆에 있던 후배는 풍경을 동영상으로 담으며 말했다. "이렇게 멋진 풍경을 나만 보긴 너무 아깝잖아요. 찍어서 아내에게 보내주려고요."

웃음이 살포시 났다.

토왕성폭포 전망대까지 다녀오는 내내 달리기는 한번도 하지 않았다. 달리기 좋은 공간을 만나면 달리고 싶어지는 러너의 마음을 거슬렀지만, 달리기보다 상황에 맞는 속도가 더 어울릴 때가 있다. 살아가는 동안 설악산을 달릴 기회는 언제든 만들 수 있다.

소공원에 도착해서 권금성을 바라보니 케이블카가 내려오고 있었다. 여행은 또 다른 여행으로 나를 데려갔다. 몇 년 전 처가 식구들과 함께 케이블카를 탔던 추억이 떠올랐다. 그때 장모님은 다리가 아파산에 오를 수 없었지만, 속초까지 왔으니 설악산은 보고 싶다고 하셨다.

유일한 방법이 케이블카였다. 하마터면 오르지 못할 뻔한 설악산을 케이블카 덕에 오를 수 있었고, 온 가족은 멋진 풍경을 바라보며 행복한 한때를 누렸다. 케이블카를 설치할 때는 환경단체의 반대 목소리가 커진다. 환경을 훼손한다는 환경단체의 주장은 틀림이 없다. 산에 오르고 싶어도 오르지 못하는 사람을 생각하면 무조건 반대가 능사는 아니다. 그들은 얼마나 산에 오르고 싶을까?

할 수 없는 것을 향한 열망을 겪어보지 않은 사람은 알 수 없다. 금지된 사랑도 그렇지 않던가? 무엇이든 할 수 있는 사람보다 할 수 없는 사람을 배려할 때 세상의 온도는 사람의 온도가 될 것이다.

사람을 닮은 달리기가 있을까? 어쩌면 그건 누군가의 속도에 맞추는 달리기 아닐까? 페이스메이커로 달리기, 달리기 친구들과 함께 여행 달리기, 연습 파트너로 달리기.

생각해보니 많은 러너가 사람을 닮은 달리기를 하고 있었다. 꼭 가수 선처럼 달리지 않더라도 러너는 마음이 따뜻했다. 이것을 깨닫기까지 참 오래도 걸렸다.

궁극의
마라톤 대회

보스턴

드디어 보스턴 마라톤에 관해 이야기할 차례다. 여기 보스턴에 오기까지 오랜 시간이 흘렀다. 2019년 결심부터 2024년 참가까지 5년이 걸렸다. 2020년 코로나로 전 세계 모든 마라톤 대회가 멈췄다.

2022년 다시 마라톤 대회가 열리기 시작했고 그해 가을 JTBC 마라톤 대회에서 기준 기록을 만들고, 2023년에 대회를 신청하여 이제야 오게 됐다. 긴 시간 만큼 보스턴 마라톤에 대한 기대는 차츰 쌓여 갔다. 2023년에 개봉한 영화 〈보스턴〉에 나오듯 보스턴 마라톤은 한국인에게 특별하다. 1947년 서윤복 선수가, 1950년 함기용 선수가, 2001년에는 이봉주 선수가 우승한 덕분이다. 보스턴 마라톤은 세계 7대(보스턴, 뉴욕, 시카고, 런던, 베를린, 도쿄, 시드니) 메이저 마라톤 중에서도 단연 으뜸이다. 세계에서 가장 오래된 마라톤 대회이며 유일하게 기록으로 선발하는 대회이기 때문이다.

여기에 더해 웨슬리 여대생들의 광적인 응원과 2013년 보스턴 마라톤 폭탄 테러 사건 이후 회복이라는 극적인 이야기가 더해진 것도 크다. 이런 멋진 마라톤을 참가하게 됐으니 그 기쁨은 말로 다 표현하기 어렵다.

지금까지 풀코스 마라톤 대회는 내게 두 가지 중 하나였다. 최선을 다하거나 페이스메이커가 되거나. 출발선에 서면 최선을 다해 달리는 게 나의 레이스 성향이다. 보스턴 마라톤을 앞두고 문득 보스턴 마라톤도 그렇게 달릴 것 같다는 불안함(왠지 보스턴 마라톤은 그렇게 달리면 안 될 것 같아서)이 들었다. 마침 대구국제마라톤을 신청한 게 생각났고, 열심히 달릴 몸과 마음의 준비도 돼 있었다. 대구국제마라톤을 열심히 달리면 열흘 뒤에 열리는 보스턴 마라톤에서 강제로 천천히 달릴 수밖에 없겠다는 생각이 들었다. 최선을 다하는 달리기에 대한 일말의 여지도 남기고 싶지 않았던 것이다. 열흘만에 풀코스를 연속으로 뛰는 건, 그것도 최선을 다해 달리는 건 최소한 나에겐 제정신이 아니니까.

최선을 다하는 러너가 출발선에 서면 긴장하거나 자신감으로 충만하다. 보스턴 출발지, 작은 시골 마을 홉킨턴에서 수많은 선수 사이에 있을 때 나는 전혀 다른 느낌이었다. '보스턴 마라톤은 어떨까?' 어린아이가 부모님을 따라 어디론가 떠날 때 가지는 호기심이 머릿속에서 트램폴린했다. 보스턴 마라톤 출발지로 오면서 가장 궁금한 것은 화장실이었다. 국내 최고 메이저 마라톤 대회인 JTBC 마라톤과 서울동아마라톤에서 연이어 부족한 화장실로 어려움을 겪었기 때문이다. 보스턴 마라톤은 화장실부터 압도적이었다. 빌리지라 불리는 대형 공원은 3면이 화장실이었고, 가운데 남성 전용 화장실은 4인 1조로 한 번에 해결할 수 있는 신기술을 선보였다. 널리 알리고 싶어 사진을 찍고 싶었지만 차마 그럴 수는 없었다.

선수들이 대기하는 빌리지에서 출발지로 이동하는 데는 20분이 걸렸다. 거리로 따지면 최소 1km는 훌쩍 넘었다. 출발선 직전, 300m쯤 떨어진 곳에 또 3면이 화장실로 둘러싸인 대형 공원이 있었다. 시작부터 나는 보스턴 마라톤의 완벽함에 감탄했다. '와, 보스턴은 역시 보스턴이구나!'

보스턴 마라톤은 제출 기록 순으로 배번을 지정하는데, 나는 4137번이었다. 한국에서라면 꽤 빠른 기록(2시간 52분)도 세계와 붙여놓으면 개미 발톱에 때도 안 되는 수준이다. 해외 대회에 참가할수록 내적으로 충만하되 외적으로 겸손할 수밖에 없어진다.

출발지에서 애국가 반주가 흘러나왔다. 마라톤 대회에서 선수들이 애국가를 부르는 건 처음이었다. 가슴에 손을 올리는 선수들도 많이 보였다. 마라톤 대회에서 애국가라니, 낯설었지만 보스턴 마라톤이 열리는 날은 그들의 애국자의 날이라서 그렇다. 문득 대구국제마라톤을 3월 1일로 옮기는 걸 검토한다는 이야기가 돌았는데, 만약 실제로 그렇게 되면 한국에도 마라톤 대회 날 애국가를 부르는 대회가 탄생할 수 있을 것 같았다.

웨이브 1 코랄 5에서 출발한 나는 시계를 보지 않고 다리가 이끄는 대로 달리고 싶었다. 출발하자마자 나와 비슷한 실력의 러너들은 나를 추월했다. 좁은(?) 2차선 도로에서 사람들이 한꺼번에 출발했지만 달리는데 병목현상은 없었다. 출발을 기록 순으로 그룹별로 세분화한 것이 일등공신이었다. 주로는 양쪽으로 가드레일이 있어 자원봉사자와 선수 외에는 안으로 들어갈 수 없었다.

가드레일 밖에는 지역주민들이 소리를 치거나, 악기를 연주하거나, 춤을 추며 각자의 방식으로 마라톤 대회를 즐기고 있었다. 1km 정도 내리막에 이어 오르막이 시작됐을 때 로키의 BGM, 바밤밤~ 바밤밤~이 흘러나왔다. 러너들에게 힘을 주는 음악이다. 굳이 힘을 낼 필요도 없는 나도 절로 힘이 났다.

급수대는 얼마나 자주 있을지도 궁금했다. 2마일부터 처음 나오기 시작한 물은 25마일까지 1마일마다 있었다. 급수대가 100m쯤 됐는데, 100m 후 반대쪽에 다시 급수대가 100m쯤 이어졌다. 낯설고도 놀라운 장면이었다. 거기에 관객들까지 물과 과일, 젤리와 아이스크림, 맥주 등 원하기만 하면 언제든 먹을 수 있는 음식을 선수들을 향해 흔들고 있었다. 귀여운 아이들이 오렌지를 흔들 때는 자석에 이끌리듯 아이에게 다가갔다. 아이들은 내가 하이파이브를 할 때마다 신나했다. 게임을 해서 이긴 듯한 환호도 질렀다. '아, 이 아이들도 대회를 자기 나름의 방식대로 즐기는구나.'

나는 더 많은 아이와 하이파이브를 할 수밖에 없었다. 지난 대구국제마라톤에서 페이스메이커를 하던 친구가 자신을 따라오던 선수들에게 높은 텐션으로 이런저런 조언을 하고 선의의 액션으로 레이스를 돕다가 하프에서 지쳐 결국 페이스를 지키지 못했다는 이야기를 들었다. 그게 떠오른 건 수많은 관객에게 호응하고 가능한 모든 아이와 하이파이브를 하다 보니 나도 어느 순간 기운이 훅 빠져나간 게 느껴졌기 때문이다. 아직 하프도 지나지 않았는데, 조금씩 더뎌지고 무거워지는 발걸음으로 그걸 알 수 있었다.

K-pop의 힘은 보스턴에서도 느껴졌다. 싸이의 강남스타일을 주로에서 두 번 들었는데 그들과 같이 춤을 춰야 할 것 같았다. 이제 이런 상황에서 애국심이 느껴지진 않는다. 외국에서 현대 자동차나 삼성 휴대폰을 만나는 건 당연하듯 K-pop이 흘러나오는 것도 당연하기 때문이다.

가슴에 태극기를 달고 있어서 잊을 만하면 "코리아 파이팅!" 외침이 가드레일 밖에서 안으로 날아왔다. 그때마다 나는 소리가 난 쪽으로 눈길을 돌렸다. 여지없이 누군가의 눈과 마주쳤고 내 입에서 나온 "땡큐"는 가드레일을 건너 그 사람 앞에서야 멈췄다. 주고받는 티키타카가 완벽했다.

열흘 전 대구국제마라톤에 비해 훨씬 천천히 뛰고 있었는데도 근육은 그때보다 힘겨워했다. 역시 열흘 만에 몸이 풀리는 건 무리였다. 열흘 만에 풀코스를 달리는 건 인생 처음이다. 이렇게 달려본 적이 없으니 몸이 힘들다는 사인을 보내는 건 당연했다. 하프 지점 이후에 있던 메디컬 센터에 갔다. 딱히 문제가 생겨서 간 건 아니고 이것저것 체험하고 싶었기 때문이다. 친절한 봉사자는 내 다리에 스프레이 파스를 뿌려주었다. 시원하고 고마웠다. 옆에 있던 한국인으로 보이던 자원봉사자가 한국말로 한국에서 왔냐며 말을 걸고 힘내라며 나를 격려했다. 이런 만남으로 나는 홀로 달리면서도 혼자가 아닌 듯 든든했다.

웨슬리 여대 키스존에서는 속도가 절로 빨라졌다. 그곳은 여대생들의 텐션 높은 응원과 진짜 키스가 맞물려 에너지가 넘쳐흐르고 있었다. 가드레일 위로 발을 딛고 올라서 데시벨을 최고로 높여 응원하는 그녀들의 열정은 상상을 초월했다.

마라톤을 즐기면서 한번도 생각하지 못한 사실이 있다. 마라톤은 스포츠 경기 중에 가장 많은 선수가 참가하는 경기였다. 우리가 잘 아는 스포츠 경기 중에 참가 선수들이 많은 건 축구인데, 그것도 고작 양 팀을 합쳐 22명이다. 그런데 마라톤은? 128회 보스턴 마라톤 대회는 3만여 명의 선수들이 참가했다. 다른 경기에 비하면 압도적인 숫자다. 관객 수도 단일 스포츠 경기로는 가장 많다. 구름 관중이라 불리는 축구도 5만 명 수준이고, 경기장의 규모가 크다는 영국 웸블리 스타디움도 최대 수용인원이 9만 명이다. 그런데, 128회 보스턴 마라톤 대회에서 42.195km 양쪽에 늘어선 관객을 한곳에 모으면, 1미터당 한 명씩만 계산해도 양쪽으로 84,000명이다. 눈짐작으로는 20만 명은 훌쩍 넘어 보였다(50만 명으로 추정하기도 한다). 이 많은 인원을 채울 스타디움은 지구상에 없다.

일반인의 기준에서 보면 마라톤에 직접 참가하지 않은 사람이 마라톤 관람을 즐긴다는 걸 이해하지 못할 수도 있다. 그런데 보스턴 마라톤 주로 양쪽으로 늘어선 관객들의 표정과 몸짓을 보면 각자의 방식으로 경기를 즐기고 있다는 걸 단번에 알 수 있다. 캠핑 의자에 앉아서 응원하거나 음악을 틀어놓고 춤을 추는 관객도 많았다. 그들 사이로 달리는 나는 종종 주로를 달리는 건지, 축제장에서 달리는 건지 헷갈렸다. 그들과 함께 '둠칫둠칫' 해야 할 것 같기도 했고 관객이 되어 선수들을 응원해야 할 것 같기도 했다.

러너들이 지나간 자리에는 종이컵들이 은행나무 잎처럼 흩어져 있었다. 그것은 자원봉사자들이 건넨 응원의 흔적이자 러너들이 최선을 다하고 있다는 증거였다. 종종 갈고리로 바닥에 흩어진 컵을 끌어모으는 봉사자들도 있었지만, 그들보다 훨씬 많은 선수가 물을 먹고 있으니 바닥의 컵은 시간이 흐를수록 점점 더 쌓여갔다. 더 빨리 더 오래 달리는 마라톤의 특성상 주로에서 물을 먹는 건 피할 수 없고 그 물을 일회용 종이컵에 담는 것 또한 피할 수 없다. 다회용 플라스크에 물을 들고뛰는 건 개인의 선택이지만, 마라톤에 참가하는 선수들에게 컵을 버린다고 나무랄 일은 아닌 것 같다. 대회가 끝나면 그 종이는 선수들이 낸 비용으로 깨끗이 정리되게 마련이다.

한국인 러너를 종종 마주쳤지만, 같은 방향으로 달리다 보니 그들이 한국인인지 아닌지는 그들이 나를 추월한 후에야 알 수 있다. 등판에 한글이나 태극기, 한국에만 있는 러닝 동호회의 영문이 박혀있기 때문이다. 한국인끼리 달리면 서로 응원하는지 궁금할 텐데, 그것도 그때그때 다르다. 인사를 하기에는 이미 늦은 경우가 많다. 보통은 추월하는 사람이 응원하는데 의외로 그렇게 하는 사람이 많지는 않다. 좋고 나쁜 건 없다. 이런들 어떠리 저런들 어떠리, 마라톤은 각자도생이기도 하다. 거의 모든 관객이 국적과 관계없이 선수를 응원한다. 종종 그들을 대신해 음악이 신나게 응원한다. 음악은 가사를 몰라도 아무 상관이 없다. 음악의 힘은 국적을 초월하니까.

가끔 주로에서 낯선 향기를 느꼈다. 엄밀히 말하면 나에겐 냄새였다. 그런 냄새는 처음 맡아봤는데, 도대체 어디서 나오는 냄새인지 종잡을 수 없었다. 유쾌하지는 않았지만, 그런 오감으로 나는 낯선 나라에서, 그것도 세계 최고의 보스턴 마라톤을 뛰고 있다는 걸 실감했다. 30km 이후에는 관객들에게 힘과 호흡을 많이 쓴 흔적이 드러났다. 내 딴에는 달리고 있었는데 마치 제자리 뛰기를 하는 듯 거리가 줄지 않았다. 암만 달려도 다음 마일 표지판이 나오지 않았던 것이다. 그래도 내 손가락만 한 손으로 하이파이브 자세를 취하는 어린 관객들을 그냥 지나칠 수는 없었다. 대학생으로 보이는 청년들과도 하이파이브했는데, 종종 그들의 힘이 어찌나 센지 내 몸이 휘청거릴 정도였다. 몇 번 그런 상황을 겪은 후에는 덩치가 크거나 과하게 텐션이 높은 관객들과 하이파이브를 할 때는 정신을 바짝 차렸다. 그러면서 또 나의 소중한 힘과 호흡을 뺏겼다. 그런데, 숨찬 마라톤을 좋아하듯 힘과 호흡을 뺏기는 그 하이파이브가 나는 좋았다.

거리는 천천히 줄어들고, 어느새 나는 40km를 지나고 있었다. 내 뒤에 오던 한국인 러너가 내가 쓴 한국인이면 알 만한 크루 모자를 보고 나를 응원했다. 서로 인사하고 잠시 함께 달리며 이런저런 응원의 대화를 하다 나를 추월했다. 그는 고프로를 들고 촬영하며 달리고 있었다. 그때까지도 밝은 표정으로 즐겁게 달리던 그는 진정한 마라토너이자 승자였다. 40km를 지나고 41km가 됐을 무렵, 주로 양쪽 가드레일 밖에는 사람들이 한 치의 틈도 없이 빼곡히 자리 잡고 목청껏 응원하고 있었다. 귀가 아팠지만 그건 죽은 사람도 살릴 만한 열기였으니 나도 힘을 내지 않을 수 없었다. 광적인 관객들의 응원을 영상으로 담고 싶은 마음과 선수답게 멋지게 피날레를 장식하고 싶은 마음이 동시에 생겼다. 나는 후자를 택했다. 마지막 500m가 남았다. 그 넓은 대로에서 열심히 달리는 다른 선수들처럼 레이스에 집중했다. 관객들의 응원에 맞춰 다리를 열심히 굴렸다. 그리고 드디어 나는 보스턴 마라톤 결승선을 통과했다. 보스턴 마라톤은 처음으로 내가 아닌 관객과 대회 운영자들에 초점을 맞춘 대회였다. 덕분에 일정한 레이스를 펼친 타 대회와 달리 변화무쌍한 레이스였지만 보고 듣고 느끼고 배운 건 가장 많은 대회였다.

한국 대회에서 결승선에 들어오면 나보다 먼저 도착한 러너나 처음부터 응원을 위해 그 자리에 있는 지인에게 축하를 받는 게 예사지만, 여기 보스턴 마라톤 결승선에서 나를 알아보는 사람은 아무도 없었다. 보통 이런 경우 완주 축하 따위는 없이 물품보관소로 빠져나간다. 그런데 보스턴 마라톤은 달랐다. 결승선에서 경기장을 완전히 빠져나가는 길이 족히 수백 미터가 됐는데, 그곳에 있던 수많은 봉사자와 함께 달린 선수들에게 축하의 눈빛과 말을 건네받았다. 뿌듯하고 고마운 마음이 흘러넘치는 시간이었다.

보스턴 마라톤까지 온 건 하루키의 공도 있다. 이 책의 제목조차 하루키니까 하루키 이야기를 꺼내지 않을 수 없다. 하루키의 책을 참 많이도 읽었다. 그는 책에서 맥주 이야기를 많이 한다. 맥주를 좋아하나 보다. 그가 쓴 《먼 북소리》와 《라오스에 대체 뭐가 있는데요?》를 보면 보스턴 마라톤을 마치고 곧장 리갈 시푸드 레스토랑에 가서 맥주와 조개찜 요리를 먹었다는 이야기가 나온다. 나도 그걸 꼭 해보고 싶었다.

낯선 보스턴에서, 특히 풀 마라톤을 막 마치고 일부러 하루키가 갔던 식당을 찾아가는 건 쉬운 일이 아니다. 그런데, 아무 식당이나 맥줏집을 찾다가 정말 우연히 리갈 시푸드 레스토랑을 발견했다. 대회장에서 가까운 플라자 호텔 맞은편에 있었다. 그곳에서 나는 조개찜 대신 피쉬앤칩스와 사무엘 애덤스 맥주를 주문했다. 맥주를 들이켜는 순간, 마치 하루키가 된 기분이 들었다. 그 맥주 맛은 평생 잊지 못할 것이다.

보스턴 시내는 대회를 마친 선수들로 넘쳐났다. 도시 자체가 마라톤과 마라토너를 위한 도시가 된 기분이었다. 서울 마라톤은 종합경기장만 마라톤 대회 느낌이 나지만, 보스턴 마라톤은 달랐다. 작은 도시다 보니 그 안에 있으면 러너들만의 도시에 있는 기분이 들고 도시를 벗어날 때까지 유쾌함이 이어진다. '소문난 잔치에 먹을 것 없다', '빛 좋은 개살구'라는 말은 최소한 보스턴 마라톤에는 해당하지 않았다. 보스턴 마라톤은 진정 명불허전이었다.

모든 러너가 이 대회에 참가할 이유는 없지만, 최소한 본인을 러너라고 소개하고 싶다면 보스턴 마라톤 대회에 참가할 충분한 이유가 된다. 서윤복, 함기용, 이봉주 선수가 우승한 보스턴에서 궁극의 마라톤을 경험하고 완주 후에는 하루키처럼 리갈 시푸드 레스토랑에서 사무엘 애덤스 맥주를 마시는 러너, 그 사람이 당신이면 참 좋겠다.

추천 유튜버

　달리기 유튜버를 달리기에 비유하면 아직 초보 러너다. 달리기 유튜버가 등장한 지 오래되지 않았다는 뜻이다. 달리기도 한때는 등산처럼 4050세대의 전유물이었다. 내가 2011년에 처음 달리기를 시작했을 때 러너 중에 나보다 어린 사람은 거의 없었다. 우리나라에서 제일 큰 마라톤 대회 3 대장(동아마라톤, 춘천마라톤, JTBC 마라톤)도 모집 마감일을 연장하고 또 연장할 만큼 인기가 높지 않았다.

　그런데 세상이 뒤집혔다. 코로나가 시작되기 전, 2019년 서울 국제마라톤 대회는 15년 만에 조기 마감되더니 2020년 대회는 얼토당토않게 빨리 마감되어 많은 러너를 당황케 했다. 급기야 2021년 서울마라톤은 서버가 다운되는 우여곡절 끝에 1시간 30분 만에 모집을 마감했다. 러너들의 욕을 바가지로 먹었지만 달리기의 인기를 실감케 했다. 이제 달리기는 4050을 넘어 2030까지 즐기는 국민운동이 됐다. 수요가 있어야 공급이 생기는 건 역사가 증명한 경제의 원리다. 이제 달리기를 콘텐츠로 하는 유튜버가 제법 생겼다.

나는 인생에서 가장 중요한 가치가 건강이라고 생각한다. 건강을 잃으면 모든 것을 잃는다. 달리기 유튜버들은 누군가의 건강에 도움을 주는 고마운 사람들이다. 그분들의 협력과 경쟁은 더 나은 콘텐츠를 만들고 더 많은 러너와 구독자를 만들어낼 것이다. 달리기 유튜버의 내일을 응원하고 더 많은 러너가 그들의 콘텐츠에 '좋아요'와 '구독'을 누르면 좋겠다.

　좋은 콘텐츠로 무장한 유튜브 채널이 많아 몇 개만 소개하기 안타깝지만, 지면상 구독자 수와 활동성, 유용성과 다양성 등을 고려하여 세 채널만 소개하니 독자와 달리기 유튜버분들께 양해를 구한다.

소풍처럼 여행처럼 즐거운 달리기를 추구한다 〈마라닉TV〉

　마라닉TV는 구독자 수 기준으로 달리기 콘텐츠 1위 유튜브다.
　전직 방송사 PD가 운영하는 채널답게 방송사 이상의 탁월한 영상미를 자랑한다. 하지만, 후발주자인 이 채널이 1위인 이유는 따로 있다. 매일 달릴 만큼 달리기를 사랑하는 건 기본이고 구독자에 대한 진정성과 달리기를 통해 더 나은 삶을 만들어가는 그의 태도가 러너들에게 통했기 때문이다. 대표 콘텐츠는 〈어떻게 달리기로 40kg 감량에 성공했나?〉와 〈한 달 동안 매일 10km를 달리면 생기는 효과〉 등이 있다. 2주에 한 번씩 하는 실시간 방송에서는 즉석 문답으로 구독자와 소통한다. 마라닉TV와 함께 건강하고 행복한 삶을 만들어갈 그대를 응원한다.

아름다운 러너가 될 당신을 응원한다 〈지니코치〉

엘리트 육상 선수 출신인 지니코치는 남녀 모두에게 인기 있는 유튜브지만, 이 채널을 소개하는 이유는 남성과 신체 구조가 다른 여성 러너를 위해서다. 여성에게 더 도움 되는 채널인데, 남성 구독자도 많은 이유는 두말할 필요 없는 달리기 실력, 누구나 반할 만한 외모, 거기에 더해 여성 특유의 섬세한 감성 때문이다. 대표 콘텐츠로는 〈10km 매일 달리기(일주일편)〉와 〈육상 선수 인터벌 트레이닝 브이로그〉 등이 있으며, 달리기책 《오늘부터 달리기를 합니다》를 출간했다. 뉴발란스 러닝 코치 등 다양한 활동으로 발전하는 그녀를 보며 달리기로 바꿔갈 아름다운 당신을 상상하길 바란다.

최고의 러닝화를 신고 싶다 〈슈파인더맨〉

러너에게 가장 중요한 장비는 러닝화다. 본인에게 딱 맞는 러닝화를 신는 건 무엇보다 중요한데, 일반인이 모든 러닝화를 신어볼 수는 없다. 그래서 이 채널이 나왔을 것이다. 슈파인더맨은 이름처럼 러닝화에 대한 모든 정보를 알려준다. 나도 새로운 러닝화가 출시되면 슈파인더맨부터 찾는다. 대표 콘텐츠는 〈초보 러너 추천 신발(10만원 이하)〉, 〈가장 좋은 워킹화를 소개합니다〉 등이 있다. 어떤 러닝화를 신어야 할지 모르겠거나 새로운 러닝화에 대해 알고 싶다면 슈파인더맨 채널을 찾아보자.

·····

달리기로 더 건강하고 풍요로운
삶을 응원하며!

·····

지난해 우리 사회에는 달리기 열풍이 몰아쳤습니다. 달리기 인기에 힘입어 달리기와 마라톤을 다루는 방송 프로그램이 등장했고 시청률도 높았습니다. 인기 있는 마라톤 대회는 완주보다 신청이 더 어려웠고 고성능 러닝화는 출시되자마자 매진되기 일쑤였습니다. 이런 달리기 열풍으로 상상조차 하지 못했던 불편을 느끼기도 했지만, 달리기의 다양한 혜택을 누려온 저는 지금보다 더 많은 사람들이 달리기를 시작하길 바랍니다. 한 사람이 더 건강해지면 우리 사회도 더 건강해지는 거니까요.

얼마 전 일흔이 넘은 무라카미 하루키 작가가 여전히 달리기를 한다는 소식을 들었습니다. 그는 국내 모 일간신문과의 인터뷰에서 이런 말을 했습니다. "저는 이제 70대 중반이라 예전처럼 열심히 뛰진 않습니다. 그저 매일 즐겁게 달리는 정도입니다. 하지만 계속 달리는 것은 제게 변함없이 중요한 일입니다. 머리와 몸은 서로 연결되어 있고, 서로 도와가며 기능한다는 것이 저의 기본적인 생각입니다."

하루키가 여전히 달리고 있어 반갑고 대단했습니다. 그를 아는 많은 러너가 하루키를 대단하게 여기는 이유는 그가 서브3를 달성했거나 입상을 해서가 아닙니다. 꾸준히 달리고 달리기의 힘으로 삶의 균형을 잡아가고 있기 때문입니다.

그를 통해 우리는 달리기의 본질을 알 수 있습니다. 달리기의 본질은 건강한 삶을 유지하며 풍요로운 일상을 만드는 것입니다. 이런 의미에서 오늘도 여전히 달리는 것은 무척 중요합니다. 그런데, 아무리 꾸준히 달리는 러너라도 달리기를 하기 싫은 날이 있습니다. 달리기의 다양한 쓸모를 아는 사람으로서 한두 달 달리기를 하지 않는 건 별문제가 되지 않지만, 달리기를 완전히 관두는 건 무척 안타까운 일입니다. 이럴 때를 대비해 달릴 이유를 하나씩 늘려가고 달리지 못하게 하는 원인을 하나씩 제거하는 건 어떨까요? 그래야 오늘도 여전히 달리는 러너로 살아갈 수 있을 테니까요.

달릴 이유는 많습니다. 보스턴 마라톤 참가도 저에겐 달릴 이유 중 하나였습니다. 처음부터 보스턴 마라톤을 달리고 싶었던 건 아닙니다. 10km부터 시작해서 하프마라톤을 달리고, 풀코스 마라톤을 꾸준히 이어가던 어느 날 보스턴 마라톤이 눈에 들어왔습니다. 보스턴 마라톤 대회 참가까지의 여정도 모두 달릴 이유였습니다. 보스턴 마라톤은 달리기의 종착지가 아닙니다. 보스턴 마라톤도 길게 보면 달리기의 여정 중 하나일 것입니다. 저는 종착지가 없는 달리기를 꿈꿉니다. 아무리 나이가 들어도 달릴 수 있는 러너로 살고 싶거든요. 그러기 위해서는 오늘도 꾸준히 달려야 합니다. 독자 여러분들도 그러면 좋겠습니다.

달리기를 할 수 없게 하는 원인도 다양하지만 가장 흔한 건 부상입니다. 부상은 대체로 과욕이 만듭니다. 과욕은 사람마다 다릅니다. 어떤 사람에겐 풀코스 마라톤 완주가 과욕이 아니지만 어떤 사람에겐 5km 완주도 과욕일 수 있습니다. 항상 자신에게 집중하고 어제의 나를 벤치마킹하며 조금씩 성장하는 게 슬기로운 러너의 자세입니다. 그럼에도 불구하고 작은 시행착오는 피할 수 없습니다. 우리가 경계해야 하는 건 돌이킬 수 없는 심각한 시행착오입니다. 독자 여러분들이 그런 실수를 하지 않기를 바랍니다.

책을 끝까지 읽은 독자 여러분들에게 감사의 말씀을 드립니다. 책을 읽고 한 사람이라도 더 달리고, 꾸준히 달리는 데 작은 기여라도 하면 좋겠습니다. 달리기는 삶을 더 건강하고 풍요롭게 하는 도구니까요. 여러분들의 달리기를 진심으로 응원합니다.